에밀리의 작은 부엌칼

에밀리의 작은 부엌칼

초판 1쇄 발행   2023년 11월 15일
초판 2쇄 발행   2024년 1월 15일

지 은 이   모리사와 아키오
옮 긴 이   문기업
펴 낸 이   한승수
펴 낸 곳   문예춘추사

편   집   이상실
디 자 인   박소윤
마 케 팅   박건원, 김홍주

등록번호   제300-1994-16
등록일자   1994년 1월 24일
주   소   서울특별시 마포구 동교로 27길 53, 309호
전   화   02 338 0084
팩   스   02 338 0087
메   일   moonchusa@naver.com

I S B N   978-89-7604-617-8   03830

에밀리의 작은 부엌칼

모리사와 아키오 지음
문기업 옮김

문예춘추사

차 례

나에게는 무기가 있다.

키잉~ 하는 소리가 나지 않을까 싶을 정도로 날카로운 부엌칼이다.

그 부엌칼을 대각선으로 멘 숄더백 안에 살짝 넣어둔 채, 나는 지금 처음 와보는 주택가를 걷고 있다. '그 사람'이 사는 마을을, 천천히, 천천히, 걷는 중이다.

솔직히 말해, 내가 설마 이런 날붙이를 사용하는 여자가 되리라고는 생각도 못했다.

참, 인생이란 무슨 일이 일어날지 알 수 없는 법이다.

작은 공원 옆 도로를 지나다 빨간 신호에 걸렸다.

나는 새삼 스마트폰의 지도를 자세히 확인했다. 이 길을 건넌 뒤, 똑바로 골목을 걷다가 슈퍼가 있는 곳에서 횡단보도를 건너 오른쪽으로 꺾은 다음, 한 번 더 좁은 골목을 오른쪽으로 꺾어 들어가면 도착이다.

그 사람의 집에.

지금 내가 신호를 기다리고 있는 장소에서는 대략 200미터 정도.

이제는 엎어지면 코 닿을 데다.

신호가 파란색으로 바뀌었다. 나는 다시 천천히 걷기 시작했다.

도로를 건너 골목으로 들어가자, 정면에서 학교 수업을 마치고 집으로 돌아가는 초등학생 여자아이들 몇 명이 달려왔다. 그리고 순진무구한 웃는 얼굴로 장난을 치면서 내 옆을 스쳐 지나갔다. 나는 어릴 때 별로 활달한 아이가 아니었다. 같은 반 안에서도 별로 눈에 띄지 않아 친구도 적은 편이었다. 학교 수업을 마치고 집에 갈 때면 항상 등을 둥글게 말고 터벅터벅 걸었던 그런 아이였다.

문득 하늘을 올려다보았다. 구름 한 점 없는 높은 가을 하늘에 잠자리 두 마리가 둥실둥실 실보무라지처럼 공중에 떠 있다. 도심의 베드타운에서 바라보는 푸른 하늘은 어딘가 흐릿한 회색처럼 보였다.

나는 후우, 하고 한숨을 내쉬었다.

지도를 보면서 신호가 있는 교차점에서 길을 꺾었다가 한 번 더 길을 꺾었다.

골목 안으로 들어가보니, 자동차가 스쳐 지나가기도 힘

들 만큼 굉장히 길이 좁았다.

분명히 이곳이 맞을 텐데 - .

골목의 왼편, 안쪽에서 두 번째 집의 표찰을 확인했다.

다카나시(高梨)라고 적혀 있었다.

발견했다. 이 집이다.

나는 현관 앞에 서서 건물을 올려다보았다. 아주 평범
한, 어디에서나 볼 수 있을 법한 2층짜리 단독주택이었다.
결코 호화로운 생활을 하는 것은 아닌 듯했다.

이곳에 살고 있구나 - 그 사람이.

무심코 꿀꺽, 하고 침을 삼켰다.

괜찮다. 나한테는 무기가 있으니까.

속으로 그렇게 중얼거린 뒤, 나는 숄더백 위로 부엌칼
을 쓰다듬었다.

그 사람의 눈앞에서 내가 이 무기를 손에 들면 - .

그 순간을 떠올려보았다.

깜짝 놀라 할 말을 잃은 그 사람의 표정이 쉽게 떠올랐다.

우후후후.

생각만 해도 통쾌하다.

통쾌하지만…… 그래도 역시 경험해보지 못한 긴장감
이 등골에 살짝 들러붙었다.

자아, 드디어 돌진이다.

마음의 준비는 다 됐지?

나는 나에게 물었다.

나를 자유자재로 움직일 수 있는 사람은 이 세상에서 유일하게 나 혼자뿐이니까.

메마른 가을바람이 불어 머리카락이 사라락 하고 흔들렸다.

나는 골목길의 좌우를 살폈다.

사람은 단 한 명도 없었다.

내 안의 내가 '좋아' 하고 말했다.

희미하게 떨리는 오른손 검지로 나는 인터폰을 눌렀다.

제1장

고양이가 되고 싶어:
쏨뱅이 된장국

나에게는 무기가 없다.

이 세상의 거친 역풍을 맞으면서도 초연하게 살아갈 수 있게 해줄 무기가 없다. 슬프다는 생각이 들 만큼 무기랄 만한 것이 아무것도 없어서, 항상 어디를 가든 소극적이다. 역풍은커녕 순풍을 맞고서도 균형을 잃고 비틀거리다 넘어져, 마음에는 항상 피가 배어 있었다.

'에밀리는 강아지라기보다 고양이에 더 가까워 –.'

지난달까지 근무했던 레스토랑의 동료인 사야는 휴식 시간 중에 내 얼굴을 똑바로 보고 그렇게 말한 적이 있다.

아몬드 모양의 눈. 작고 가늘며 굴곡이 있는 몸. 손해 득실을 잘 따지고, 낯선 사람이나 먹이를 주지 않는 사람에게는 가까이 접근하지 않고, 먹이를 주는 낯익은 사람일지라도 진심으로 상대를 믿지 않을 만큼 약아빠진 성격. 항상 자유스럽고, 다른 사람에게 휩쓸리지 않으며, 조심스럽고, 무엇보다도 고독을 즐기는 스물다섯 살의 여자.

나는 그런 사람인 모양이다.

아니, 그런 사람으로 보이는 듯했다.

사야는 아무것도 모른다.

사실 나는 이빨 빠진 겁쟁이 개인데. 항상 꼬리를 내리고 흠칫거리며 돌아다니는 버림받은 개인데.

친하지 않은 사람이 옆에 있으면 나는 항상 오들오들 떨면서 슬며시 상대의 안색을 살핀다. 어느 정도 거리를 두는 이유는 그 때문으로, 별로 이해득실을 따지며 상대에게 접근하는 것은 아니었다. 게다가 나는 일단 친해지면 정말 바보처럼 친근하게 굴고 고분고분 상대의 말을 잘 따른다. 그리고 매번 의심조차 하지 않고 상대를 믿다가 결국엔 속아넘어가 — 풀이 죽는다.

이해득실로 따진다면, 나는 손해를 보는 쪽이다.

손해를 보고, 버려진 개처럼 혼자서 밤마다 눈물을 훔친다.

고독을 좋아해? 지금 농담해? 당연히 나도 다른 사람처럼 마음 편히 대할 수 있는 사람이 옆에 있어주기를 원한다. 자유롭고 주변에 휩쓸리지 않아? 무슨 말도 안 되는 소리. 나는 자유를 강하게 동경하고, 주변에 휩쓸리지 않고 살아갈 수 있다면 얼마나 좋을까 하고 공상을 하며 사는 사람이다.

속고, 손해를 보고, 울면 울수록 더욱 겁쟁이가 되어가는─.

나는 그렇게 어리석고 둔한 여자다.

슬프다는 생각이 들 정도로 그런 사람이기 때문에, 나는 지금 이렇게 해변이 있는 시골 마을로 가기 위해 덜컹덜컹 쾌속 열차에 몸을 싣는 처지가 된 것이다.

나는 고양이가 되고 싶다.

고양이 같은 삶을 맛보고 싶다.

고양이는 항상 느긋하게 숨을 쉬고, 마음에 드는 산책로를 느릿느릿 걷고, 담벼락 위에서 아둔한 세상 사람들을 내려다보다가 버터색 해바라기를 발견하면 그 안에 들어가 몸을 둥글게 말고 잠을 청할 게 틀림없다. 그리고 착한 사람과 만나면 한껏 털을 만져달라고 하면서, 목을 울리고 마구 응석을 부리는 것이다. 만에 하나 해코지를 당할 것 같아도 그 재빠른 몸놀림으로 얼른 도망치면, 그걸로, 끝. 불쾌한 기분을 질질 끌지 않는다. 애당초 마음이 심하게 출렁이는 일조차 없다. 도망치면, 도망친 곳에서 또 편안한 잠자리를 발견해 몸을 빙글 말고 잠을 잘 뿐. 그리고 잠에서 깨면 또 유유히 산책을 시작한다.

나는 그런 고양이가 되고 싶다.

하지만 정말 아쉽게도, 나는 어렸을 때부터 계속 강아지 같은 성격이었다. 이제 와서 바뀔 것 같지는 않다. 설사 사야가 나를 보고 고양이라고 하더라도, 나에 대해서는 내가 가장 잘 안다.

진짜 고양이 같은 성격인 사람은 틀림없이 ㅡ.

그런 생각까지 하고 숨을 스읍 하고 들이쉬었을 때, 예쁘고 반듯한 여성의 얼굴이 뇌리에서 번뜩였다.

우리 엄마의 얼굴이다.

들이쉬었던 숨을 내쉬어보니, 그것은 아주 허무한 한숨이었다.

◆ ◆ ◆

쾌속 열차의 박스석에는 네 명이 앉을 수 있었다.

나는 진행 방향을 등진 자리에 앉아 차가운 창가에 턱을 괸 채, 창밖 경치를 내다보았다.

진행 방향 반대쪽을 바라보는 자리이기 때문에, 차창 너머 경치는 바로 눈앞에서 점점 멀어져갔다. 그러자 뭔가 지금까지의 내 인생 그 자체도 점점 멀어져가는 것 같아서, 마음이 초조해졌다. 푸르른 논. 드문드문 보이는 집들.

쭉 뻗은 도로. 그 도로를 따라 규칙적으로 늘어서 있는 전봇대. 브로콜리처럼 울창한 신사의 숲과 낡은 도리이(鳥居: 신사 등의 입구에 세워진 기둥 문. 기둥 두 개 꼭대기에 서로를 연결하는 가로대가 놓여 있다 - 옮긴이 주). 자전거에 탄 어린아이들. 문득 고개를 들어보니, 허무할 만큼 푸른 하늘이 펼쳐져 있었다. 그 하늘의 가장 먼 곳- 멀리 보이는 풍경 끝에서는 뭉게뭉게 적란운이 높이 솟아올랐다. 이 쾌속 열차의 안쪽까지 시끄러운 매미 소리가 들릴 것만 같은 여름의 풍경이다.

장마는 불과 3일 전에 끝났다. 그리고 그날부터 이 세상은 갑자기 번쩍이는 빛으로 넘쳐났다. 오셀로의 돌을 뒤집은 것처럼, 내 주변은 갑자기 여름이 되어버렸다.

여름, 이라…….

그런 생각을 했다가 또 한숨을 쉴 뻔했다.

나는 턱을 괴던 손을 풀고 고개를 들었다. 잠시 머리 무게를 지탱하던 팔목이 저리고 아팠다. 문득 박스석 맞은편을 봤는데, 네 살 정도 되는 여자아이와 눈이 마주쳤다. 여자아이는 즐겁게 자리에 앉아 다리를 흔들거리며 초콜릿 봉투를 들고 있었다. 나와는 달리 조금 눈꼬리가 처져서 아주 귀여웠다. 여자아이의 머리 모양은 매끄러운 검은 머리카락을 양쪽 귀 위로 깔끔하게 모아 고무줄로 묶은 트윈 테일이었다. 틀림없이 옆에 앉은 젊은 엄마가 묶어준 것이 겠지. 내 옆자리에는 여자아이의 아빠가 조용히 앉아 있었다. 즉, 4인용 박스석에 앉은 사람들은 나만 빼고 내 맞은 편에 앉은 여자아이의 가족이라는 말이다.

"언니, 초코 먹을래?"

갑자기 귀여운 목소리가 들려서, 나는 "웅?" 하고 말하며 눈을 휘둥그렇게 떴다.

"맛있어."

여자아이는 빨간색, 녹색, 노란색 등 다양한 색으로 코 팅된 초콜릿을 먹는 중이었다. 아무래도 그걸 나에게 준다 는 말인 듯했다.

"아, 으음……."

"언니, 무슨 색이 좋아?"

여자아이가 고개를 갸우뚱하자, 옆에 있던 엄마가 "죄 송합니다. 워낙에 낯을 안 가리는 아이라……." 하고 아주 미안하다는 듯한 표정을 지었지만, 그 표정 저편에서는 우 리 아이 참 귀엽죠 - 하는 속마음도 살짝 엿보였다.

"아니요……." 나는 살짝 고개를 저은 뒤, 다시 생긋 웃 는 여자아이를 바라보았다. 여자아이의 맑은 다갈색 눈동자가 마치 나를 싫어하지 않는다고 말하는 듯했다. "나는 파란색이 좋아."

방금 보고 있던 여름 하늘을 떠올리며 나는 그렇게 대답했다. 그러자 여자아이는 기쁘게 눈을 가늘게 뜨고 웃으며 작은 봉투 안에서 파란 초콜릿 알갱이를 찾기 시작했다.

"아, 있다. 자, 여기."

여자아이의 작은 손이 이쪽을 향해 뻗어왔다. 나는 손바닥을 위로 펼쳐 손을 내밀었다. 납작한 초콜릿이 내 손에 전해졌다.

"어? 노란색도?"

내 손 위에는 파란색 초콜릿은 물론 노란색 초콜릿도 하나 올려져 있었다.

"응. 있잖아, 파란색이랑 노란색이랑 섞으면 언니가 되거든."

여자아이는 의미심장하게 '우후후' 하고 웃더니, 내 배 부근을 가리켰다. 나는 여자아이의 손을 따라 내가 입고 있는 옷을 확인했다. 아하, 녹색 바탕에 흰색 무늬가 들어간 티셔츠였다. 그러니 파란색과 노란색을 섞으면 녹색인 내가 된다는 거구나.

"고마워." 내가 여자아이에게 "몇 살?" 하고 물었다. 여자아이는 "네 살." 하고 대답하면서, 작은 손가락 네 개를 펴 보였다. 내가 예상했던 나이와 똑같았다.

"죄송합니다."

엄마가 눈썹을 팔(八)자 모양으로 만들며 말했다.

"아니요, 저야말로 초콜릿을 다 받고."

그렇게 말하면서 여자아이를 보니, 작은 손바닥 위에 파란색, 노란색 초콜릿을 올리고 이쪽을 바라보고 있었다.

"우후후. 똑같은 색이네."

초콜릿 알갱이 두 개를 나에게 보여주면서 여자아이는 즐겁게 웃었다. 그리고 초콜릿 두 개를 입안에 쏘옥 넣었다.

나도, "정말 똑같네?" 하고 말한 뒤, 여자아이가 준 초콜릿 두 개를 입에 넣었다.

"녹색 맛이 나."

"어? 음, 나는 것 같기도?"

물론 그런 맛은 나지 않는다. 하지만 어딘가 모르게 애절할 만큼 달았다. 그런 생각을 하는데, 옆에서 남자가 말을 걸었다.

"혼자 여행하시는 건가요?"

여자아이 아빠는 모가 나지 않은 다정한 목소리였다.

그 목소리를 들은 순간, 나는 머릿속으로 머리 위 선반에 올려둔 우쿨렐레를 떠올렸다.

"어……. 여행이라기보다는 귀성을 하는, 뭐, 그런 거라고 할 수 있어요."

나는 친족 집으로 가는 도중이었다. 벌써 15년간이나 만난 적 없는 외할아버지 집에.

"와아, 그러시구나. 본가는 어디신가요?"

여자아이 엄마가 여자아이와 많이 닮은 도톰한 입술을 벌렸다.

나는 조금 눈치를 보며 "다쓰우라(龍浦)라는 곳이에요." 하고 대답했다. 시골 어촌이라 분명 모를 거라고 생각했기 때문이다. 그런데 여자아이 아빠가 내 대답에 반응을 보였다.

"다쓰우라라. 참 좋은 곳이죠. 조용하고, 바다도 깨끗하고."

솔직히 말해 나는 다쓰우라라는 곳이 어떤 곳인지 거의 기억나지 않았다. 그래서 일단은 애매하게 웃으며 어물어물 넘어갔다.

"돌아갈 수 있는 시골이 있다니, 참 좋네요."

또 여자아이 엄마가 말했다. 아무래도 이 가족은 세 명 모두 매우 사교적인 듯했다. 아니면 네 명이 앉을 수 있는 박스석 사람 중에 나만 혼자 가족이 아니라 일부러 배려해 주고 있는 것일까? 혹시나 그렇다면 조금 쓸데없는 오지랖이다.

"네. 모처럼 돌아가는 거지만요."

"그럼 가족이 많이 좋아하시겠어요."

나는 웃으며 얼버무렸다.

"언니도 여름방학이야?"

"응."

어린아이에게 거짓말을 했더니, 가슴이 따끔 하고 아팠다.

"저희도 조금 이르지만 여름휴가를 가는 중입니다." 여자아이 아빠가 말했다.

"오봉(お盆: 양력 8월 15일. 일본 최대 명절로, 조상의 영혼을 추모하고 모두의 건강과 행복을 기원하는 날 – 옮긴이 주)은 붐비니까요." 하고 말하는 여자아이의 엄마.

"그러네요." 하고 예의상 웃음을 짓는 나.

그리고 나는 이 친근한 가족과 이것저것 이야기를 하는 처지가 되어, 계속 거짓말에 거짓말을 거듭했다. 거짓말을 하는 입안에는 아직 파란색과 노란색이 섞인 초콜릿 맛이 남아 있었는데, 그것이 신기하게도 나의 죄책감을 더 크게 만들었다.

사실은요, 저, 도망치는 중이에요.

몸을 의지할 안식처도, 돈도 없고…… 의지할 만한 친구도 가족도 없어서, 결국엔 어떤 사람인지도 기억나지 않는 할아버지 댁으로 도망치는 중이요. 저에게는 여러분처럼 살가운 가족이 없어요. 우리 엄마는요, 정성스럽게 머리를 빗은 다음 예쁜 구슬이 달린 머리끈으로 머리를 묶어주는 그런 엄마가 아니었어요. 아빠는 다정했지만, 제가 어릴 때 이혼해서 집을 나갔고요.

"형제는요?" 하고 여자아이 아빠가 물었다.

"오빠가 있어요."

미국에 있지만요 -.

"일은요?" 하고 여자아이 엄마가 물었다.

"도쿄의 레스토랑에서 매장 담당을……."

막 실직한 참이지만요 -.

"선반 위에 우쿨렐레가 있던데, 칠 줄 아시나요?" 이번엔 또 여자아이의 아빠.

"조금이요……."

엄마 몰래 연습을 했어요 -.

질문에 대답할 때는 일일이 속으로 비밀로 해야 할 이

야기를 덧붙였다.

행복해 보이는 가족을 상대로 계속 행복한 척을 하는 일은 아주 피곤했다. 시시한 거짓말을 하는 것도, 억지웃음을 짓는 것도 나름의 수고가 필요했다. 아예 그냥 모든 사실을 털어놔버리고 싶은 충동까지 들 정도로.

그렇게 생각했을 때, 여자아이가 모처럼 나에게 말을 걸었다.

"언니, 무지개가 됐어."

응? 무지개? 나는 정면을 바라보았다. 여자아이의 작은 손 위에 다양한 색 초콜릿이 하나씩 올려져 있었다. 잘 보니, 빨간색, 파란색, 노란색, 녹색, 보라색, 주황색, 그리고 갈색이었다.

분명히 갈색은 무지개 일곱 빛깔에 포함되지 않을 텐데. 그럼 갈색 대신에 무슨 색이 들어가야 했더라?

그런 생각을 하는데, 여자아이가 나를 보고 말했다.

"이걸 전부 다 한꺼번에 먹으면 무슨 색 맛이 돼?"

검은색 아닐까? 새카만 색일 거야, 분명히.

나는 그렇게 생각했다. 섞으면 섞을수록 각각의 색은 빛을 잃고, 점점 탁해지다가 마지막에는 검게 변한다. 분명 중학교 미술 시간에 그렇게 배웠던 것 같다.

하지만 행복해 보이는 여자아이 아빠는 완전히 다른 대답을 해주었다.

"햇빛 맛이 나. 태양빛."

"어? 빛이 나?"

여자아이 입술은 내 생각을 그대로 대변해주었다.

"태양빛을 나누면 무지개 일곱 빛깔이 되거든. 그러니까 나누었던 일곱 빛깔을 다시 섞으면, 또 원래대로 투명한 빛이 되는 거지."

아빠의 멋들어진 이야기를 듣고 여자아이가 눈을 반짝이기 시작했다.

"그럼 한꺼번에 한번 먹어볼게."

여자아이가 초콜릿 일곱 개를 한꺼번에 먹으려 했을 때, 여자아이 엄마가 옆에서 끼어들었다.

"안 되지. 그렇게 한꺼번에 먹다니. 그러다 목에 걸리면 큰일이잖아."

"괜찮아. 초콜릿은 이렇게 작은걸."

여자아이는 뺨을 뾰로통하게 부풀렸다.

"아하하. 먹어도 괜찮을지 모르지만, 아쉽게도 일곱 가지 무지갯빛에는 갈색이 들어가지 않아서, 그걸 다 먹어도 원래의 태양빛이 되지는 않아."

태양빛 이야기를 했던 여자아이 아빠가 눈이 부신 듯 여자아이를 바라보았다.

"갈색이 있으면 안 돼?"

"응, 아마도."

"갈색은, 외톨이?"

"외톨이라고 해야 할지, 아무튼 갈색은 일곱 가지 무지 갯빛 중 하나가 아니니까."

아빠의 말을 들은 여자아이는 누가 봐도 실망한 표정을 지으며, 갈색 초콜릿만을 집어들었다. 그리고 그것을 입에 넣으려는 순간, 나는 혼자 마음속으로 '잠깐만. 다 같이 먹어줘.' 하고 중얼거렸다.

하지만 소녀는 실망한 표정을 지은 채, 유일하게 빛의 성분이 포함되지 않은 갈색 초콜릿을 먹어버렸다.

나는 소녀의 손바닥 위에 남은 빨간색, 파란색, 노란색, 녹색, 보라색, 주황색 초콜릿을 바라보았다. 모두 사람의 눈길을 끌 만큼 색이 선명한 초콜릿이었다.

만약 이 소녀가 한 번 더 '언니, 무슨 색이 좋아?'라고 물으면, 나는 이번엔 망설임 없이 갈색이라고 대답할 생각이었다.

쾌속 열차의 속도가 느려졌다.

역이 이제 코앞으로 다가온 모양이다.

◆ ◆ ◆

나쁜 뜻은 없지만 지나치게 친절했던 가족이 역에 내렸다. 그 사람들은 열차의 창문 너머에서 나에게 손을 흔들기 시작했다. 아빠에게 안긴 네 살짜리 여자아이는 조금 아쉬운 눈치였다. 나도 아쉬운 듯, 마음이 놓이는 듯, 복잡한 기분에 휩싸인 채 여자아이를 보고 가볍게 손을 흔들어 주었다.

잠시 뒤, 문이 닫히고 기차가 천천히 움직이기 시작했다.

행복해 보였던 가족이 서서히 멀어져갔다.

이윽고 여자아이 부모님이 몸을 빙글 돌려 나에게 등을 보였다.

하지만 여자아이만큼은 아빠에게 안긴 채, 어깨너머로 계속 이쪽을 보면서 작게 손을 흔들었다. 나는 참지 못하고 창문에서 얼굴을 돌렸다.

혼자가 되고 보니, 박스석이 유난히 넓어 보였다.

기차가 역에서 완전히 멀어졌을 때, 다시 창가에 턱을 괴었다.

가족이라−.

마음속으로 그렇게 중얼거린 뒤, 계속 참아두었던 한숨
도 작게 내쉬었다.

나에게는 아빠, 엄마, 오빠가 있다.

하지만 지금껏 원만하게 잘 지내고 있는 가족은 없다.

부모님은 내가 열 살 때 이혼했다. 오빠와 나를 끔찍이
좋아했던 아빠는 친권을 주장했지만, 엄마는 그런 아빠의
주장을 단호하게 거절했다고 한 모양이다. 엄마는 그런 주
제에, 육아보다는 남자를 사귀는 일에 열중했다. 매번 새 남
자를 집으로 데리고 와서는 나와 오빠에게 자랑스럽게 소
개했다. 결국 오빠는 그런 엄마에게 정나미가 떨어졌는지,
고등학교를 졸업하자마자 미국으로 유학을 가서 아예 눌러
앉아버렸다. 오빠와는 가끔 SNS로 연락을 주고받는다. 하
지만 오빠는 더 이상 일본에 미련이 1밀리도 없는 것 같다.

이혼 후 엄마는 남자와 마찬가지로 낮에 하는 일도 매
번 새로 바꾸었지만, 일주일에 세 번, 밤이 되면 출근했던
스낵바(가벼운 음식과 술을 파는 곳으로, 카운터 너머에서 주로 여
성 사장과 종업원이 손님을 맞이한다 - 옮긴이 주)에서는 계속 일
했다. 스낵바에서 오래 일했던 이유는 단순히 월급이 괜찮
기 때문이었다. 그리고 지금 엄마는 도심에서 한 시간 반

정도 떨어진 베드타운에 살고 있다. 새로운 연하 남자 친구와 함께 둘이서.

"에밀리, 그 사람 굉장히 착해. 같이 살래?"

엄마는 마치 꿈을 꾸는 소녀 같은 눈빛을 내뿜으며 그렇게 말했지만, 당시 이미 어른이었던 내가 같이 살 수 있을 리가 없었다. 그래서 나는 대충 '엄마의 남자 친구니까, 엄마랑 둘이서 같이 살면 되잖아. 나는 나대로 남자 친구를 찾을 테니까'라고 말하며 거절했다. 그러자 엄마는 나랑 같이 살고 있던 연립주택에서 훌쩍 나가버렸다. 나도 금방 그 연립주택을 내놓고, 직장이었던 레스토랑 근처의 원룸 아파트로 이사했다.

아빠는 어떻게 사느냐 하면, 홋카이도에서 새로운 가족을 꾸려 네 식구가 행복하게 살고 있는 듯했다. '듯했다'라는 말을 사용한 이유는 엄마가 누군가에게서 들은 이야기를 다시 나에게 전해준 정보였기 때문이다.

덧붙이자면, 친할아버지와 친할머니는 이미 돌아가셔서 남아 있는 사람은 외할아버지인 다이조(大三) 할아버지뿐이었다. 그 할아버지가 바로 지금 내가 쾌속 열차에 몸을 실은 채 가고 있는 해변가 집의 주인이다.

이렇듯 조금 비뚤어진 가정에서 자랐기 때문인지, 내

연애 형태도 매번 비뚤어졌다. 나는 의도치 않게 자꾸만 아빠뻘 되는 남자에게 마음이 갔다. 미숙한 '청년'에게는 없는 어른스러운 포용력으로 '괜찮아'라고 하면서 나를 고양이처럼 계속 쓰다듬어주는 그런 사람에게 나는 항상 홀딱 반해버렸다. 내가 울어도, 웃어도, 실패해도, 응석을 부려도, 삐쳐도, '에밀리는 역시 사랑스러워'라고 말하며 계속 부드럽게 머리를 쓰다듬어주는, 그런 성숙한 남자에게 몸도 마음도 기대고 싶었다. 그리고 그런 소원이 이루어졌을 때에만 나는 나의 존재를 용서할 수 있을 것 같았다.

나 같은 사람도 이 세상에 태어나길 잘했구나─.

그런 생각이 들 때면, 항상 조금 눈물이 나왔다.

◆ ◆ ◆

다쓰우라 역에는 정오를 조금 지났을 때 도착했다.

개찰구를 지나니 곧장 전형적인 시골 마을의 한적한 상점가가 눈에 들어왔다. 반 정도 되는 가게가 문을 닫아서 그런지 어딘가 먼지투성이 같은 느낌이 드는 길이었다.

나는 스마트폰 지도를 보며 대략적인 루트를 확인한 뒤, 오른손으로 커다란 해외여행용 슈트케이스를 드르르륵 하고 굴리면서 상점가 한가운데를 걸었다. 왼손에는 붉은 체크무늬 소프트케이스에 넣어둔 우쿨렐레를 들었다. 게다가 짐은 그뿐만이 아니었다. 커다란 여행용 가방을 어깨에 대각선으로 메고 있기도 했다. 문득 낡은 시계 가게 쇼윈도에 비친 내 모습을 보니, 딱 야반도주를 하는 사람이었다.

왜 이렇게 한심해 보이지……?

그렇게 생각했지만, 실제로 나는 '야반도주'와 거의 비슷한 '주반도주(畫半逃走)'를 하는 중이니, 이렇게 한심해 보이는 것도 어쩔 수 없는 일이었다.

힐 대신에 스니커즈를 신고 왔는데도 다리가 후들거렸다. 짐이 무거운 데다 두 시간 넘게 기차를 타고 있었던 탓에 허리 아래쪽으로 힘이 들어가지 않았기 때문이다.

그리고 무엇보다 찌는 듯한 이 더위…….

눈에 보이지 않는 커다란 손으로 정수리를 꽉 누르는 듯한 햇볕에, 나는 무심코 미간에 잔뜩 힘을 주었다. 여기저기에서 들려오는 매미 울음소리도 기온을 2도 정도 더 밀어올리는 듯한 느낌이었다.

상점가를 빠져나가 땀에 흠뻑 젖은 채 계속 걸으니, 길은 완만하게 왼쪽으로 커브를 그렸다. 나는 그 커브 길을 계속 걸었다.

차아, 차악.

차아, 차악.

저 멀리 파도 소리가 소박한 시골 마을 틈새에서 들려왔다.

바다가 바로 근처다.

나는 어깨를 파고드는 가방을 고쳐 메고 다시 발걸음 속도를 높였다.

걸을 때마다 바다 냄새가 더욱 짙어졌다.

그리고 신호가 없는 작은 교차점을 왼쪽으로 돌자, 어깨 정도 길이인 내 머리카락이 사락사락 하고 나부꼈다.

바다다-.

도로를 앞으로 조금 더 나아가자 반짝이는 푸른빛이 시야에 들어왔다.

나는 너무나도 푸른 그 빛을 보고 눈이 번쩍 뜨여 잠시 걸음을 늦췄다. 하지만 곧장 걸음을 다시 재촉했다.

해변가를 따라 좌우로 뻗은 도로에 발을 내디뎠다.

나는 모래가 조금 흩뿌려진 횡단보도를 건너, 더욱 바다 쪽으로 가까이 갔다.

내가 서 있는 인도 바로 아래에는 새하얀 백사장이 펼쳐져 있었다. 그리고 백사장 끝에는 흰 크림 같은 파도의 거품이 계속 밀려왔다. 파도 그 자체는 멀리서 볼 때보다 훨씬 더 규모가 컸다.

이제 막 장마가 끝났는데, 벌써 여기저기에 해수욕을 하러 온 사람들 모습이 보였다. 모래사장을 수놓듯이 비치 파라솔이 여기저기 펼쳐져 있었고, 그 근처에는 낡은 목조 건물로 지은 가게 '해변의 집'이 딱 하나 세워져 있었다.

나는 천천히 좌우를 둘러보았다.

해변은 활 모양으로 뻗어 블루 토파즈를 녹인 듯이 빛나는 바다를 살짝 품고 있었다.

다쓰우라가 이렇게 아름다웠던가……?

어렸을 때의 기억을 떠올리려고 했지만, 어찌된 영문인지 전혀 기억이 나지 않았다.

그러든 말든이지만.

나는 수평선을 바라보았다.

그리고 가슴 가득 푸른 바람을 들이쉬었다.

해변가를 따라 커브를 그린 길을 계속 걷자, 이윽고 촌스러운 작은 항구가 보였다. 그곳이 해변가 도로의 종착점이었다. 항구 바로 앞에는 작은 언덕이 있었는데, 그 위에 1층짜리 낡은 목조 건물이 오도카니 세워져 있었다.

그래, 저 집이다.

여기까지 와서야 겨우 내가 보는 광경과 과거의 기억 속 풍경이 겹쳐졌다. 예전에 우리 가족이 '바다 할아버지'라고 불렀던 다이조 할아버지가 사는 집이 눈에 들어온 것이다.

겨우, 도착했다ー.

그렇게 생각하면서도 내 보폭은 조금 좁아졌다. 왜냐하면 나는 할아버지 얼굴조차 기억나지 않기 때문이다. 그 말은 곧, 할아버지도 나의 어렸을 때 모습밖에 모른다는 말인데……. 15년 만의 대면이라 그런지 역시 긴장된다.

그럼에도 계속 걸어 언덕 위로 이어지는 흰 콘크리트 언덕길 앞에 섰다.

나는 일단 그곳에서 걸음을 멈췄다.

분명히 괜찮을 거야ー.

자신을 그렇게 다독이면서 모처럼 할아버지에게 전화했을 때를 떠올렸다. 그날 밤, 도시의 좁은 방에서 혼자 싸구려 추하이(酎ハイ: 소주에 약간의 탄산과 과즙을 넣은 일본 음료 - 옮긴이 주)를 마시고 취한 나는 그냥 죽어도 좋다고 생각할 만큼 슬퍼서, 지푸라기라도 잡는 심정으로 할아버지에게 전화를 했었다. 그리고 15년 만의 대화인데도 인사도 하는 둥 마는 둥 한 채, 직장을 잃고 돈도 없어 집세도 못

낼 형편이라는 것, 처음에 상의했던 미국에 있는 오빠가 '바다 할아버지한테 한번 가보지?' 하고 말했던 일을 고백했다. 그러자 할아버지는 차분하지만 잠긴 목소리로 엄마 이름을 말했다.

"마이코(麻衣子)한테는 상의해봤고?"

"아니. 엄마는…… 새 남자랑 같이 사니까."

"그렇구먼." 할아버지는 한숨을 섞어 그렇게 중얼거리더니, 낮은 목소리로 말을 계속했다. "그래, 언제 올 예정이냐."

"어? 가도…… 돼?"

"죽은 네 할머니 방을 쓰면 된다."

할아버지는 정말 아무렇지도 않다는 듯이 그렇게 말했다. 자세한 사정도, 자기 딸인 엄마에 대해서도 묻지 않았다. 그냥 담담하게, 짐은 택배로 보내라든가, 이불은 있냐든가, 일정이 결정되면 연락하라든가, 그런 구체적인 이사 이야기를 할 뿐이었다. 게다가 이사 이야기가 끝나자마자 곧장 전화를 끊어버렸다. 배려를 해준 건지 그냥 귀찮았던 건지 잘 모르겠지만, 아무튼 간에 그 전화로 할아버지가 나를 받아주기로 했다는 사실은 확실해졌다.

짐은 이미 도착했을 테니…….

나는 배에 힘을 주고 '후우' 숨을 내쉰 다음, 위로 이어지는 콘크리트 언덕길을 올라갔다. 그리고 낡고 작은 집의 현관 앞에 섰다.

그래, 맞아. 쇼와 시대(1926~1989년 – 옮긴이 주)를 연상케 하는 복고풍 집이었어…….

초인종……은 찾아봤지만 발견할 수 없었다.

나는 현관 미닫이문을 조금 연 뒤, 안쪽을 향해 소리쳤다.

"저어, 실례합니다."

대답은 없었다.

그 대신,

띠링.

복도 안쪽에서 맑은 풍경(風磬) 소리가 들렸다.

현관문을 열어 바닷바람이 복도를 타고 그대로 지나갔기 때문인지도 모른다.

띠링.

가슴 안쪽까지 침투해 들어올 것 같은, 아주 시원한 음색이었다.

그 소리를 듣는 순간, 어쩐 일인지 내 머릿속 기억의 실이 단숨에 딱 이어진 듯한 기분이 들었다. 내가 어렸을 때에는 이 현관 앞에서 걸음을 멈춘 적이 없었다. 자신의 집

처럼 아무렇지도 않게 드나들면서 오빠랑 천진난만하게
놀았다.

띠링.

나는 미닫이문을 열고 과감하게 현관문 안쪽으로 발을
내디뎠다.

"실례합니다~."

조금 전보다 더 큰 목소리로 외쳤다. 하지만 아무런 대
답도 없었다.

어쩐 일인가 하고 생각하기 시작했을 때, 등뒤에서 작
은 기척이 느껴졌다.

응?

의아해하며 천천히 뒤를 돌아본 순간―.

"꺄!"

발밑에서 갈색 덩어리가 굼실거렸다.

나는 비명을 지르며 엉덩방아를 찧었다. 그와 동시에
카강 하는 불길한 소리가 들렸다. 엉덩방아를 찧는 순간에
손에 들고 있던 우쿨렐레가 시멘트 바닥에 떨어져버린 것
이다.

내 발밑의 갈색 생물은 개였다.

"참, 놀라게 좀 하지 마."

지면에 엉덩이를 찧은 채 나는 불평을 흘렸다.

잘 보니 그 개는 애교가 많아 보이는 시바견으로, 빙글 말린 꼬리를 좌우로 열심히 흔들었다. 입꼬리를 힘껏 뒤로 끌어당긴 모습이 아주 기뻐서 웃고 있는 듯했다. 하지만 조금 지쳐 보이는 걸 보면 아무래도 늙은 개인 듯하다.

나는 '아아, 아파~, 참……' 하고 중얼거린 뒤, 스스로가 한심해 혼자서 탄식을 내뱉었다.

그때, 개 뒤쪽에서 불쑥 거대한 사람 그림자가 나타났다.

그것이 나와 다이조 할아버지의 15년 만의 재회였다.

"에밀리냐?"

전화했을 때와 마찬가지로 차분하고 잠긴 목소리.

"어…… 응……."

"그런 곳에서 뭐하는 거냐."

할아버지는 현관에서 엉덩방아를 찧은 채 앉아 있는 나를 의아하다는 듯한 눈으로 내려다보았다. 짧게 깎은 흰 머리카락, 초콜릿색으로 햇볕에 탄 주름투성이 얼굴, 낡아빠진 샌들과 반바지, 그리고 구깃구깃한 알로하셔츠. 얼핏 보면 옛날 쇼와 시대 야쿠자 영화에 등장하는 배우가 아닐까 싶을 만큼 무서운 얼굴이었지만, 지적이고 댄디한 분위기도 느껴지는 노인 -. 그게 우리 할아버지였다. 하지만 진짜 배우와 비교하면 옷차림이 너무 소박하니, 역시 시골 해변가 노인에 더 가까웠다.

나는 자리에서 일어나 청바지 엉덩이 쪽에 묻은 먼지를 털어냈다. 그리고 무심코 얼빠진 대답을 하고 말았다.

"저어, 시, 실례합니다……."

할아버지는 아무 말도 하지 않고 나를 바라보았다.

시바견만이 끼~잉 하고 애교를 부리는 듯한 소리로 대답해주었다.

◆ ◆ ◆

내 방은 복도의 막다른 곳 오른쪽에 있는 다다미 여섯 장짜리 일본식 방이었다. 다다미는 낡아서 갈색이 되어버렸지만, 할아버지가 청소를 해준 모양인지 전체적으로는 깔끔했다.

그 일본식 방에는 작은 도코노마(床の間: 다다미방 정면 바닥을 높게 만들어놓은 곳으로, 보통 바닥에는 도자기, 꽃병을 장식하고 벽에는 족자를 걸어둔다 ─ 옮긴이 주), 붙박이장, 툇마루로 연결된 큰 창문이 있었고, 커튼레일에는 모양이 독특한 풍경(風磬)이 걸려 있었다. 그 풍경 모양은 딱 아래를 향한 도라지꽃처럼 가장자리에 솟아오른 봉우리가 다섯 개였다.

내가 조금 전 현관에서 들은 음색은 아무래도 이 풍경이
낸 소리인 듯했다.

　미리 도쿄에서 보낸 박스 열 개는 오른쪽 모래벽 앞에
2~3단 정도 높이로 쌓여 있었다. 그 위에는 대나무살과 유
카타(浴衣: 일본의 전통 의상. 기모노의 일종. 주로 평상복으로 사
용하는 간편한 옷이다 - 옮긴이 주) 원단으로 만든 보슈 부채
(房州うちわ: 일본 지바현의 전통 공예를 이용해 만든 부채. 일본의
3대 부채 중 하나 - 옮긴이 주)가 놓여 있었다. 나는 그 부채를
파닥파닥 부쳐 땀이 흐른 얼굴에 바람을 보냈다.

　"자, 그럼……."

　나는 그렇게 중얼거리며 산처럼 쌓인 박스를 바라보
았다.

　일단 오늘부터 바로 필요한 '일용품'을 넣은 박스를 골
라 테이프를 떼어내자. 그렇게 결정한 나는 부채를 바닥에
내던지고 작업을 시작했다.

　작업이 끝난 뒤, 미닫이문을 열고 붙박이장 안을 확인
했다. 위쪽에는 내가 보낸 이불이 반듯하게 정리되어 있었
다. 무심코 까는 이불을 만져보니 이불에 뺨을 비비고 싶
을 정도로 아주 뽀송뽀송했다. 할아버지가 어제 오늘에 걸
쳐 이불을 햇볕에 말려준 모양이었다.

붙박이장 아래쪽도 깔끔하게 청소되어 있어 먼지 하나 찾아볼 수 없었다. 나는 당분간 사용하지 않을 것 같은 물건을 담은 박스를 그곳에 틈새 하나 없이 가득 넣었다.

그 다음 다리를 접을 수 있는 테이블을 박스 안에서 꺼내 모래벽 옆에다 놓아두었다. 그 테이블은 위쪽이 유니언잭 모양으로, 내가 아끼는 물건이었다. 그리고 슈트케이스에서 노트북과 휴대용 충전기를 꺼내 테이블 위에 놓고 근처에 있는 콘센트에 연결했다.

"좋아. 그다음은……."

혼잣말을 하다가 문득 엉덩방아를 찧었을 때 시멘트 바닥에 떨어뜨린 우쿨렐레가 눈에 들어왔다. 나는 붉은 체크 무늬인 소프트케이스 지퍼를 열어 우쿨렐레 본체를 안에서 꺼내보았다.

"으아……."

무심코 그런 소리가 새어나왔다.

보디의 등쪽 나뭇결을 따라 쫘악 큰 금이 하나 가 있었기 때문이다. 게다가 페그가 하나 완전히 구부러져 있었다.

조심스럽게 우쿨렐레 줄을 쳐보니, 답답하게 보디 안쪽으로 잠겨 들어가는 듯한 한심한 소리가 났다.

이럴 수가. 완전 최악이야…….

마음속으로 그렇게 중얼거린 뒤, 나는 유니언잭 앞에 무릎을 꿇고 앉아 컴퓨터를 켰다. 그리고 부팅이 다 끝난 뒤 휴대전화를 이용해 인터넷에 연결했다. '우쿨렐레', '마틴', '수리'라고 입력하고 검색. 그에 더해 우쿨렐레 형식 번호를 입력해보거나, '보디', '금', '페그 교환' 등 생각나는 단어를 다 입력해 우쿨렐레 수리에 관해 조사해보았다.

그 결과 알게 된 사실이 두 가지 있었다.

먼저 첫 번째는 부모님이 이혼할 때 아빠가 나에게 남겨준 마틴 우쿨렐레는 놀랍게도 해외의 고급 기타 브랜드에서 제작한 것으로, 오래된 희귀 물품이라는 것이다.

그리고 두 번째는 아주 귀중하고 값비싼 우쿨렐레이기 때문에 아무리 싸게 잡아도 수리비가 15만 엔 이상 든다는 것이다.

15만 엔이면, 얼마 전 나의 세후 월급과 거의 비슷하잖아…….

타악. 소리를 내면서 노트북을 닫았다. 천장을 올려다보며 눈을 감은 다음, '하아' 하고 깊게 숨을 내쉬었다.

아빠한테 받은 우쿨렐레가ㅡ.

한 번 넘어졌다고 15만 엔이라니.

엉덩방아를 찧었을 때를 떠올리자, 갑자기 화가 치밀어

눈이 번쩍 뜨였다.

"그 멍청한 개 때문이야."

참지 못하고 소리 내어 그렇게 말하자, 창가에 매달려 있던 풍경이 소리를 냈다.

나의 유일한 보물인데…….

참 나. 이사 첫날부터 이렇게 재수가 없다니.

"게다가 더워."

흐르려고 하는 눈물을 참기 위해 일부러 소리를 내어 말했다.

이 방에는 아무리 찾아봐도 에어컨은 달려 있지 않았다.

"진짜, 최악이야. 짜증나……."

나는 다다미 바닥에 대(大)자로 누워, 바닥에 내던져놓았던 부채를 들고 파닥파닥 거칠게 부쳤다.

그러자 어디에선가 날아온 유지매미가 방충망에 달라붙더니, 바로 코앞에서 맴맴 하고 숨이 막힐 듯이 절규하기 시작했다.

안 그래도 짜증이 나는데 매미까지 −.

그래, 맞아. 충분히 이럴 수 있다.

운이 없을 때는 항상 이렇다.

도시에서 일했을 때가 떠오른 나는 똑바로 누운 채, 천장을 바라보며 크게 한숨을 내쉬었다.

◆ ◆ ◆

나는 박스 몇 개를 열어 일단 사는 데 지장이 없을 만큼 준비를 끝내놓은 다음 복도 쪽으로 나갔다. 그리고 작은 식탁이 있는 부엌과 하나 더 있던 일본식 방을 들여다보았다. 하지만 할아버지 모습은 보이지 않았다.

분명히 공방 건물이 따로 있었을 텐데…….

그렇게 생각한 나는 일단 방으로 돌아가 딸기 무늬 비치 샌들을 박스에서 꺼내 발끝에 걸쳐 신고 밖으로 나갔다. 마당에는 작은 밭이 있었고, 그곳에는 다양한 종류의 농작물이 심겨 있었다. 푸르른 잎을 크게 벌린 농작물들은 여름 햇살을 가득 받으며 바닷바람에 하늘하늘 작게 흔들렸다.

나는 눈앞에 펼쳐진 항구와 그 너머 외해를 내려다보면서 마당을 가로질렀다.

안채 옆에 작게 지어진 목제 별채를 발견하고 그곳으로 다가가보니, 캉캉캉캉 하는 쇠망치 소리가 들려왔다.

방이 하나밖에 없는 별채는 집이라기보다는 조금 초라한 '오두막'에 가까운 건물이었다. 할아버지는 옛날부터 이 오두막을 공방으로 이용하면서 손수 풍경을 만들었다. 공방에는 현관도 없기 때문에 드나들 때는 툇마루의 커다란 창문을 이용한다. 그리고 지금 그 창문에는 유리가 아닌 방충망만 있었다. 즉, 공방에도 에어컨이 없다는 말이었다.

캉캉, 카가강, 카강, 캉캉.

쇠를 두드려 단련하며 풍경 모양을 만들어가는 이 리드 미컬한 소리 ─.

가만히 들으니 내 어린 시절 기억이 스멀스멀 되살아나는 듯했다. 여름방학 때의 맑은 아침 공기와 싱그러운 나팔꽃 꽃잎. 점심때의 푸른 바닷바람과 눈이 부실 정도로 흰 적란운. 황혼이 질 무렵, 저녁매미의 슬픈 울음소리. 소나기가 내린 뒤에 피어오르는 흙냄새. 시원하고 달콤한 수박. 멀리서 들리는 파도 소리. 시원한 밤바람. 유카타의 산뜻한 촉감. 불꽃놀이를 할 때의 연기 냄새. 띠링, 띠링, 하고 가슴에 스며드는 듯한 소리를 연주하는 할아버지의 풍경 ─. 작은 기억의 파편들이 서로 손을 잡고 또 새로운 기억의 파편을 불러모았다. 그리고 그 모든 기억의 파편은 아직 아빠와 엄마가 모두 있었을 때의 달콤쌉쌀한 추억이었다.

나는 살짝 공방으로 다가가 툇마루 앞에 섰다.

할아버지는 방충망 너머에서 그때와 똑같이 책상다리

를 한 채 나무 작업대를 바라보며 정성스럽게 쇠망치를 휘둘렀다.

아아, 그래, 나는 옛날에 틀림없이 이곳에 온 적이 있다…….

그리운 추억에 한숨을 내쉬었을 때, 착착착 하고 발톱을 지면에 긁는 소리가 들렸다. 조금 전에 봤던 시바견이 내 발치로 다가온 것이다. 안채와 공방 사이, 딱 그림자가 진 곳에 낡은 개집이 있었는데, 아무래도 나를 발견하고 밖으로 나온 것 같다. 개는 개집 앞의 땅에 박혀 있는 금속 못과 연결된 목줄을 하고 있었다.

하악, 하악, 하악……. 늙은 개는 혀를 내밀고 거친 숨을 내쉬면서도 여전히 흔들흔들 꼬리를 치며 천진난만하게 웃었다. 나는 원래 개를 좋아하는 편으로, 이 개도 애교가 많아 사랑스러워 보였다. 하지만 전혀 쓰다듬어주고 싶지가 않았다. 물론 우쿨렐레가 망가진 게 원망스러웠기 때문이다.

캉캉, 캉캉…….

쇠망치 소리가 멈췄다.

할아버지가 나와 개를 눈치챈 것이다.

방충망을 사이에 두고 서로 눈이 마주쳤다.

"저, 저어……."

무언가를 말하려던 나는 할아버지 시선이 내 왼편으로 살짝 어긋나 있다는 사실을 깨달았다.

"이제 슬슬 때가 됐구먼."

차분하지만 잠긴 목소리가 방충망 너머에서 들려왔다.

"뭐?"

"한사리의 만조다."

나는 뒤를 돌아보았다. 확실히 항구의 바닷물 수위가 조금 전보다 꽤 높아졌다.

"에밀리."

"응······?"

나는 시선을 다시 공방으로 되돌렸다.

"지금도 생선을 싫어하냐?"

"응? 생선? 먹기 싫어하냐고?"

"그래."

"음······ 좋아······하는데."

대답을 하면서 생각했다. '지금도'라고 했으니, 할아버지는 내가 어렸을 때 생선을 안 먹었다는 사실을 기억하고 있는 거구나.

"그러냐." 할아버지는 쇠망치를 작업대 위에 살짝 놓고 눈을 가늘게 떴다. 그건 오늘 처음으로 본 할아버지의 미소 비슷한 표정이었다. "그럼 저녁 반찬을 조달하러 가야 겠구먼."

할아버지는 천천히 일어서더니, 양손을 허리에 대고 굳어버린 허리를 풀듯이 몸을 뒤로 젖혔다. 그리고 회색 비치 샌들을 발에 걸고 마당으로 나왔다.

"거기서 잠깐 고로와 기다리고 있거라."

"고로?"

"개 이름이다."

할아버지는 일단 안채에 들어가 한 손에 잡을 수 있을 만한 크기의 나무 상자와 낚싯대 두 개, 챙이 큰 싸구려 밀짚모자를 손에 들고 다시 마당으로 나왔다.

"저녁에도 햇살이 강하거든."

밀짚모자를 툭 하고 내 머리 위에 올린 할아버지는 "따라 오거라." 하고 말하며 발걸음을 돌렸다.

목줄을 풀어주자 고로는 늙은 개답게 조금 지친 발걸음으로 할아버지와 나란히 걷기 시작했다. 나는 옆으로 기울었던 밀짚모자를 똑바로 다시 고쳐 쓰고 서둘러 할아버지 뒤를 쫓았다.

우리 두 사람과 고로는 흰 콘크리트 언덕을 내려가 눈앞의 작은 항구에 도착했다. 그 항구를 왼쪽으로 빙글 반

바퀴 정도 돌아가니, 앞에 50미터 정도 되는 가늘고 긴 방
파제가 나타났다.

약하게 부는 비릿한 바닷바람.

군청색 수평선과 그 위에 펼쳐진 코발트블루의 여름 하
늘. 멀리서 들리는 매미 소리. 황혼이 지기 전의 아주 살짝
레몬색으로 물든 태양빛.

"이 근처에서 잡을까?"

할아버지는 방파제 끝에 도착하기 바로 직전쯤에서 걸
음을 멈췄다. 그리고 나에게 낚싯대를 하나 건네주었다.

"릴은 사용할 줄 아냐?"

"아니……."

나는 고개를 저었다.

"이곳을 이렇게 하면 낚싯줄이 나오지. 또 이곳을 이렇
게 해서 핸들을 앞으로 돌리면 낚싯줄이 감기고. 나머지는
사용하다 보면 익숙해질 게다."

할아버지는 무뚝뚝한 말투로 대충대충 설명한 뒤 작은
나무 상자의 뚜껑을 열었다. 안에는 냉동된 은색의 작은
물고기들이 가득 들어 있었다.

"이게 뭐야?"

"미끼인데, 샛줄멸이라는 거다. 바늘을 이렇게 머리가

단단한 곳에 끼워야 하지. 해봐라."

"어……? 나도?"

할아버지는 아무 말도 없이 고개를 끄덕였다.

나는 조금 징그럽다고 생각하면서도 냉동된 작은 생선을 잡고 붉은 낚싯봉 끝에 붙어 있던 바늘에 끼워 넣었다.

"미끼를 끼웠으면 저쪽을 한번 봐라. 바다 밑에 커다란 바위가 한가득이지?"

"응."

바닷물은 밑의 작은 돌멩이가 선명하게 보일 정도로 매우 투명했다.

"저 바위 근처에 미끼를 던져야 한다. 릴을 이렇게 한 다음, 손가락으로 낚싯줄을 잡고 던질 때 손가락을 놓아야 해. 알겠냐. 잘 봐둬라. 이렇게 하는 거다."

할아버지가 낚싯대를 휘두르자, 그야말로 목표로 했던 바위 바로 옆에 낚싯봉이 빠져 흔들흔들 물속으로 잠겨들어갔다.

"낚싯봉과 미끼가 끝까지 내려가면 조금 릴을 되감아서 이렇게 물고기를 유도해야 한다."

할아버지가 낚싯대를 세우듯이 살짝살짝 움직이자, 미끼인 작은 생선이 바다 밑에서 작게 튀어오르듯이 움직였다.

그 순간 –.

"앗!"

바위틈에서 짙은 갈색 생선이 쌔앵 하고 뛰쳐나와 미끼를 물었다.

"입질이 오면 재빨리 낚싯대를 세워서 릴을 감으면 그만이다."

할아버지가 그런 말을 하는 사이에 낚싯대 끝에는 20센티미터나 되는 생선이 멋지게 대롱대롱 매달렸다.

"굉장해⋯⋯."

"해보거라."

할아버지는 그렇게 말한 뒤, 반바지 주머니에서 흰 비닐봉투를 꺼내더니 그 안에 방금 낚은 짙은 갈색 생선을 넣었다. 봉투를 방파제 위에 놓아두니, 생선이 마구 날뛰어서 비닐 봉투가 파삭파삭하는 소리를 냈다. 그 냄새를 고로가 킁킁 맡았다.

"방금 낚은 거, 이름이 뭐야?"

"쏨뱅이. 고급 생선이지."

어? 고급 생선을 이렇게 쉽게 낚을 수 있다고?

나는 살짝 흥분한 채로 할아버지 흉내를 내며 미끼를 바다에 던졌다. 하지만 생각과는 달리 거의 발밑에 떨어졌다.

"아아, 실패야……."

다시 던지려고 릴을 감으려 했는데, 할아버지가 제지했다.

"발밑도 괜찮아. 방파제 가장자리는 물고기가 잠을 자는 곳이거든. 바다 밑에까지 떨어뜨린 다음, 살짝 물고기를 유도하면서 조금씩 저편으로 이동해보거라."

할아버지 조언대로 나는 낚싯대 끝을 살짝살짝 움직이면서, 조금씩 방파제 끝쪽으로 걸어갔다. 그러자 갑자기 낚싯대를 쥔 손에 쿡쿡 하고 묵직한 진동이 전해져왔다.

"앗, 아, 아, 뭔가, 걸렸나봐."

나는 당황해서 할아버지를 바라보았다.

할아버지는 눈부신 듯이 눈을 가늘게 떴다.

"낚싯대를 세우고 릴을 돌려봐라."

"아, 으, 응……."

나는 하라는 대로 열심히 릴을 돌렸다. 그리고 태어나서 처음으로 직접 물고기를 낚아 올렸다.

"우와, 성공이야. 엄청 큰 걸 낚았어."

할아버지는 아무 말 없이 커다란 생선 입에서 낚싯바늘을 빼냈다.

"할아버지, 이것도 쏨뱅이야?"

"그래."

굉장하다. 내가 고급 생선을 낚다니.

"아직 멀었다. 배를 채우려면 앞으로 몇 마리는 더 낚아야 돼."

할아버지는 무뚝뚝하게 말했다.

기껏 낚았으니 조금이라도 칭찬해주면 좋을 텐데─. 나는 속으로 불평을 늘어놓으면서도 생선을 낚았다는 기쁨에 무심코 싱글벙글한 표정을 지었다.

"자, 미끼를 다시 꽂아봐라."

"아, 응."

나는 어린아이처럼 두근거리는 마음으로 낚싯대를 다시 던졌다.

그 모습을 본 할아버지는 바로 자신의 낚싯대를 거둬들였다. 그리고 다리를 아래로 내던지듯이 방파제 가장자리에 걸터앉더니, 엎드려 잠을 자는 고로의 등을 쓰다듬으면서 수평선 근처를 멍하니 바라보았다.

그리고 가끔 중얼거리며 낚시에 관한 조언을 해주었다.

나는 한 마리, 또 한 마리, 계속 낚아 올렸지만, 쏨뱅이가 다 작아 모두 바다에 다시 놓아주었다. "크게 자랐을 때

다시 낚으면 된다."라고 할아버지가 말했기 때문이다.

가끔 바다 안이 반짝반짝 빛나는 강처럼 변했다. 은색 물고기가 떼를 지어 지나가는 모습이었다. 할아버지는 그 물고기가 전갱이라고 가르쳐주었다. 하지만 그걸 낚으려고 하지는 않았다. 전갱이를 낚으려면 또 다른 미끼와 방법이 필요한 듯했다.

"전갱이는 아직 냉장고에 남아 있으니, 안 낚아도 된다."

"왜? 보일 때 많이 낚아두면 좋잖아."

내가 그렇게 말하자 할아버지는 눈썹을 팔(八)자 모양으로 만들며 쓴웃음을 지었다.

"먹을 만큼만 낚으면 충분하다. 봐라, 미끼만 물고 가버렸구먼."

"아, 진짜네?"

어느새인가 미끼만 어디론가 사라지고 없었다. 나는 미끼를 다시 끼우고 바다에 낚싯봉을 던졌다. 점점 내가 원하는 곳에 던질 수 있게 되어 굉장히 뿌듯했다.

이 낡고 작은 항구에는 우리 이외에 아무도 없었다. 마치 우리가 이 항구를 전세 낸 것 같았다.

"굉장히 조용하네."

나는 그렇게 중얼거렸다.

하지만 옆에서는 아무런 대답도 없었다.

할아버지는 전형적인 무뚝뚝한 기술자로, 표정도 험악한 편이었지만 이렇게 눈부신 듯이 바다를 바라보고 있는 옆얼굴에서는 어딘가 만족스러운 듯 부드러운 표정도 엿보였다.

문득 내 뇌리에 '저녁뜸'이라는 단어가 떠올랐다.

잔잔한 파도가 방파제에 닿아 찰싹, 찰싹 하고 은은한 소리를 내니 절로 잠이 쏟아졌다. 나는 무의식적으로 크게 하품을 했다.

무심결에 발밑을 보니 밀짚모자를 쓴 사람의 그림자가 조금 전보다 조금 더 길게 방파제 위에 늘어졌다.

이거, 내 그림자지?

시골 냄새 풀풀 나는 밀짚모자를 쓰고 방파제 위에서 느긋하게 낚시를 하고 있다니…….

평온한 풍경과 주변의 정적 탓인지 점점 현실감을 잃어갔다. 시간 감각마저도 애매모호했다. 그도 그렇게, 난 오늘 아침까지 혼잡한 도시에 뒤섞여 있었다.

그런데 지금은 -.

정말로 나는 도망쳐온 거구나…….

기차 안에서 만난 그 여자아이 모습이 눈앞에 떠올랐다.

외톨이가 된 갈색 초콜릿.

무심코 '후우' 하고 한숨을 내쉬었을 때, 손에 들고 있던 낚싯대가 쿡쿡 하고 힘차게 인사를 하기 시작했다.

"앗, 왔다!"

그 순간, 도시에서 도망쳐왔다는 감회는 부드러운 바닷바람에 어디론가 날아가버렸다.

낚싯줄과 낚싯대를 통해 전해지는 생명의 약동.

나는 릴을 감았다.

그리고 이번에 낚은 쏨뱅이는 오늘 잡은 것 중에 가장 컸다.

"아주 잘 낚았다."

무뚝뚝하기만 하던 할아버지가 드디어 나를 칭찬해주었다.

◆ ◆ ◆

작열했던 태양이 기울자, 낚시도 끝났다.

방금 낚아 올려 싱싱한 쏨뱅이는 곧장 집의 부엌으로 총알 배송되었다. 부엌에 선 할아버지는 상당히 작은 회칼을 들고 숫돌에 샥샥 솜씨 좋게 갈기 시작했다.

"쏨뱅이를 손질해놓으마."

할아버지가 등뒤에서 비늘을 제거하며 그렇게 말했다.

한마디로 저녁을 만들어주겠다는 말인 듯했다.

한편 나는 욕실 청소 담당이었다. 그리고 청소를 하는 김에 먼저 목욕을 했다.

욕조는 작은 편이었지만, 반년 전에 노송나무를 조합해 새로 만들었다는데, 그래서 그런지 상쾌한 향이 났다. 나는 열심히 손을 움직이면서 욕조에 가득 미지근한 물을 담았다. 그리고 시골의 낡은 온천 숙소로 힐링 여행을 온 관광객이 된 기분으로 욕조에 몸을 담갔다. 목까지 욕조에 담근 채 멍하니 몇 개월간의 회색빛 나날을 회상하다가 하마터면 열이 올라 욕조에서 쓰러질 뻔했다.

목욕을 끝낸 뒤, 익숙한 티셔츠와 반바지를 입고 방으로 돌아가 드라이어로 머리카락을 말렸다.

부채로 열이 오른 얼굴과 목을 부치면서 부엌에 얼굴을 내밀어보니 막 완성된 밥과 된장국 냄새가 가득해, 아침부터 제대로 뭘 먹지 못한 내 배가 마구 비틀리며 소리를 낼 듯했다.

부엌 바닥은 반들반들한 적갈색으로 빛났다. 몇 십 년이나 계속 밟아와 절로 매끈해진 그런 색이었다. 하지만 사람이 걸으면 삐걱삐걱 하는 소리가 났다. 그 소리를 듣고 내가 목욕을 끝내고 왔다는 사실을 알았을 텐데도, 할아버지는 이쪽을 돌아보지 않은 채 냄비에 만들어둔 된장국을 그릇 두 개에 가만히 담기만 했다.

"저어……. 목욕 다 끝났어."

그래도 할아버지는 '그래'라고도, '알았다'라고도 대답하지 않았다.

오래도록 사용해 반질반질한 목제 테이블 위에는 이미 몇몇 요리가 접시에 담겨 올려져 있었다.

"이게 전부 쏨뱅이야?"

내가 묻자 할아버지가 그릇을 양손에 들고 이쪽을 돌아보았다.

그리고 "그래, 오늘 잡은 것들이지."라고 말하면서 그릇을 테이블 위에 올려두었다. "맥주, 줄까?"

"으, 응."

"그럼 밥은 나중이겠구나."

차분하고 잠긴 목소리로 그렇게 말한 뒤 할아버지는 냉장고에서 캔맥주를 두 개 꺼냈다. 나도 좀 도와야겠다는 생각이 들어, 식기 선반 위에서 대충 유리잔을 두 개 꺼냈다.

"이 유리잔이면 돼?"

"그래."

우리는 서로 마주보고 의자에 앉았다.

"생각 이상으로 굉장해……."

"응?"

할아버지는 고개를 살짝 갸웃했다.

"꼭 음식점에 온 것 같아. 요리가 엄청 깔끔해서."

나는 생각난 대로 말을 했을 뿐인데 할아버지는 조금 쑥스러운 듯 눈썹을 살짝 찌푸렸다.

"먹어도 돼?"

"그래, 먹을까?"

"응."

나는 젓가락을 들고 "맛있겠다."라고 말하며 바로 요리에 손을 대려고 했는데, 할아버지는 등을 활처럼 곧게 세운 뒤 햇볕에 탄 양손을 맞대고 "잘 먹겠습니다."라고 말했다. 그 모습이 꼭 작게 기도를 하는 것처럼 보여서, 나도 황망하게 손에 들고 있던 젓가락을 테이블에 올려두었다. 그리고 새삼 할아버지 흉내를 내며 "잘 먹겠습니다."라고 말해보았다.

생각해보면 도시에서 혼자 살 때는 텔레비전을 보면서 편의점에서 사온 도시락을 대충 때우듯이 먹었기 때문에, 이렇듯 손을 모으고 '잘 먹겠습니다'라고 말한 적이 거의 없었던 것 같다.

"각자 따라 마시면 되지?"

"응? 아, 으응."

우리는 각자 유리잔에 맥주를 따랐다. 그리고 할아버지
는 아무 말도 하지 않은 채, 테이블 위로 유리잔을 들어 올
렸다.

"어…… 감사, 합니다."

조금 갈피를 잡지 못하다가, 나도 유리잔을 들어 올렸다.

할아버지는 눈을 작게 끄덕이더니 맥주를 들이켰다.

나도 할아버지를 따라서 맥주를 마셨다.

그리고 두 사람이 유리잔을 내려놓았을 때.

띠링.

내 방의 창가에서 풍경 소리가 들려왔다. 그와 동시에
부엌 창문에서는 여름 밤바람이 살랑거리며 조용히 안으
로 날아들었다.

멀리서는 파도 소리도 들렸다.

밤에는 낮보다도 바다 내음이 더욱 진했다.

"왜 그러지?"

젓가락을 집어든 할아버지가 나를 보고 물었다.

"응?"

할아버지 질문을 듣고 나는 반대로 생각했다.

나…… 왜 이러는 걸까.

"뭐라고 해야 할까……. 지금 내가 여기에 있다는 것 자체가 참 신기하단 생각이 들어서……."

"그러냐."

"응……."

"나도–." 할아버지는 잠겼지만 차분한 목소리로 그렇게 말하더니, 쏨뱅이회를 하나 집어 간장에 찍었다. 그리고 "참 신기하다." 하고 말한 뒤 흰 살을 입에 넣었다.

"응."

그야 그렇겠지. 오늘 점심때까지 계속 조용하던, 아니지, 너무 조용해서 적적하던 시골집에 혼자 살고 있었는데, 갑자기 15년간 얼굴도 못 봤던 손녀가 집에 쳐들어와서는 지금 식탁에 마주 앉아 있으니 신기한 기분이 들 수밖에 없을 것이다.

"에밀리가 낚은 이 쏨뱅이, 맛이 참 좋구나."

할아버지는 말이 끊기는 게 싫은지 그렇게 가만히 중얼거렸다.

"정말?" 나도 회를 젓가락으로 집은 다음, 와사비는 없나…… 하고 생각하면서 색이 연한 간장에 찍어 입에 넣었다.

"어? 이거 뭐야."

절로 입술 사이에서 그런 말이 흘러나왔다.

상상했던 맛보다도 훨씬, 훨씬 맛있었기 때문이다.

얇게 자른 회는 흰 살인데도 분명히 특유의 맛이 났고, 고급스럽고 섬세한 지방의 달콤함이 혀를 녹일 듯이 퍼져나갔다. 원래 거의 맛이 나지 않았어야 할 흰살생선에 독특한 맛을 더해준 것은 – 틀림없이 이 색이 옅은 간장이었다. 게다가 이 간장은 마지막에 찌릿하면서도 상쾌한 매운맛을 혀 위에 남겨서, 절로 맥주에 손이 가게 만들었다. "저어, 이 간장은……." 하고 말하면서, 나는 젓가락 끝에 간장을 살짝 찍어 맛을 보았다. "평범한 간장은 아니지?"

할아버지는 작게 고개를 끄덕였다.

"알겠냐?"

"물론 알지. 매운맛도 나고, 이걸 뭐라고 하더라, 감칠맛이……."

할아버지가 맥주를 한 모금 마신 뒤 간장의 비밀을 가르쳐주었다.

"마당의 풋고추를 1밀리 정도 크기로 작게 잘라 잠시 동안 간장에 띄워둬서 매운맛이 간장에 스며들게 했다. 쏨뱅이라는 놈은 와사비 간장에 찍어 먹어도 맛있지만, 여름엔 특히 고추의 매운맛과도 아주 잘 어울리거든."

"이 간장의 감칠맛은?"

"다시마와 가다랑어포, 그리고 술의 감칠맛이지."

놀랍게도 할아버지는 일부러 회 전용 간장을 직접 만들었다고 한다.

내가 깜짝 놀란 이유는 그것뿐만이 아니었다. 작은 밥그릇에 담긴 요리가 또 몸을 짜릿하게 만드는 맛이었다. 크레송, 목면두부, 사이쿄 된장(西京味噌: 교토 특산 음식으로 달콤하고 하얀 된장 – 옮긴이 주)으로 만든 다마미소(玉味噌: 하얀 된장에 달걀노른자, 청주, 미림 등을 넣고 가열하여 구슬처럼 동그랗게 굳힌 된장 – 옮긴이 주)에 얇게 썬 쏨뱅이회를 무친 반찬으로, 그걸 입에 넣은 순간 나는 무심코 부드러운 맛에 감동해 '으음~!' 하는 소리를 내며 눈을 감았을 정도였다.

이 느낌은 대체 뭐지–?

"맛있어. 진짜로……."

"그거 참 잘됐구나."

할아버지는 아주 살짝 눈웃음을 지었다.

된장국을 먹어보니 그게 또 굉장한 맛이었다. 한숨을 쉬고 싶을 만큼 마음을 편안하게 해주지만, 마지막에는 확실하게 깊은 감칠맛이 느껴졌다. 게다가 그 감칠맛이 혀를 아주 부드럽게 감싸며 오래도록 여운을 남겼다. 건더기는 끈적하면서도 달달한 파와 쏨뱅이의 흰 살이었는데, 그 흰 살에는 불로 살짝 구워서 향을 낸 껍질이 붙어 있었다.

"이 된장국은 어떻게 만든 거야?"

"다시마와 쏨뱅이의 서덜로 국물을 내고 된장을 푼 다음 마지막에 간장으로 맛을 조절한 거다."

"그게 끝?"

"마지막으로 하나, 중요한 게 들어가지. 과연 뭘까?"

말이 별로 없는 할아버지가 퀴즈를 다 냈다. 나는 그게 무척 기뻐서 새삼 된장국을 맛보았다. 그러자 혀와 목과 배 안이 서서히 치유되는 듯한 기분이 들었다.

"음~ 뭐지……?"

정답은 틀림없이 이 감칠맛에 있을 텐데. 거기까지는 나도 충분히 유추할 수 있었다. 하지만 이렇게까지 고급스럽고 짙은 감칠맛을 내는 재료가 뭐가 있을까 생각해봐도 도저히 머릿속에 떠오르지가 않았다. 그래서 대충 대답해보았다.

"설마 생크림 같은 건 아니지……?"

할아버지는 "그런 것일 리가 없지." 하고 쓴웃음을 지은 뒤, 된장국을 한 모금 마셨다.

"쏨뱅이의 간(肝)이다. 손가락으로 으깨서 녹여 넣었
지."

"쏨뱅이의 간? 어쩌면 처음 먹어보는 걸지도 몰라."

할아버지는 아마 그럴 거다, 라는 표정이었다.

"엄청 맛있네."

"간의 풍미가 좋다면, 다음엔 쥐치를 한번 낚아볼까?"

"응. 낚아보고 싶어."

나는 저녁 낚시 때 느꼈던 흥분을 되새기면서 대답했다.

"쥐치 낚시의 미끼로는 바지락 조갯살을 쓴다."

"어? 바지락 아깝지 않아? 난 바지락 좋아하는데."

"조금 전에 쏨뱅이를 낚을 때도 샛줄멸을 쓰지 않았냐."

할아버지가 눈썹을 팔(八)자로 모으며 말했다.

"아, 맞아. 그것도 아까운 건 마찬가지구나."

내가 목을 움츠리고 키득거리며 웃자, 할아버지도 작게
웃어주었다.

우리는 둘이서 회를 먹었다.

띠링.

내 방에서 풍경이 울렸다.

바다 냄새가 섞인 부드럽고 마음이 편해지는 밤바람이

식탁까지 불어왔다.

조용했다. 아주.

나는 할아버지의 유리잔에 맥주를 따라 주었다.

"그래, 고맙다."

할아버지는 조금 쑥스러운 표정을 지으며 유리잔에 입을 댔다.

15년 만에 만난 할아버지와 손녀는 어딘가 모르게 낯간지러워하면서 '두 사람만의 식탁'을 조금씩 즐기기 시작했다. 낮과 비교하면 서로 조금 긴장이 누그러졌는지, 어깨의 힘도 많이 빠진 듯했다.

긴장을 누그러뜨려준 것은 두말할 것도 없이 할아버지가 직접 만든 요리였다.

왜냐하면 간장을 입에 넣을 때마다 마음이 따뜻해지고, 괜히 행복해지고, 신기하게도 마음이 솔직해졌으니까. 그리고 요리에 대해 이야기해주는 할아버지 말투가 굉장히 담담하고 온화한 것도 참 좋았다.

무침을 먹으면서 나는 문득 생각했다.

이렇게 따뜻한 가정 요리를 먹으면서 식탁 앞에 앉아본 게 대체 얼마 만일까?

기억을 계속 되돌려보았지만, 아쉽게도 생각이 나지 않

왔다.

가족과 평범하게 식탁 앞에 앉아서 밥을 먹는 평범한 행복—.

내 인생에는 그 평범함이 결정적으로 부족했던 건지도 모른다. 그렇기 때문에 나는 지금 이렇게나 훈훈한 심정으로, 집에서 손수 만든 요리를 먹고 감동을 느끼고 있는 것이다. 분명히.

어렸을 때의 저녁밥 하면, 엄마가 만들어놓은 밥을 오빠와 둘이서 쓸쓸하게 먹었던 기억밖에 없다. 그리고 무서운 밤을 극복하기 위해서 항상 텔레비전을 엄청 크게 틀어놓았다. 그 뒤 오빠가 미국으로 가서 엄마와 단둘이 살기 시작했을 때는 이미 서로의 생활 패턴이 완전히 달랐기 때문에 같이 식사할 기회가 거의 없었다. 엄마는 다른 남자 집에 가서 밥을 먹었을지도 모르지만, 나는 대체로 혼자서 밥을 먹었다. 엄마와 헤어져 자취를 시작한 뒤로는 그야말로 식사가 계속 부실해져갔다. 그냥 살아가기 위해 칼로리를 채우려고 꾸역꾸역 입에 집어넣었을 뿐이었다.

나는 훈훈하게 김이 피어오르는 쏨뱅이 된장국을 맛보고는 '하아……' 하고 숨을 내쉬었다.

이렇게 행복한 맛을 평범한 식탁에서, 평범하게 맛보고

싶었는데……. 그렇게 마음에 사무치는 생각을 했더니 괜히 슬퍼졌다.

띠링.

풍경 소리가 갑자기 마음속으로 파고들어 내 가슴의 빈 공간에서 메아리치는 것만 같았다.

"어? 왜 이러지……?"

나도 모르는 사이에 가슴 바로 아래에서 촉촉한 감정이 치솟아, 나는 테이블 위에 물방울 두 개를 뚝뚝 떨어뜨리고 말았다.

할아버지는 그런 나를 보고 아주 잠깐 멍한 표정을 지었지만, 금방 차분한 목소리로 말했다.

"좀 더 줄까?"

"아니. 내가 떠먹을게."

나는 엄지로 눈물을 닦은 뒤 밥그릇을 들고 일어서서 된장국을 그릇에 담았다. 그리고 다시 의자로 돌아와 자리에 앉았다.

"후우."

마음을 다잡기 위해서 나는 일부러 소리를 내며 한숨을 내쉬었다.

"먹자."

쏨뱅이회를 먹고, 무침을 먹고, 된장국을 먹고, 유리잔에 남은 맥주를 들이켜고, 다시 잔에 맥주를 따랐다. 그 사이에 할아버지는 맥주를 조금 마셨을 뿐, 나에게 뭐라고 말을 걸면 좋을까 생각하는 듯했다. 한마디로, 조금 난처해했다.

"할아버지."

그래서 내가 먼저 말을 걸었다.

"응?"

"안 물어봐?"

"……."

"안 물어봐도 되겠어?"

"뭘 말이냐."

"내가 왜 갑자기 시골로 내려왔는지."

할아버지는 희끗한 눈썹을 끌어올리더니, 들고 있던 맥주잔을 내려놓았다. 그리고 턱의 다박수염을 슥슥 매만졌다.

"말을 하면 마음이 좀 편해질까?"

"잘 모르겠어. 하지만—." 나는 밥그릇에서 피어오르는 부드러운 김을 바라보면서 천천히 숨을 쉬었다. 그리고 무심하게 이야기하기 시작했다.

"나, 도망쳐왔어."

제2장

비치 샌들:
전갱이 미즈나마스

현관에서 비치 샌들을 신으면서 스마트폰을 보니, 이제 아침 5시가 막 지난 참이었다. 하품을 참으며 미닫이문을 열고 마당으로 나간 나는 무심코 눈을 반쯤 감았다. 여름 해변의 아침 공기가 눈의 안쪽이 아플 정도로 반짝거렸기 때문이다.

　바다 내음을 머금은 바람.

　멀리서 들리는 파도 소리.

　블루 토파즈색으로 반짝이는 웅대한 바다.

　나보다 먼저 마당으로 나간 할아버지는 개집 앞에서 웅크린 채, 낡고 푸른 목줄을 고로의 목걸이에 연결하는 중이었다.

　"산책할 때는 꼭 이 줄을 연결해야 한다."

　할아버지는 그렇게 말한 뒤 "자, 잡아라." 하고 목에 연결한 목줄을 나에게 내밀었다.

　나는 도시에서 살았기 때문에 개를 길러본 적이 없었

다. 그래서 조금 당황하며 목줄을 건네받았다.

고로는 나를 올려다보더니 여전히 기쁘다는 듯 입꼬리를 올리며 웃었다. 그리고 둥그렇게 말린 꼬리를 휙휙 흔들었다.

너는 고민도 없고 참 좋겠다…….

우쿨렐레 때문에 원망스럽기는 했지만, 이 개의 천진난만한 미소를 보면 어느새인가 독기가 쑥 빠져버렸다.

"자, 가보자."

할아버지가 가만히 중얼거렸다.

"응."

나는 할아버지와 늙은 개와 함께 느릿하게 걷기 시작했다.

나도 할아버지도 비치 샌들을 신고 있어서 한 걸음 걸을 때마다 타닥타닥 하고 시끄러운 소리가 들렸다. 도시의 아스팔트를 말끔하게 닦인 힐로 밟을 때 나는 소리와 비교하면 아주 값싸게 느껴졌지만, 그래도 이 소리는 내 마음을 지치게 하지 않았다. 자신이 자신답게 존재할 수 있게 해주는, 기분 좋은 '자유의 소리'가 아닐까 하는 생각도 들었다.

"저어, 할아버지. 아침 산책 코스는 맨날 똑같아?"

집 앞 언덕을 내려가면서 나는 할아버지에게 물었다.

"그래, 항상 똑같지. 고로가 가는 대로 따라가면 자연히 항상 지나는 산책 코스로 갈 수 있다."

"와. 그렇구나."

확실히 고로는 아무런 망설임 없는 발걸음으로 목줄을 잡아끌었다. 나이가 많아 끄는 힘은 별로 강하지 않았지만, 내 손에는 줄에 힘이 쭉쭉 들어가는 느낌이 전해져왔다. 어제 낚시할 때의 손맛과 어딘가 비슷했다.

"고로가 길을 가르쳐주면 나 혼자서도 괜찮겠네?"

"그래. 내가 몸이 안 좋을 때는 에밀리에게 맡기마."

"응."

우리는 작은 항구 앞을 느긋하게 걸었다.

"할아버지, 이 항구는 이름이 뭐야?"

"다쓰우라 항구다."

"지명 그대로네."

"그렇구나."

할아버지는 대답하면서 어항(漁港)을 바라보았다. 그러자 건너편에서 혼자 오도카니 낚시를 하던 남성이 이쪽을 보고 크게 손을 흔들었다. 나이는 예순 살 정도일까. 남색 캡 모자를 쓰고 파란 아이스박스 위에 걸터앉아 있었다.

"안녕하세요~ 다이조 씨. 그 나이 먹고 데이트입니까 ~?"

남자가 크게 소리쳤다.

"멍청하긴. 손녀다."

할아버지는 평소보다 더 무뚝뚝한 말투로 대답했다. 분명 쑥스러워서 그런 거다. 나는 쓴웃음을 지으면서 고개를 꾸벅 숙여 낚시꾼에게 인사했다.

"방금 그 사람은 할아버지 친구?"

"그래. 낚시 친구 같은 거지."

"흐~음."

"저 녀석네 집이 양조장이란 말이다. 자주 술을 들고 놀러온다. 노지 뎃페이(野地鉄平)라고 들어본 적 있냐?"

"없는…… 것 같은데, 누구야?"

"저 녀석의 이름이다."

"뭐? 혹시 저 사람, 유명해?"

"유명한지 어떤지는 모르겠지만, 에세이니 잡문이니를 써서 가끔 책을 내지."

"와아, 그럼 엄청난 거잖아."

나는 한 번 더 항구 저편을 돌아보았다. 조금 전보다 더 멀어진 뎃페이 씨는 레몬색 아침 햇살을 대각선으로 맞으며 5미터는 되어 보이는 낚싯대를 분주하게 움직였다.

"지지리도 못한다."

"어? 뭐를?"

"뎃페이의 낚시 말이다. 저 녀석은 항상 빈털이야."

그렇게 말하면서 할아버지는 쓴웃음을 지었다. 두 사람은 사이가 참 좋은 모양이다.

"빈털?"

"낚시를 해도 한 마리도 못 낚는 사람을 빈털이라고 하지."

"그래? 낚시업계 용어인가?"

"그렇지."

대화를 하면서도 우리는 점점 앞으로 걸어갔다. 할아버지는 여든이라는 나이치고는 보폭도 크고 걸음걸음마다 힘이 있었다. 오랫동안 데리고 다녀서 그런지 고로가 걷는 속도와 호흡에 맞춰져 있는 모양이었다. 게다가 내 발걸음도 가벼웠다. 이른 아침인데도 몸 구석구석이 매우 개운했기 때문이다. 사실 전날 밤, 할아버지와 나는 무려 잠을 밤 9시 반에 잤다. 할아버지 집에는 텔레비전이 없기 때문에 해가 지면 밥을 먹고 목욕을 하고 잠을 자는 일 외에는 할 게 없다. 그래서 나는 초등학생처럼 빨리 잠을 잘 수밖에 없었고, 그 결과 도시에서는 맨날 늦게 자서 아침에 제대로 일어나지도 못했던 내가 새벽 4시에 자연스럽게 눈을 떴다.

다쓰우라 항구를 지나자 고로는 백사장이 있는 해변으로 나를 이끌었다.

우리는 콘크리트 계단을 내려가 활처럼 휜 모양으로 뻗은 해변을 걸었다. 나는 비치 샌들을 벗고 맨발이 되었다. 오른손에는 고로의 목줄, 왼손에는 비치 샌들. 자박자박 소리를 내면서 흰모래를 밟으니 조금 차가운 느낌이 들어 은근히 상쾌한 기분이 들었다. 낮이 되면 이 모래는 틀림없이 불타듯 뜨거워지겠지. 널찍한 해변으로 밀려오는 파도는 어제처럼 높지는 않았다. 하지만 그래도 파도는 참방참방하고 얕은 여울에 부딪쳐 크림소다 같은 흰 거품을 만들었다.

"고로 목줄, 계속 연결해둬도 괜찮아?"

나는 할아버지에게 물었다. 개처럼 천진난만한 동물은 이런 곳에 풀어주면 기쁘게 이리저리 뛰어다닐 거라고 생각했기 때문이다.

"그래, 괜찮다. 풀어놔도 이제 안 달리거든."

할아버지는 내 마음을 읽었다는 듯이 대답했다.

"그렇구나……."

"이 녀석도 벌써 열네 살이다. 이젠 누가 뭐래도 할아버지지."

"사람으로 치면 몇 살인데?"

"언제 죽어도 이상하지 않을 나이니, 나랑 비슷한 여든 정도일까."

할아버지는 어딘가 모르게 쓸쓸한 듯 그렇게 말했지만, 투명한 아침 햇살을 받은 옆얼굴은 오히려 상쾌하게 보일 정도였다.

나는 "흐~응." 하고만 대답한 뒤, 잠시 동안 뭐라고 말을 하지 못했다.

말을 하지 못하는 동안 나는 아침 햇살을 받으며 높이 올랐다가 부서지는 파도를 바라보았다. 파도는 하나하나 형태도 달랐고, 부서져 거품이 된 뒤에도 또 금방 다음 파도가 밀려왔다. 하나의 끝이 또 다음의 시작이었다. 단조롭지만 단조롭지 않았다. 계속 바라봐도 질리지 않네. 그런 생각을 하는데, 문득 투명한 파도 속에서 물고기가 무리를 지어 가로지르는 모습이 보였다.

"앗, 파도 안을 물고기가 헤엄치고 있어."

"저건 이낫코(イナっ子)구먼."

"이낫코?"

"어린 숭어다."

"응? 어린 숭어인데, 숭어 새끼가 아니라 이낫코?"

할아버지는 조금 표정을 누그러뜨렸다.

"숭어는 출세어라고 해서 말이다, 성장하면 이름이 바뀌지. 하쿠(ハク)에서 시작돼, 오보코(オボコ), 이나(イナ), 보라(ボラ), 도도(ドド)가 된다."

"이름이 다 이상해."

"에밀리는 오보코무스메(おぼこ娘)라는 말을 아냐?"

"오보코무스메?"

나는 작게 고개를 저었다.

그러자 할아버지는 작은 토막 지식을 가르쳐주었다.

할아버지가 말하길, 어린 숭어를 가리키는 오보코라는 이름은 아직 세상에 물들지 않은 숫처녀라는 의미인 '오보코무스메'의 어원이 됐다고 한다. 또 시원스럽고 남자다운 젊은이를 '이나세(鯔背)한 –'이라고 표현하는데, 그것도 이나(イナ)가 어원이라는 것이었다.

"그럼 보라(숭어)는?"

"보라는 특별히 없구나. 하지만 도도라면 있다."

"무슨 의미?"

"더 이상 없다, 라는 의미다. 모든 것이 다다르는 곳. 그런 걸 '도도노쓰마리(とどのつまり)'라고 하지? 그 어원인 거다."

"보라는 도도 이상으로는 크지 않으니 도도노쓰마리."

"그래. 물론 여러 설이 있기는 하다만."

나는 힐끔 할아버지 옆얼굴을 보았다. 초콜릿색으로 햇볕에 타고, 주름이 깊어서 조금 무섭게 보이는 얼굴. 겉보기와는 달리 할아버지는 의외로 잔지식이 많구나, 하고 감탄하고 말았다.

그러고 보니 할아버지 집에는 커다란 책장이 몇 개나 놓여 있고, 모두 책이 꽉꽉 꽂혀 있었다. 게다가 책장에 안 들어가는 책은 옆에 산더미처럼 쌓여 있었고.

"할아버지는 애독가야?"

"애독가는 무슨."

짧게 대답하고 수평선을 노려보듯이 바라본 할아버지는 지금 겸손을 떠는 것이든가, 아니면 쑥스러워서 이러는 거다. 겉모습만 봐도 그 정도는 쉽게 알 수 있었다. 이 사람은 행동과 말투는 조금 투박하지만, 사실은 귀여운 구석이 있을지도 모른다.

"그럼 만물박사?"

"그럴 리가 있나."

나는 키득 하고 웃음을 터뜨릴 뻔했다.

문득 고로가 나아가는 방향을 바꾸었다.

"앗……."

나는 깜짝 놀라 그렇게 소리를 내면서 둥그렇고 폭신폭신한 고로의 꼬리를 쫓아갔다.

고로는 흰 거품이 샤아아아 하고 밀려오는 물가에서 멀어져 해변 뒤에 있는 콘크리트 계단을 올라가 도로로 나갔다. 그곳은 내가 어제 역에서 내려 터덜터덜 걸었던 해변가 길이었다.

나는 손에 들고 있던 비치 샌들을 신었다.

고로는 왼쪽에 있던 횡단보도를 건너더니, 드문드문 있는 집들을 통과해 조금 경사진 언덕을 오르기 시작했다. 그 언덕은 차 한 대가 겨우 지나갈 수 있을 만큼 좁은 길로, 양쪽에는 울창한 나무가 우거져 있었다. 여름 나무들이 새카맣게 보일 만큼 왕성하게 가지와 잎을 뻗어서 길이 마치 어둑어둑한 터널 같았다.

그 언덕을 끝까지 올라 왼쪽으로 꺾어 가자, 눈 아래에 바다가 내려다보이는 작은 밭이 나타났다. 몇 종류의 작물이 심긴 그 밭의 한가운데에는 수건을 뒤집어쓴 할머니가 웅크려 앉아 일을 하는 중이었다.

고로가 밭을 향해 '크르릉~' 하고 응석을 부렸다.

그 소리를 들은 할머니가 고개를 들고 이쪽을 돌아보더니, 천천히 자리에서 일어섰다. 나이에 비해 몸집이 큰 할머니였다. 눈이 굉장히 커서 이유도 없이 괜히 혼날 것 같은ㅡ 조금 무서운 분위기가 느껴졌다.

"후미 씨, 좋은 아침."

의외로 할아버지가 먼저 말을 걸었다.

"그래, 좋은 아침이구먼. 오늘도 참 많이 덥겠어."

"그래, 더워지겠지."

후미 씨라고 불린 할머니는 눈이 부신 듯 아침의 푸른 하늘을 올려다보며 이쪽으로 다가왔다.

"이 아이는?"

"내 손녀다."

"손녀?"

후미 씨는 안 그래도 큰 눈을 더욱 크게 뜨면서 아무런 거리낌 없이 나를 빤히 바라보았다.

"아, 안녕하세요."

갑자기 소개를 받은 나는 조금 허둥대면서 고개를 꾸벅 숙였다. 고로는 후미 씨를 만나서 기쁜지 꼬리를 평소보다 더 크게 흔들었다.

"다이조 씨의 손녀인가? 아이고, 이거 참……."

후미 씨는 의외라는 표정을 짓더니, "잠깐 기다려봐." 하고 말하며 밭 안쪽으로 돌아갔다. 그리고 터질 것 같은 완숙 토마토 네 개를 흰 비닐봉투에 넣어 가지고 왔다.

"이름은?"

후미 씨는 비닐봉투를 쑤욱 내밀었다.

나는 힐끔 할아버지 눈치를 보았다. 할아버지가 고개를 끄덕여서 나는 봉투를 받으며 대답했다.

"감사합니다. 어, 저는 에밀리라고 해요."

"에밀리……. 마이코의 딸이구나."

후미 씨는 엄마 이름을 말하더니, 마치 그리운 사람이라는 듯이 나를 감개무량한 눈으로 바라보았다. 옛날 엄마를 잘 아는 사람인 모양이었다.

"에밀리는 당분간 우리 집에서 살게 됐어."

할아버지가 그렇게 말하자 후미 씨는 더욱 의외라는 듯한 표정을 지었다.

"아이고, 놀래라. 얘, 이 무뚝뚝한 할아버지 좀 잘 돌봐드려라."

할머니는 장난스럽게 웃으면서 몸집이 작은 나를 내려

다보았다. 나는 '네' 하고 대답할 수도 없어서 에헤헤, 하고 난처하게 웃기만 했다.

"내가 몸이 안 좋을 때는 에밀리가 고로를 산책시켜줄 게야."

"그래? 참 잘됐네."

후미 씨는 그렇게 대답하면서 웅크려 앉더니, 고로의 목걸이 근처를 싹싹 쓰다듬어주었다.

"언제 봐도 맛있어 보이는 토마토군."

할아버지는 내가 들고 있던 비닐봉투 안을 들여다보면서 그렇게 말했다.

"지난주보다 더 달아."

"그래? 아주 기대되는구먼. 그럼 또 오지."

할아버지가 그렇게 말하자 고로를 쓰다듬던 후미 씨가 자리에서 일어섰다. 그리고 겨우 우리에게서 등을 돌렸다. 어쩐지 후미 씨와 있으면 숨이 막히는 듯했다. 싫어하는 건 아니지만 무섭고 큰 눈과 자유분방한 말투 때문인지 어딘가 상대하기 껄끄러운 사람이었다.

"저 할머니는 야채의 명수다."

지대가 높은 길을 걸으면서 할아버지가 가만히 중얼거렸다.

"음…… . 신기한 아우라가 넘치는 사람이었어."

"이 근처에서는 괴짜로 통하지. 하지만 –."

"하지만?"

할아버지는 거기서 한숨을 돌린 뒤, 말을 신중하게 계속했다.

"저 사람은 좋은 사람이야."

"응…… ."

어떤 의미에서 좋은 사람이라는 건지는 모르겠지만, 일단 토마토를 준 사람이니 그렇다고 생각하기로 했다.

잠시 걷자, 왼편에서 으슥한 나무들이 보였다. 신사의 숲이었다. 고로는 조금 어둑어둑한 경내 안으로 나를 이끌었다. 낡은 목제 도리이를 지났을 때, 나를 감싸던 공기가 딱 멈춘 듯한 느낌이 들었다. 기온도 2도 정도 낮아진 것 같았다.

싱그럽고 깨끗한 고요함.

신들의 결계 안에 발을 들였다.

신기하게도 그런 느낌이 들었다.

띠링.

문득 어딘가에서 풍경 소리가 들렸다.

그 소리는 간신히 들을 수 있을 정도로 희미한 울림이

었지만, 시원하고 어딘가 슬프면서도 음색이 맑았다. 그래서 나는 반사적으로 할아버지의 풍경이라고 확신했다.

나는 소리가 나는 곳을 찾아 주변을 두리번두리번 돌아보았다. 하지만 왼편에 신사의 사무실이 있을 뿐, 풍경은 그 어디서도 찾을 수 없었다. 애당초 경내에는 바람이 불지 않았다.

환청이었던 걸까……?

문득 나는 머리 위를 올려다보았다. 머리 위에는 수천만에 달하는 나뭇가지와 나뭇잎이 정밀한 그림자 그림처럼 사락사락 작은 소리를 내며 흔들렸다. 마치 나뭇잎 한 장 한 장이 대화를 하는 듯했다.

그러자 어쩐 일인지 내 가슴 안쪽이 묘하게 술렁이기 시작했다. 하지만 불길한 느낌이 아니라 오히려 신성한 무언가에 닿아 온몸의 세포가 깨끗해져 떨리는 것같이 - 묘하게 마음이 편한 술렁임이었다.

숲의 냄새를 맡으면서 맑고 깨끗한 공기를 한껏 들이쉬었다.

"상쾌한 신사네."

들이쉰 공기를 뱉으면서 나는 그렇게 말했다.

"에밀리의 100일 신사 참배는 이곳에서 했단다."

"어? 정말?"

"그래. 정말이고말고."

할아버지는 옛날 일을 떠올리듯이 조금 눈을 가늘게 뜨며 고개를 끄덕였다.

나는 또 고개를 들어 위를 올려다보았다. 어쩌면 이 아름다운 나뭇가지와 나뭇잎의 실루엣은 내가 포대기에 감싸인 아기였을 때, 엄마에게 안겨 올려다보았던 경치일지도⋯⋯. 그리고 어렴풋하게 남은 그때의 기억이 지금 올려다본 경치와 공명하여 내 가슴을 술렁이게 하는 건지도 모른다. 그런 생각이 들었다.

조금 감개무량한 기분으로 경내를 더욱 걸어가자 작은 신사의 본당이 하나 나타났다. 본당은 전체적으로 색이 바래 희읍스름했다. 오랫동안 비바람을 맞아 나무가 노후화된 모양이다. 솔직히 말해 그다지 대단하다고는 말할 수 없는 건물이었다. 그런데 그 본당 앞에는 모델처럼 늘씬한 여성이 서 있었다. 흰 민소매 블라우스에 코튼 팬츠, 견갑골까지 뻗은 매끄러운 검은 머리카락. 활처럼 아름답게 뻗은 등골. 여성은 새전을 던진 뒤, 아주 아름답게 두 번 인사, 두 번 박수, 다시 한 번 인사하는 동작을 이어갔다.

나와 할아버지가 천천히 다가가자, 여성은 검은 머리

카락을 나부끼며 이쪽을 돌아보았다. 그 움직임이 너무나
도 세련되어서 나는 무심코 넋을 놓고 바라보며 걸음을 멈
추고 말았다. 마치 영화의 한 장면을 슬로모션인가 뭔가로
본 것 같은 느낌이었다.

여성은 할아버지를 본 뒤, 곧장 내가 있는 곳을 바라보
았다. 그리고 흰 이를 살짝 드러내며 생긋 웃었다.

"안녕하세요."

여성은 양손을 몸 앞에 모으며 작게 고개를 숙였다.

나이는 서른 정도일까.

"그래, 잘 있었는가."

할아버지가 평소의 차분한 목소리로 인사를 했다. 나도
그 옆에서 꾸벅 하고 여성에게 고개를 숙였다.

"이놈은 내 손녀다."

이번엔 상대가 묻기도 전에 할아버지가 나를 여성에게
소개했다.

"보기 좋네요. 손녀와 같이 아침 산책이라니."

여성은 신사의 본당 앞이라는 장소에 딱 어울리는 깨끗
한 목소리로 그렇게 말했다. 나는 그 말을 듣고 애매하게
웃으며, 또 작게 고개를 숙였다.

"그럼."

"그래."

특별히 대화를 나누는 일도 없이 두 사람은 자연스럽게 스쳐 지나갔다. 할아버지는 본당을 향해, 여성은 경내 입구를 향해 걸었다. 나는 어딘가 모르게 신경이 쓰여 뒤를 돌아보았다. 점점 작아져가는 여성의 뒷모습. 시골 어촌과는 어울리지 않게 도시적인 분위기를 풍기는 사람이었다.

"예쁜 분이네."

나는 한숨을 내쉬며 그렇게 말했다.

"그래."

할아버지는 별로 관심이 없다는 듯이 대답한 뒤, 주머니에서 동전 몇 개를 꺼냈다. 그리고 "받아라." 하고 반을 나에게 내밀었다.

"어? 고, 고마워."

나는 동전을 받아 들고 본당 쪽으로 돌아섰다.

고로는 참배를 많이 와봤는지, 내 옆에서 예의바르게 얌전히 앉아 있었다.

"근데, 할아버지."

"응?"

"신은 정말로 있다고 생각해?"

신사에서 그런 질문을 하는 건 좀 그렇지 않나 생각했

지만, 나는 별로 신앙심이 깊지 않기 때문에 슬쩍 한번 물어보았다. 그러자 할아버지는 본당 안쪽을 바라본 채 중얼거리듯이 대답했다.

"신이란 자기 자신을 말하는 거다."

뭐? 고개를 갸웃하는 나는 신경도 쓰지 않은 채, 할아버지는 동전을 새전 상자에 던져 넣고, 신에게 두 번 인사하고, 두 번 박수를 치고, 다시 한 번 인사하며 고개를 숙였다.

그 모습에 나도 급히 눈을 감고 그 동작을 따라 했다.

그리고 마음속으로 중얼거렸다.

25년 전 참배 이후로 정말 오랜만입니다. 저는 솔직히 말해 행복한 인생을 살진 못했지만, 그래도 간신히 살아 있습니다. 당분간 이쪽에 머물 생각이니, 혹시 신이 정말 계시다면 잘 부탁드립니다. 이상.

신이 있다고 하더라도 감사하다고 인사할 생각은 없었다. 나는 도시에서 도망쳐올 정도로 비참한 인생을 살고 있는 중이니까. 감사는커녕 불평 한마디를 해주고 싶을 정도다. 가령 내가 무언가를 필사적으로 부탁한다고 한들, 이 신사의 신이 소원을 들어줄 것이라고는 생각하기가 어려웠다.

하지만 -.

이 신사를 뒤덮고 있는 공기는 무척 기분 좋았다.

그것만은 인정할 수밖에 없었다.

띠링.

또 어딘가에서 할아버지가 만든 풍경 소리가 들린 것 같았다.

나는 감고 있던 눈을 살짝 떴다.

역시 바람은 불지 않았다.

환청?

할아버지도 눈을 뜨고 합장을 했던 양손을 아래로 내렸다.

풍경에 대해서 물어볼까 했는데, 할아버지가 먼저 말을 꺼냈다.

"갈까."

"아…… 응."

굳이 물어볼 필요 없나. 나는 그렇게 생각하며 고개를 끄덕였다.

사람의 말을 알아들은 듯, 고로가 일어서더니 다시 목줄을 끌기 시작했다. 우리는 비치 샌들을 찰딱찰딱 울리면서 걸어왔던 길을 다시 되돌아갔다. 나는 걸어가면서 조금 전 여성의 당당한 뒷모습을 떠올렸다.

"저어, 할아버지."

"응?"

"조금 전의 그 여자, 아는 사람이야?"

"시골이니 말이다. 이쪽 마을 사람들은 대충 다 알지."

아는 사람, 이라. 음, 그야 그렇겠지.

나는 고로에게 이끌려 도리이를 지나, 상쾌한 신들의
토지를 떠났다.

신사의 숲 밖으로 나가보니 여름 햇살이 더욱 강해진
상태라, 나는 잠시 동안 눈을 가늘게 뜨고 걸을 수밖에 없
었다.

높은 지대의 도로를 계속 걸어가자, 이윽고 지그재그인
내리막길이 나왔고 아래에는 아침 햇살을 반사해 반짝거
리며 흔들리는 바다가 펼쳐졌다.

"여기 굉장하다. 꼭 전망대 같아."

수평선을 바라보면서 내가 그렇게 말했다.

할아버지도 기분 좋은 듯이 눈을 가늘게 뜨며 바다를
내려다보았다.

반짝이는 바다를 건너온 바람이 언덕을 순식간에 타고
올라와 내 머리카락을 하늘하늘 흔들었다.

"하아, 상쾌해."

가슴속에 떠오른 감정이 아무런 꾸임 없이 그대로 말이 되어 입으로 흘러나왔다. 마음속 감정을 그대로 표현하는 게 이렇게 기분 좋은 일이었는지 지금까지는 미처 몰랐다……. 나는 생각지도 못한 감동을 맛보았다.

나는 계속 고로가 목줄을 이끄는 대로 걸었다. 그런 바로 내 뒤에서 할아버지의 찰딱거리는 발소리가 들렸다.

푸른 바다.

푸른 하늘.

푸른 바람.

아직 아침인데 벌써부터 수평선 너머에서는 적란운이 뭉게뭉게 피어올랐다.

나는 언덕 산기슭이 있는 쪽으로 시선을 돌렸다. 그곳에는 낯이 익은 항구가 가로놓여 있었다. 다쓰우라 어항이다. 안벽(岸壁)과 방파제로 둘러싸인 사각형 수면이 아침 햇살을 받아 흔들렸다. 항구가 있는 곳 더 앞쪽의 작은 언덕 위에는 할아버지 집의 푸른 기와지붕도 보였다.

"아, 이 언덕길을 내려가면 집 바로 옆에 도착하는구나."

내가 문득 그런 말을 하자 고로가 뒤를 돌아보며, '머엉' 하고 대답을 해주었다.

알파벳인 'Z'를 그리듯이 몇 번이나 빙빙 돌면서 언덕길을 내려가자, 이윽고 다쓰우라 어항에 도착했다.

"후우, 돌아왔구나. 한 시간 정도 걸은 건가."

내가 묻자 할아버지가 고개를 끄덕였다.

"대충 그 정도겠지."

어항 안벽에는 출발할 때는 보이지 않았던 작은 어선 몇 척이 굵은 로프로 육지와 연결되어 있었다. 그중 가장 오른쪽 어선 뱃머리에서 붉은 티셔츠를 입은 젊은 남자가 껑충 하고 안벽으로 점프하는 모습이 보였다.

"저 녀석은 어부인 신페이(心平)라고 한다."

할아버지가 나에게 귀띔을 해주자마자 신페이 씨가 이쪽을 향해 소년처럼 생긋 하고 미소를 지었다. 나와 비슷하거나 조금 더 나이가 많아 보였다. 조금 부스스한 짧은 머리카락으로, 이마에는 파란 타월을 말고 있었다. 검고 작은 눈에는 어딘가 고로와 비슷한 애교가 서려 있는 듯했다.

"에밀리, 고로의 목줄을 짧게 잡거라."

"어? 왜?"

그렇게 되묻는 것과 거의 동시에 고로가 '크르르릉' 하고 으르렁거리더니, 신페이 씨를 향해 두세 번 정도 짖었다. 고로는 코에 잔뜩 주름을 만들고 노란 이빨을 밖으로 드러내며 화를 냈다. 나는 당황해서 목줄을 짧게 잡았다.

"다이조 씨, 안녕하십니까!"

고로가 그러든 말든 신페이 씨는 이마에 브이 사인을 대고 가볍게 인사를 하며 다가왔다. 신페이 씨가 걸음을 한 번 내디딜 때마다 털렁털렁 하고 검은 장화가 소리를 냈다.

"그래, 어땠나?"

"그냥 그러네요."

할아버지와 신페이 씨는 서로 속마음을 잘 아는지 곧장 주어가 없는 대화를 시작했다.

크르르릉, 멍, 멍! 고로가 잔뜩 경계를 하며 짖는데도 두 사람은 그런 고로를 무시하고 대화를 계속했다. 나는 고로의 목줄을 꽉 쥐었다. 지금 손에 힘을 풀면 당장이라도 달려들 것 같은 기세였기 때문이다.

"잔잔했는가?"

"평평하더군요. 그런 것보다, 자, 여기 부탁하신 겁니다. 전부 상처투성이지만요."

신페이 씨는 할아버지에게 흰 비닐봉투를 건네주었다.

"항상 미안하군."

"뭘요. 버리는 것보다는 할아버지가 드시는 편이 훨씬 낫죠. 전갱이는 모두 통통한 금색으로 골라두었으니, 맛은 최고일 겁니다."

할아버지는 비닐봉투 안을 확인한 뒤, 그걸 나한테 보여주었다.

"이 생선은 뭐야?"

"커다란 놈이 벤자리. 나머지는 전갱이와 정어리, 샛줄멸이다."

우리 대화를 듣자 신페이 씨는 '오오~!' 하고 유난히 기분 좋은 소리를 내더니 말했다. "전갱이와 정어리를 모르다니, 이 귀여운 아가씨는 도시에서 오셨군요."

"내 손녀다."

"우와, 진짜요? 아하하, 하나도 안 닮았어요."

호들갑스럽게 놀라는 신페이 씨의 행동이 어딘가 가식적이라 나는 어떻게 반응을 하면 좋을지 감을 잡지 못했다.

"혹시 이름은?"

"에밀리예요."

"에밀리라. 귀여운 이름이네요. 나는 가루이 신페이. 이곳 어부로 딱 서른 살이 된 참입니다. 이렇게 잘생겼는데 거의 독신이니, 잘 부탁해요."

신페이 씨가 오른손을 내밀었지만, 나는 오른손으로 후

미 씨에게 받은 비닐봉투를 들고 있고, 왼손으로는 고로의
목줄을 잡고 있었다. 게다가 고로는 당장이라도 뛰쳐나갈
것처럼 계속 짖었다.

그건 그렇고, 거의 독신이라고? 무슨 소리야?

"고로, 조용히 해."

내가 그렇게 말하자, 신페이 씨는 '다하하' 하고 바보처
럼 웃었다.

"이 녀석, 옛날부터 내 얼굴만 보면 항상 짖더라고요. 멋
진 남자라 질투하는 걸까. 좋아. 에밀리 씨, 악수는 다음에
하죠 뭐."

"아, 네, 네에······."

"그럼 난 선반을 청소할 테니, 다이조 씨, 잘 가십쇼."

신페이 씨는 끝까지 가벼운 말투로 인사를 한 뒤 어선
으로 돌아갔다. 신페이 씨가 15미터 정도 떨어져서야 고로
는 얌전해졌다.

"에밀리."

"응?"

"실한 전갱이를 받았으니, 아침밥으로 해먹자꾸나."

"응. 샛줄멸은?"

"냉동해뒀다 낚시할 때 미끼로 사용할 생각이다."

"정어리는?"

"이건 멸치과니 젓갈을 담글까?"

"정어리 젓갈? 젓갈은 주로 오징어로 담그지 않아?"

"정어리도 나름 괜찮지."

우리는 항구에 접한 언덕 위의 집으로 걷기 시작했다.

"에밀리 씨~ 다음엔 같이 데이트해요~. 바이바이~."

등뒤에서 목소리가 들려 뒤를 돌아보니, 어선 위에서 신페이 씨가 흰 갑판 솔을 크게 흔들고 있었다. 그러자 고로도 뒤를 돌아보며 크르릉 하고 짖었다. 나는 어쩔 수 없이 토마토가 들어간 비닐봉투를 든 오른손을 작게 들어 보였다.

가루이 신페이(軽井心平) ─ 그야말로 이름 그대로 아주 경박해 보였고, 솔직히 말하면 본인이 자랑하는 만큼 잘생기지도 않았다. 그리고 내가 껄끄러워하는 타입이었다. 문득 엄마의 아름다운 얼굴이 뇌리를 스쳤다. 시도 때도 없이 남자를 바꾸는 헤픈 사람. 나는 둘 다 정말 껄끄럽기만 했다.

집 앞의 언덕을 오르면서 나는 생각을 전환하려고 할아버지에게 다른 화제를 꺼냈다.

"그러고 보니 뎃페이 씨, 안 계셨네요."

"그래. 어차피 오늘도 빈털이라 터덜터덜 어깨를 늘어뜨리며 돌아갔을 게다."

할아버지 옆얼굴을 보니, 입가에 작게 미소가 떠올라 있었다.

역시 두 분은 사이가 좋은 것 같다.

피~ 피리리리리~.

형광색 블루 같은 여름 하늘에서 솔개의 노래가 쏟아졌다.

나와 할아버지는 눈을 가늘게 뜨면서 하늘을 올려다보았다. 저 높은 상공에서 솔개의 작은 실루엣이 천천히 빙빙 돌고 있었다.

"두둥실 떠서 나는 모습이 꼭 슬로모션 같아."

내가 그렇게 중얼거리자, 할아버지가 앞을 바라본 채 가만히 중얼거리며 대답했다.

"지금은 우리가 내려온 지그재그 언덕길에 바닷바람이 부딪쳐 상승 기류가 생겼거든."

내가 할아버지의 말을 받아서 계속 말했다.

"그리고 그 저 솔개가 그 기류에 올라탄 거지?"

"……그래."

"할아버지, 역시 만물박사인걸?"

"만물박사는 무슨."

쑥스러워하는군. 확실하다.

나는 키득거리며 웃을 뻔했다.

그건 그렇고, 겨우 한 시간 산책했을 뿐인데 신선한 토마토가 담긴 봉투와 신선한 생선이 가득한 봉투를 받을 수 있다니. 나는 어딘가 모르게 풍족해진 마음으로 언덕을 오르는 할아버지의 등을 쫓아갔다.

찰딱찰딱 하고 발뒤꿈치에 부딪쳐 울리는 싸구려 비치 샌들.

그 소리가 산책을 시작했을 때보다 아주 조금이지만 더 기분 좋게 들렸다.

◆ ◆ ◆

집에 돌아와 부엌에 선 할아버지는 곧장 그 작은 부엌칼을 갈더니 아침을 만들기 시작했다.

"내가 뭐 좀 도와줄까?"

할 일이 없던 나는 할아버지 등을 보고 그렇게 물었다.

"이 집에 있을 때는 마음대로 지내거라."

"응?"

"에밀리는 뭐든 해도 좋고 안 해도 괜찮아."

야쿠자 영화의 배우 같은 할아버지가 그렇게 말하니 어딘가 나를 완전히 내버린 사람처럼 생각하는 것 같기도 했지만, 말의 윤곽이 둥글둥글해서 살짝 부드러운 느낌도 들었다.

"어, 그럼…… 어떻게 할까……."

마음대로 하라는 말을 들으니, 나는 오히려 어떻게 하면 좋을지 몰라 갈피를 잡지 못했다. 스스로 뭔가를 하겠다고 결정하지 않는 한, 아무것도 안 하게 될 게 뻔하다. 즉 굉장히 한가해진다. 생각해보니, 난 도시에 있을 때 상사가 하라고 명령한 일에 '따랐을' 또는 '하는 수 없이 움직였을' 뿐인 하루하루를 보냈다.

"요리, 도와줄게. 괜찮아?"

"그럼 생선 손질 좀 부탁할까. 작은 전갱이의 내장을 빼거라. 이렇게 하는 거야."

할아버지는 생선 아가미 안에 손가락을 넣어 그대로 아가미와 함께 내장을 빼내는 방법을 가르쳐주었다. 머리까지 순식간에 찢어버리는 방법이라, 솔직히 말하면 등골이 오싹할 정도로 그로테스크했다. 하지만 나는 "우와, 끔찍해……." 하고 약한 소리를 하면서도 할아버지를 따라 한 마리씩 될 수 있는 한 정성스럽게 내장을 제거했다. 할아버지는 일단 꺼낸 내장과 머리를 그물이 촘촘한 세탁망에 넣어두라고 했다.

"왜 세탁망에 넣어놔?"

"게를 잡을 때 미끼로 사용할 생각이거든."

"흐음, 게라……."

이런 걸로 게를 잡을 수 있나? 쓰고 맛없어 보이는데.

나는 그런 생각을 하면서 재빨리 머리와 내장을 빼냈다. 내장을 다 빼내자, 할아버지는 커다란 족집게 같은 도구로 껍질 끝을 잡고 머리부터 꼬리까지 모두 껍질을 벗겨내는 작업을 부탁했다. 이렇게 하면 전갱이 꼬리 근처의 비늘처럼 생긴 가시를 한꺼번에 제거할 수 있다.

내가 껍질 벗기는 일을 겨우 끝내고 보니, 할아버지는 이미 큰 전갱이 두 마리를 세 장 뜨기로 잘라 회를 친 뒤, 정어리를 깔끔하게 손질해 도마 위에 올려놓고 두드리는 중이었다.

탁탁탁, 탁탁탁……. 할아버지는 양손에 든 부엌칼로 드럼을 치듯 정어리를 저몄다.

"이놈은 조금 끈적해질 정도로 두드려야 하지. 자, 해봐라."

할아버지는 그렇게 말하며 나에게 부엌칼 두 자루를 건

네주었다.

"내가 두드리라고?"

"그래. 간단하지 않냐. 나는 에밀리가 손질한 전갱이로
나메로를 만드마."

"나메로?"

"보소(房総) 지방의 생선 요리다."

나는 할아버지와 위치를 바꾸어 섰다. 그리고 나는 탁
탁탁, 탁탁탁 하고 정어리 살을 빠르게 두드리기 시작했다.
할아버지는 작은 전갱이를 세 장으로 뜬 뒤, 식감이 남을
정도로 가늘게 다졌다. 그리고 생강과 파를 잘게 썰었다.

"할아버지, 꽤 끈적해졌어."

"아주 좋구나. 이제 안 두드려도 된다. 마당에서 차조기
잎을 열 장 정도 따와라."

"마당 어디에 있는데?"

"언덕을 내려가기 바로 직전에 있는 밭의 오른쪽이다.
보면 알 게야."

"응."

나는 비치 샌들을 발에 걸고 밖으로 나갔다. 햇살은 조
금 전보다도 더욱 강해져 있었고, 멀리서는 유지매미가 울
었다. 하늘의 푸른색도 더 짙어졌고, 그에 비례해 바다색도

더욱 짙어졌다.

화악 하고 바닷바람이 불었다.

어제까지는 도시 한가운데에서 눈이 퉁퉁 불 때까지 울었던 내가, 지금은 밝은 햇살 아래에서 푸르른 바람을 들이쉬는 중이었다.

문득 바다를 향해 큰소리를 지르고 싶은 심정이었지만, 자제했다. 사람들이 이상한 여자라고 생각할 것 같았으니까.

으으음, 언덕을 내려가기 바로 직전의 밭 - . 여긴가?

할아버지가 말한 차조기 잎은 작은 밭의 끝쪽에 잔뜩 뭉쳐 있었다. 나는 될 수 있는 한 벌레를 먹은 곳이 없고 싱싱해 보이는 잎을 골라, 딱 열 장을 땄다.

부엌에 돌아가 차조기 잎을 보여주자 할아버지가 다음 지시를 내렸다.

"그 차조기 잎을 물에 가볍게 씻고 잘게 잘라와라."

"응."

나는 서투른 손놀림으로 싹둑 싹둑 하고 차조기 잎을 뭉쳐 잘랐다. 할아버지는 그 모습을 옆에서 바라보았지만 조언도 불평도 하지 않았다.

"다 잘랐으면 도마 위에서 이것과 된장을 잘 섞어야 한다."

할아버지는 이미 잘라놓은 전갱이와 생강과 쪽파와 된장을 가리켰다.

"응."

나는 그것들을 정성스럽게 섞으면서 부엌칼로 조금 두드렸다.

"이런 느낌?"

"그래. 다 끝나면 마지막으로 아주 조금, 짙은 간장을 떨어뜨리는 거지."

나는 눈대중으로 아주 살짝 짙은 간장을 떨어뜨린 뒤, 부엌칼로 가볍게 재료를 더 두드렸다.

"완성?"

"그래, 완성이다."

할아버지 말을 듣고 나는 도마 위의 나메로를 내려다보았다. 이거, 반은 내가 만든 거지?

"에밀리. 거기서 적당한 접시 좀 꺼내봐라."

할아버지는 식기 선반을 가리켰다.

"응." 나는 시원한 유리구슬 같은 유리 접시를 꺼냈다. "이거면 돼?"

"그래. 거기에 한번 담아보거라. 남은 나메로는 그릇에 넣고 랩으로 싸서 냉장고에 넣어두고."

"알았어."

나에게 나메로를 그릇에 담으라고 시킨 뒤, 할아버지는
조금 전에 내가 칼로 두드린 저민 정어리에 투둑투둑 소금
을 뿌렸다. 그리고 그걸 부엌칼로 뒤섞은 뒤, 빈 잼 병에 가
득 넣고 뚜껑을 닫았다.

"이놈을 냉장고에서 3일에서 4일 정도 재워두는 거다."

"그게 정어리 젓갈?"

할아버지는 고개를 끄덕인 뒤 병을 냉장고에 넣어두었
다. 그리고 동시에 후미 씨에게 받은 토마토를 냉장고 야
채 칸에 집어넣었다. 그러고 나서 30센티미터가 넘어 보이
는 벤자리 비늘을 긁어내고 머리를 자른 다음 내장을 꺼낸
할아버지는 수도꼭지 옆에 걸어둔 칫솔을 꺼내 내장이 들
어가 있던 부분에 넣고 문지르기 시작했다.

"뭐하는 거야?"

"등뼈를 따라 들러붙은 핏자국살을 깨끗이 제거하는 거
지."

"왜?"

"비릿한 냄새가 나니 손질을 하는 게다."

문득 정신을 차려보니 어느새인가 가스레인지 위에서

맛있는 냄새가 풍겨왔다. 어젯밤에 먹은 쏨뱅이 된장국에 건더기를 조금 더 넣고 끓였던 것이다.

아무래도 조리는 이제 다 끝난 모양이다.

할아버지는 손질이 끝난 벤자리를 저온실에 넣어둔 뒤, 재빨리 부엌을 치우기 시작했다. 생선의 내장과 서덜을 모은 세탁망은 비닐봉투에 담아 냉동고 안에 넣어두었다. 그렇게 하면 썩는 일 없이 항상 미끼로 사용할 수 있다는 듯했다. 할아버지는 남은 정어리와 전갱이도 모두 세 장으로 떠서 냉장고에 넣어두었다. 나는 할아버지가 깨끗하게 씻은 도마와 부엌칼을 행주로 깨끗이 닦고 정리했다. 그리고 이리저리 튄 비늘과 피도 걸레로 깨끗이 닦아 겨우 부엌이 반짝반짝 깔끔해졌다고 생각했는데, 할아버지가 내 이름을 불렀다.

"에밀리."

"응?"

"손톱, 불편하지 않냐?"

"아……."

나는 나의 조금 긴 손톱을 내려다보았다. 때때로 친구들에게 모양이 예쁘다고 칭찬을 받아서 나름 자랑인 손톱이었다. 하지만 최근 몇 개월 동안은 제대로 손질도 하지 못했다. 마음이 닳고 닳아서, 그런 데에 신경을 쓸 정도의 힘조차 없었기 때문이다.

손톱, 이라―.

네일 아트 가게에 다니며 예쁘게 꾸미던 때도 있었다. 그 사람에게 '예쁘다'라고 칭찬을 받았으니까.

하지만 지금은 보면 볼수록 이 손톱이 도시 생활에서 맛본 절망을 상징하는 것 같아서, 나는 무심코 한숨을 내쉴 뻔했다.

"깎을게. 짧게."

나는 한숨 섞인 목소리로 그렇게 말했다.

손톱을 깎는 김에 다 떨쳐내고 싶다. 그 최악의 과거까지.

"손톱깎이는."

"괜찮아. 가지고 있으니까."

"그럼."

"……."

"밥 먹을까."

"응."

할아버지는 냉장고에서 단무지를 꺼내면서 나에게 밥을 떠놓으라고 지시했다. 금세 쏨뱅이 된장국과 나메로와 전갱이회가 작은 테이블 위에 가득 찼다.

우리는 각자 어젯밤과 똑같은 자리에 앉았다.

테이블에 차려진 요리를 보고 나는 작은 감동을 느꼈다.

왜냐하면 아침 식사를 이렇게 정성스럽게 차려놓은 적
은 내 인생을 통틀어 한 번도 없었기 때문이다.

맞은편에 앉은 할아버지가 어젯밤과 마찬가지로 양손
을 합장했다. 나도 똑같이 양손을 맞대고 "잘 먹겠습니다."
하고 말했다.

젓가락을 들었을 때, 부엌 방충망에서 사르르 바닷바
람이 들어오자 쏨뱅이 된장국에서 피어오르던 김이 흔들
렸다.

띠링.

옆방 창가에서는 풍경이 맑은 음색을 연주했다.

나는 젓가락으로 나메로를 떴다.

그리고 입에 넣은 뒤 무심코 눈을 감았다.

할아버지와 같이 만든 요리는 마음에 스며들 정도로 맛
있었다.

◆ ◆ ◆

아침 식사 뒤, 식기를 다 치우자 할아버지는 얼른 혼자서 별채에 있는 공방으로 이동해 풍경을 만들기 시작했다. 식탁에 멍하니 혼자 남겨진 나는 "자, 그럼~." 하고 말은 했지만, 아무것도 할 게 없어서 잠시 멍하니 멈추어 있었다. 할아버지가 없으니 적갈색으로 빛나는 바닥도 부엌도 낡은 식탁도 갑자기 서먹서먹한 장소처럼 느껴졌다. 오래된 괘종시계에서 나는 메마른 째깍째깍 기계 소리도 어딘가 어색했다.

텔레비전도 없고, 나는 별로 책을 즐겨 읽는 편도 아니었다. 마당에 세워져 있는 경자동차를 언제든 마음대로 몰아도 된다고 했지만, 나는 장롱면허라 솔직히 말해 운전을 하기가 무서웠다.

어쩔 수 없이 나는 내 방으로 돌아가 짐을 정리해보았다. 하지만 그것도 30분도 안 돼 끝나버렸다.

"너무 한가해……."

나는 다다미 바닥에 뒹굴 누워서 스마트폰으로 인터넷 서핑을 해보기로 했다. 방충망 밖에서는 이미 여름이 작열하기 시작했고, 그에 맞춰 무수히 많은 유지매미들이 울부짖었다. 기온도 쭉쭉 올라가서 부채로 아무리 파닥파닥 부쳐봐야 언 발에 오줌 누기. 목덜미에서 끈적하게 땀이 배어나오기 시작했다.

"참 나. 왜 에어컨이 없는 거지?"

험담을 하자마자 나는 뭔가가 번뜩 떠올랐다. 에어컨이 없는 이유를 깨달은 것이다.

아, 할아버지. 돈이 없구나−.

생각해보면 당연했다. 요즘 세상에 이런 시골에서 꾸준히 풍경을 손수 만들어봐야 돈이 얼마 안 될 게 뻔했다. 어느 정도 연금을 받고 있다고는 해도, 그것으로 여유로운 생활을 할 수 있을 거라고는 생각하기 어려웠다. 할아버지는 마당에서 작은 밭을 가꾸고, 어부나 농부 일을 하는 친구가 나누어 주는 음식을 좀 받고, 거기에 더해 스스로 낚시를 하면서 식비를 충당하고 있는 거겠지. 이 노후화된 작은 집에서 텔레비전조차 없이 생활하고 있는 걸 보면 확실하다.

이렇게 살고 있으면서도 나를 받아준 건가?

에밀리는 뭐든 해도 좋고 안 해도 괜찮아−.

그렇게 말해주었던 할아버지 얼굴이 떠올랐다.

나는 상반신을 일으켜 스마트폰을 유니언잭 무늬의 작은 테이블 위에 올려두었다.

아무튼−.

손톱을 깎자. 그렇게 생각했다.

나는 화장 도구를 넣어둔 파우치에서 항상 사용하던 손톱깎이를 꺼냈다. 그리고 방구석 쪽에 놓여 있던 등나무 쓰레기통을 끌고 와 '후우' 하고 숨을 한 번 내쉬었다. 나는 다다미 바닥에 타악 하고 소리를 내며 엉덩이를 붙이고 앉은 뒤, 각오를 단단히 다지고 조금 배에 힘을 넣은 채 손톱을 깎기 시작했다.

따악, 따악.

소리를 내면서 가차 없이 깎았다. 잘려나간 손톱의 작은 파편이 쓰레기통에 들어갈 때마다 내 인생의 파편도 같이 그 안으로 들어가는 느낌이 들어, 왠지 가슴이 알딸딸하고 아파왔다.

그래도 상관없다.

왼손 손톱을 다 깎은 뒤, 바로 오른손 손톱을 깎기 시작했다.

따악, 따악.

일부러 아슬아슬할 만큼 깊숙이 깎았다.

손톱을 깎아도 피는 나오지 않았다.

하지만 마음 일부에서는 피가 스며나온 듯한 기분이 들었다.

모든 손톱을 짧게 깎았을 때, 방 안 커튼레일에 달아놓은 풍경에서 희미한 소리가 났다.

띠링.

나는 짧아진 내 손끝을 바라보았다.

살짝 안쪽으로 둥그런 가늘고 긴 손톱.

꼭 엄마의 손톱 같네.

별로 떠올리고 싶지 않은 엄마의 손이 내 뇌리를 스치고 지나갔다. 아빠와 헤어진 뒤, 남자 뒤꽁무니나 졸졸 따라다니느라 바빴던 여자의 손. 근데 여자치고는 손톱을 별로 기르지 않았었지? 나는 이제야 그런 사실을 깨달았다.

"후우……."

한숨을 한 번 내쉰 다음, 나는 손톱깎이를 파우치에 넣은 뒤 다다미 바닥에서 일어섰다.

나는 이곳에서 공짜로 지내고, 공짜로 밥을 얻어먹으며 살게 됐잖아. 그러니 하다못해 집안일이라도 해놓지 않으면 오히려 마음이 괜히 불편해질 것 같아.

속으로 그렇게 중얼거린 나는 걷기 시작했다.

그리고 어둑어둑한 복도 밖으로 나가려고 한 순간-.

"꺅!"

하마터면 할아버지와 부딪칠 뻔했다.

눈을 동그랗게 뜨고 멍하니 서 있는 나를 보고 할아버

지가 말했다.

"낡았지만 일단 움직이게 하는 데는 성공했다."

그렇게 말하면서 할아버지는 고풍스러운 선풍기를 나에게 내밀었다. 그건 이젠 박물관에서나 봐야 할 물건이 아닐까 싶을 만큼 낡은, 크림색의 높이가 낮은 선풍기였다.

"뭐라고 해야 할지…… 대단하다. 이거, 언제 적 거야?"

"기억나지 않을 만큼 오래전이지. 수리를 했더니 움직이긴 하더구나. 쓰거라."

나는 아침 식사 후 할아버지가 곧장 풍경을 만들기 시작했다고 생각했는데, 사실은 나를 위해서 선풍기를 수리했던 모양이다.

"고마워. 잘 쓸게."

나는 선풍기를 받아들었다. 별로 크지 않은 선풍기였는데 의외로 묵직했다.

그러자 할아버지는 아무 말도 하지 않고 몸을 돌려 또 별채 공방으로 돌아가려고 했다.

"저, 저기."

나는 그 커다란 등을 향해 말을 걸었다. 할아버지는 뒤를 돌아보더니 살짝 의아한 표정을 지었다.

"한가해서 집안일이라도 좀 하고 싶어."

"……."

"청소든 빨래든, 뭐든 할게……."

"그럼 좋지."

할아버지는 별로 기쁘지 않은 표정으로 그렇게 말했다.

◆ ◆ ◆

내가 직접 말한 대로 청소와 빨래를 하기로 했다.

나는 어이없는 웃음이 나올 만큼 큰소리를 내는 낡은 청소기로 복도와 각 방을 청소하면서, 그 사이에 세탁기를 돌렸다. 지금껏 본 적이 없는 통이 두 개짜리인 세탁기라 나는 할아버지에게 사용법을 배워야만 했다. 인생에서 처음으로 내 속옷과 할아버지의 비틀린 팬티를 같이 빨아야 한다는 사실에 조금 머뭇거리긴 했지만, 이 정도는 참아야 한다고 자신을 타일렀다.

세탁이 끝난 옷은 고로의 집 앞에 널었다. 여름의 바닷바람에 흔들리는 빨래를 보니 썩 기분이 나쁘지는 않았다. 내 속옷만큼은 아무도 못 보게 내 방에다 널어두었지만.

청소는 순식간에 끝났다. 워낙에 집이 작아서 그렇게 시간이 많이 걸리지는 않았다. 기왕에 시작했으니 방충망도 씻을까 했는데 이미 깨끗했고, 화장실과 욕실도 깨끗했다.

할아버지는 기본적으로는 깨끗한 걸 좋아하는 사람이다.

다시 할 일이 없어진 나는 비치 샌들에 발을 걸고 마당으로 나가 현관 옆에 둘둘 말려 있는 파란 호스 끝의 샤워 노즐을 집어들었다. 집 앞의 작은 밭에 물을 뿌릴 생각이었다.

캉캉, 캉캉캉, 캉캉, 캉캉캉…….

할아버지가 별채에서 풍경의 쇠를 치는 소리가 들려왔다.

나는 수도꼭지를 틀었다. 2~3초 정도가 지나자 샤워 노즐에서 단숨에 물이 뿜어져 나왔다. 나는 밭을 향해 물을 조준했다. 새파란 여름 하늘 아래 빗소리처럼 샤아아아 하는 기분 좋은 소리가 귀를 울렸다. 오늘 아침에 열 장 정도 잎을 딴 차조기 부근에는 특히나 더 많이 물을 뿌렸다.

쩅쩅 내리쬐는 햇볕이 머리와 목덜미를 태워서, 나는 일단 물을 끄고 현관으로 달려가 밀짚모자를 쓴 다음 다시 되돌아왔다. 그리고 다시 수도꼭지를 틀었다.

문득 시선을 들어 보니 멀리 바다가 출렁이는 모습이 보였다. 작고 낡은 항구에는 사람 한 명 보이지 않았다. 저 높은 곳에서는 솔개가 노래를 불렀고, 이쪽저쪽에서는 유지매미가 울부짖었으며, 어디선가 달콤하다고까지 느껴지는 바닷바람이 솔솔 불어왔다.

나는 반바지를 입어 훤히 드러난 양다리에 물을 뿌렸다.

"우와, 시원해."

그리고 샤워 노즐을 조금 위쪽으로 들어 밭에 부드러운 비를 내리게 하고 있을 때 ─.

아…….

무심코 숨을 참았다.

블루 토파즈색 바다와 나 사이에 작은 무지개가 떠올랐기 때문이다. 샤워 노즐이 만들어낸 일곱 빛깔.

예쁘다…….

참았던 숨을 다시 쉬자, 쓸데없이 감상적인 한숨이 새어나왔다.

도시에서 맛본 절망과 이 무지개의 가련함.

그 차이는 대체 뭐지?

무지개는 좋아하지만, 그렇다고 시골을 좋아하는 것은 아니었다.

나는 엄마와 똑같아진 손가락으로 샤워 노즐을 꽉 쥐었다.

무지개가 되지 못한 갈색 초콜릿을 떠올렸다.

샤워 노즐을 아래로 내려 무지개를 사라지게 했다. 그

리고 한 번 더 내 다리에 물을 뿌렸다. 눈가에서 흘러넘치려 한 뜨거운 무언가를 사라지게 하기 위해서였다.

"하아, 시원해……."

다리를 내려다보며 일부러 그렇게 말까지 해봤는데, 뜨뜻미지근한 물방울은 결국 주르륵 흘러내리고 말았다.

정말, 난 대체 뭘 하는 걸까-.

마음속으로 그렇게 중얼거리면서 나는 손등으로 뺨을 닦았다.

◆ ◆ ◆

점심때가 되자 할아버지가 별채에서 돌아왔다.

햇볕에 탄 투박한 손에는 내가 방금 전에 물을 뿌려주었던 차조기 잎 열 장 정도가 들려 있었다. 할아버지는 그 차조기 잎을 부엌의 도마 위에 올려놓더니 냉장고 안에서 보리차를 꺼냈다. 그리고 그걸 컵에 따라 꿀꺽꿀꺽 마셨다.

"덥구나."

컵을 깨끗이 비운 할아버지가 혼잣말처럼 그렇게 말했다. 별채 공방에도 선풍기밖에 없어서 그런지 할아버지 이마에는 살짝 땀이 배어 있었다. 할아버지는 목에 걸어놓은 타월로 땀을 닦은 뒤 '후우' 하고 짧게 숨을 내쉬었다.

"진짜 엄청 더워."

부엌 창문에서도 유지매미 울음소리가 들렸다.

"점심은 말끔하게 미즈나마스(水なます)라도 해서 먹자꾸나. 남은 건 산가야키(さんが焼き)로 해서 먹고."

미즈나마스? 산가야키?

나는 처음으로 듣는 요리 이름에 살짝 고개를 갸웃했다.

"도와주겠냐?"

"응? 아, 으응."

"그럼 에밀리는 그 차조기 잎을 살짝 씻은 다음 물기를 좀 빼라."

할아버지는 차조기 잎 뭉치를 나에게 건네주었다.

"알았어."

나는 수돗물에 차조기 잎의 양면을 씻으면서 어떤 사실 하나를 깨달았다. 할아버지가 따온 차조기 잎은 모두 사이즈가 큰 것들뿐이었다.

"이걸 뭐에 쓰려고?"

"산가야키에 쓸 거다."

"그러니까 산가야키란 게 뭔데?"

할아버지는 냉장고 안에서 오늘 아침에 냉장고에 넣어둔 남은 나메로를 꺼내더니, "나메로 햄버그 같은 거다."

하고 말했다.

"자, 다 씻었으면 이리 줘야지."

나는 깨끗하게 천으로 물기를 닦은 것부터 순서대로 차조기 잎을 할아버지에게 건네주었다.

"할 일이 없으면 프라이팬을 데우고 기름을 둘러둬라."

"응……."

나는 할아버지가 하라는 대로 했다.

할아버지는 차조기 잎 위에 탁구공만 한 나메로를 올린 뒤, 그 위에 또 차조기 잎을 올리고 꽉 눌러 나메로를 평평하게 만들었다.

"나메로로 차조기 샌드위치를 만들어서 굽는 거야?"

"그래."

그럼 그렇게 말해줬으면 됐을걸…….

"아, 프라이팬 기름이 달궈졌어."

"그럼 이걸 좀 구워주겠냐."

"응."

나는 나메로 차조기 잎 샌드위치를 프라이팬에 올려두었다. 그러자 치이 치이 하는 뜨끈한 소리가 부엌에 울려 퍼졌다.

"중불로 둬서 타지 않게 조심해야 한다."

"응."

산가야키를 나에게 맡겨둔 할아버지는 남은 나메로가 든 그릇에 물을 가득 붓고, 이어서 얼음을 열 개 정도 넣은 뒤 된장을 풀었다.

"그건 뭘 만드는 건데?"

"미즈나마스다."

"아……. 회에 얼음물을 넣는 거야?"

"그래."

"그래도 돼?"

할아버지는 눈썹을 팔(八)자로 만들며 작게 쓴웃음을 지었다.

"배 위에서 어부가 먹는 밥이다. 이렇게 더운 날에는 특히 맛있지."

산가야키는 금방 익었다. 나는 다 구워진 나메로를 갈색 도자기 그릇에 정갈하게 담았다. 사실 그냥 올려놓은 것에 지나지 않았지만.

할아버지가 만든 미즈나마스도 그냥 된장만 풀면 완성인 듯했다. 즉, 다진 전갱이를 건더기로 한 냉된장국이라는 말이다. 할아버지는 시원해 보이는 유리그릇에 미즈나마스를 떠서 테이블에 올려두었다.

"미즈나마스는 밥에 부어 먹으면 맛있다."

"그렇, 구나……."

그렇게 대답은 했지만, 회에 물을 끼얹은 요리는 비릿한 냄새가 날 것 같아서 솔직히 찜찜한 느낌이 들었다. 하지만 더부살이를 하는 입장이라 무조건 싫다고는 할 수 없었다.

우리는 각자 항상 앉던 의자에 걸터앉아 '잘 먹겠습니다'라고 인사했다. 어젯밤부터 시작해 이걸로 세 번째다.

나는 먼저 무난한 산가야키부터 먹어보았다. 그리고 씹기 시작한 지 3초 만에 무심코 이렇게 말했다.

"와, 이거 뭐야. 맛있어!"

익으면서 향기로워진 된장과 차조기 잎의 풍미가 기름이 잔뜩 오른 전갱이의 달콤함을 더욱 돋보이게 해주었다. 생으로 먹는 나메로와는 또 다른 별미였다.

한편 할아버지는 유리그릇을 들고 스스슙 미즈나마스를 한 모금 마시더니, 만족스럽다는 듯이 '후우' 하고 숨을 내쉬었다. 그 모습이 생각 외로 행복해 보여서, 나도 머뭇거리면서 미즈나마스를 들고 살짝 맛보았다.

"응?"

스스로도 내 눈이 동그래졌다는 사실을 알 수 있었다.

"이거, 우와, 괜찮네?"

상상했던 비릿한 냄새는 전혀 없었고, 오히려 꿀꺽꿀꺽 단숨에 마시고 싶을 만큼 맑고 상쾌한 음식이었다. 테이블 위의 큰 그릇을 보니 아직도 미즈나마스는 가득 남아 있었다. 나는 그릇 안의 국을 단숨에 먹어치우고 곧장 한 그릇을 더 폈다.

"마음에 들었는가 보지?"

"응. 이번엔 밥에 부어 먹어볼까?"

"그럼 나도 부어 먹어야겠구나."

우리는 둘 다 호쾌하게 미즈나마스를 밥에 부었다. 그리고 국물에 풀어진 밥과 전갱이의 살을 후룩후룩 하고 입에 넣었다. 된장의 깊은 맛과 전갱이의 달달한 지방, 그리고 밥의 풍미가 더해지니, 이건 정말로 최고의 맛이었다. 게다가 얼음 덕분에 음식이 목을 술술 넘어갔다.

"음~ 어쩌지 이거. 너무 많이 먹으면 안 되는데."

내가 그렇게 말하자, 할아버지가 왜 그러냐는 듯이 의아한 표정을 지었다.

"이거 이렇게 먹다간 살찌잖아."

할아버지는 조금 눈을 가늘게 뜨며 미소 지었다. 무서운 얼굴이 조금 부드러워졌다고 생각했을 때, 할아버지는 표정보다도 더욱 부드러운 목소리로 말했다.

"마이코도 그걸 아주 좋아했단다."

띠링.

옆방에서 울린 풍경의 음색이, 왜일까, 할아버지 기억 속에서 밖으로 울려퍼진 듯한 느낌이 들었다.

◆ ◆ ◆

점심을 먹은 뒤, 할아버지는 또 별채 공방으로 돌아갔다.

나로 말할 것 같으면, 더욱 지루해졌다. 바짝 마른 빨래를 걷어 개니 이제는 정말로 더 이상 할 게 없어졌다.

어쩔 수 없이 나는 복도 안쪽 방에 있는 할아버지 책장을 뒤져보기로 했다.

나는 선반 위에서부터 순서대로 제목과 저자 이름을 바라보았다.

그러다가 중단 오른쪽 즈음에서 내 눈이 딱 멈췄다. 노지 뎃페이 씨의 책이 몇 권 꽂혀 있었기 때문이다.

오늘 아침에 항구에서 낚시를 하던 아저씨, 정말로 작가였구나…….

조금 감동한 나는 뎃페이 씨의 작품 중에서 될 수 있는 한 쉬워 보이는 문고 사이즈 책을 하나 고른 다음, 내 방으로 돌아가 다다미 바닥에 똑바로 드러누워 페이지를 펼쳐보았다. 책 제목은《여행의 낙서》. 내용은 뎃페이 씨가 일본 각지를 경차를 타고 방랑하면서 이런저런 글을 쓴, 가벼운 필치의 유쾌한 기행문이었다.

나른한 여름 오후의 독서는 의외로 나쁘지 않았다.

복고풍 선풍기는 터덜터덜 이상한 소리를 내면서도 나에게 확실히 바람을 보내주었고, 회전 기능까지 있어서 나는 크게 더위를 느끼지 못하고 책의 세계에 빠져들 수 있었다. 선풍기 바람을 맞아 가끔 창가의 풍경이 띠링 띠링 하고 소리를 울렸는데, 그것도 참 좋았다.

나는 페이지를 넘길 때마다 머나먼 지방을 여행하는 듯한 감각에 사로잡혔다. 바닷가 마을을 여행하는 대목을 읽는데, 창가에서 진짜로 바닷바람이 불어왔을 때는 특히 기분 좋았다. 물론 부드러운 파도 소리도 기행 에세이를 읽는 데 멋진 배경 음악이 되었다.

아~ 정말 마음이 편안하다ー.

가끔 하품을 하면서 문자를 좇았더니…… 어느새인가 나는 등에서부터 다다미 바닥에 녹아들어가듯 잠에 빠져들었다.

낮잠을 자다 눈을 떠보니, 이미 저녁이었다.

끼익끼익 복도 바닥이 삐걱거리는 소리를 듣고 내가 비몽사몽간에 눈을 반쯤 떠보니, 방 입구에 할아버지가 서 있었다.

깜짝 놀라 다다미 바닥에서 상반신을 벌떡 일으킨 나를 보고 할아버지가 말했다.

"자고 있었구나. 미안하구면."

"아니, 괜찮아."

"조금 더 잘 테냐?"

"일어나야지. 그보다 지금 몇 시야?"

나는 할아버지에게 물어봐놓고선 직접 테이블 위에 있는 스마트폰으로 시간을 확인했다.

"어? 벌써 5시잖아."

대체 난 얼마나 잔 거지 -.

혼자서 허둥대는 내 모습을 보고 할아버지가 쓴웃음을 지었다.

"게를 잡으러 가려는데."

"게? 게라면 그 게?"

나는 양손으로 V자를 만들어 보이며 당연한 질문을 했다. 할아버지는 "그래." 하고 말하더니, 조금 전보다 더 짙게 쓴웃음을 지으며 고개를 끄덕였다.

"게를 잡을 수 있어? 다쓰우라 어항에서?"

"어항 바깥쪽 소파블록(消波block)에 가면 잡을 수 있지."

"진짜?"

내 머릿속에는 왕게와 대게의 그림이 떠올랐다. 할아버지는 그런 내 생각을 눈치챈 듯 눈썹을 살짝 일그러뜨리며 말했다.

"미리 말해두지만, 그렇게 큰 게는 아니야."

"그럼 참게 정도?"

"그래, 그 정도 되지. 가겠냐?"

어차피 혼자 있어도 한가하다. 나는 자리에서 일어나 대답했다.

"응, 갈래."

◆ ◆ ◆

집 앞 항구는 옅은 파인애플색 저녁노을에 물들어가고 있었다.

바람이 살짝 불어서 나는 밀짚모자 끈을 턱에 묶어 바람에 날리지 않게 했다. 처음에는 너무 시골스러워서 꼴불견이라고 생각했는데, 어차피 할아버지 이외에는 아무도 없으니 신경쓰지 않기로 했다.

낚시터는 어제와 마찬가지로 방파제였다. 하지만 끝쪽
이 아니라 방파제가 시작되는 곳의 바깥쪽이었다. 그곳 주
변에는 방파제를 따라 소파블록이 바다에 잠겨 있었다.

나는 소파블록 사이를 위에서 살짝 들여다보았다. 두
꺼운 콘크리트 '다리'가 들어가 있는 바다에서는 찰랑찰랑
하고 맑은 바닷물이 흔들거렸다.

"잡는 방법은 간단하다."

할아버지는 손잡이가 긴 뜰채 안에 오늘 아침에 냉동해
둔 전갱이와 정어리가 들어간 세탁망을 그대로 넣더니, 그
걸 소파블록 사이에 살짝 담갔다.

"이 냄새에 이끌려 이숏피가 나올 게다."

"이숏피?"

"그래. 이 근처에서 잡히는 게를 그렇게 부른다."

"어감이 좀 귀여운걸?"

"정식 명칭은 톱장절게지."

"흐음~."

우리는 바닷물에 잠긴 뜰채 그물을 가만히 바라보면서
대화를 나누었다.

그물을 담근 지 30초 정도가 지났을 때, 할아버지가 "봐
라, 나왔다."라고 마치 비밀 이야기라도 하는 듯한 목소리

로 말했다.

"아, 정말이네……."

이숏피는 껍데기 직경이 6센티미터 정도이고, 다리까지 합친 길이가 20센티미터 정도 되는 적갈색 게였다.

"이놈은 해변 바위 사이에서 자주 나타나는 게인데, 이런 소파블록 사이에서도 많이 살지."

"아, 봐봐. 계속 다가오고 있어."

"자아, 어서 이리 오너라."

할아버지가 눈을 가늘게 뜨자, 이숏피가 깨작깨작 물속의 블록 위를 걸어서 뜰채 안으로 들어갔다. 그리고 집게로 미끼가 들어간 세탁망을 찌르기 시작했다.

"좋아, 한 마리 잡았구나."

할아버지는 단숨에 뜰채를 들어올렸다. 그리고 곧장 뜰채를 뒤집어서 발밑에 준비해둔 플라스틱 양동이에 게를 떨어뜨렸다. 이숏피는 당황했다는 듯이 마구 양동이 안에서 발버둥쳤지만 미끄러워서 도망칠 수 없었다.

"와아, 이 게, 엄청 힘이 넘쳐."

"이번엔 에밀리가 한번 잡아보려무나."

할아버지가 나에게 뜰채를 건네주었다.

"응."

나는 할아버지가 했던 것처럼 살짝 뜰채를 물속에 담 갔다.

"조금 전이랑 똑같은 곳이라도 괜찮아?"

"아마 괜찮을 게다. 잠시 기다렸다가 그래도 이숏피가 안 나오면, 조금 떨어진 블록 사이를 노리면 그만이지."

그렇게 말하면서 할아버지는 방파제 위에 책상다리로 앉아 낚시 준비를 시작했다. 그런데 어제와는 미끼가 달 랐다.

"뭘 낚을 건데?"

"일단은 보리멸이다."

"보리멸이면, 튀김 메뉴에 자주 나오는 그거?"

"그래."

할아버지는 고개를 끄덕인 뒤, 갯지렁이라고 하는 살아 있는 미끼를 보여주었다.

"우와…… 이게 뭐야. 무서워……."

갯지렁이는 녹색을 띤 지렁이 같은 생물이었다. 몸 측 면에는 무수히 많은 짧은 다리가 나 있었고, 입에는 이빨 두 개가 있어 계속 뭔가를 깨물려고 했다. 내가 보기엔 거 의 에일리언급이라 너무 징그러웠다. 역시 이것만큼은 만 지고 싶지 않았다. 그런데 할아버지는 그걸 슥 들어올리더니, 아무렇지도 않게 반으로 잘라 낚싯바늘에 꽂았다.

나는 너무 징그러운 나머지 그냥 이슷피 낚시에 집중하기로 했다. 그리고 물속 뜰채를 들여다보니 -.

"아, 벌써 들어와 있네……."

"떠올렸으면 바로 양동이에 넣어야 한다. 어물거리면 그물 위로 기어 올라와 도망가니까 말이야."

"응."

이번 이슷피는 할아버지가 잡은 것보다 꽤 작았다.

"좋~아……."

나는 호흡을 가다듬은 뒤, 단숨에 뜰채를 물속에서 끌어올렸다. 그리고 곧장 양동이 위에서 뒤집었다. 투욱 하는 소리가 난 뒤에 들여다보니, 양동이 안에서는 이슷피 두 마리가 버둥거리며 마구 날뛰었다.

"야호, 성공이야."

할아버지는 눈을 살짝 가늘게 뜨며 고개를 끄덕여주었다.

나는 이슷피와 같이 양동이 안에 떨어진 미끼가 든 세탁망을 꺼내서 다시 뜰채 안에 넣었다. 또 잡고 싶었다. 너무 즐거워.

"근데 몇 마리나 잡으면 돼?"

"글쎄. 여섯 마리 정도 잡을까? 그중 두 마리 정도는 큰 놈으로 부탁하마."

"알았어."

"저녁밥이 아니냐. 부탁한다."

"응."

할아버지가 나한테 일을 맡겨주었다는 것이 은근히 기뻐서 나는 "좋았어!" 하고 기합을 넣었다. 그리고 조금 전과는 다른 블록 사이에 뜰채를 넣었다.

"게 잡기, 중독될지도 모르겠어."

물속을 들여다보며 그렇게 말하자, 낚시를 시작한 할아버지가 담담한 목소리로 말했다.

"그러고 보니 마이코도 이웃피 잡기를 참 좋아했었지."

"……"

나는 파인애플색 공기를 천천히 들이쉰 뒤, 한숨을 내쉬었다.

새 남자를 집에 데리고 와서는 은근히 자랑스러운 표정으로 나를 내려다보던 엄마의 눈이 떠올랐기 때문이다. 그 눈은 고양이 눈이었다. 먹잇감을 물고 온 고양이가 주인에게 자랑스럽게 보여줄 때의 고양이와 눈이 비슷했다.

엄마는 고양이.

나는 개.

그 사람과 나는 다르다.

저녁노을이 진 항구에 작은 어선 한 척이 들어왔다. 배를 조종하던 노인이 할아버지를 발견하고는 손을 들었다. 할아버지도 그에 대답해주듯 손을 들었다.

그 어선이 만든 파도가 소파블록 사이에까지 닿아, 찰 팍찰팍 하며 작은 물보라를 일으켰다. 내가 바다에 담가 놓은 뜰채 안의 세탁망도 파도에 닿아 불안정하게 흔들 렸다.

◆ ◆ ◆

이숫피는 열다섯 마리나 잡았다. 하지만 할아버지 요청 대로 특대 사이즈 두 마리와 평범한 사이즈 네 마리를 제외하고는 모두 바다에 다시 놓아주었다.

그 사이에 할아버지는 보리멸 십 수 마리를 낚았다. 그리고 방금 낚은 작은 보리멸을 큰 낚싯바늘에 끼워 바다에 던져서, 그 보리멸을 노리는 큰 물고기인 양태를 노렸다. 하지만 결과부터 말하자면 아쉽게도 양태는 낚지 못했다. 할아버지도 노린 물고기를 낚지 못할 때가 있는 법이었다.

"노린 물고기는 낚지 못할 때가 더 많지. 인생이랑 똑같은 거다."

할아버지는 "그래서 재미있는 게 아니겠냐." 하고 말하며 낚싯대를 정리했다.

해가 완전히 지기 전에 우리는 오늘의 전과를 들고 집으로 돌아갔다.

그리고 곧장 부엌 앞에 섰다.

"양태는 여름이 딱 제철이라서 기름이 올라 아주 맛이 좋지."

할아버지는 부엌에서 평소에 쓰는 작은 부엌칼을 숫돌에 갈며 그렇게 말했다. 사실은 낚지 못해서 굉장히 아쉬워하는 중일지도 모른다. 어쩌면 나에게 대접을 하고 싶어서 그런 게 아닐지 ─. 그런 생각도 들었다.

"먹어보고 싶다, 제철 양태." 나는 할아버지가 칼을 가는 모습을 옆에서 바라보다가, 문득 신경 쓰이는 점이 생겼다. "할아버지, 그 칼, 원래는 회칼이지?"

"그렇다만."

"좀 작지 않아?"

"아, 이건 원래 평범한 데바 회칼이었다만은." 할아버지는 계속 칼을 갈면서 대답했다. "매일 이렇게 갈았더니 작아져버렸다."

지금은 거의 손바닥 사이즈였다.

"그렇게 많이 갈았어?"

"갈았지."

얼마나 많이 갈았으면, 지금은 삼각자 모양이다.

"사용하기 불편하지 않아?"

"도구는 익숙한 게 제일 사용하기 쉬운 법이다."

할아버지는 계속 칼을 가는 손을 멈추지 않았다.

"아직도 더 사용할 생각이야?"

"그럼, 사용해야지. 계속."

왜일까? 칼을 갈며 그렇게 말하는 할아버지 말투에 어딘가 감상적인 색이 깃들어 있는 듯한 느낌이 들었다. 그래서 나는 할아버지 말을 되풀이하며 물었다.

"계속?"

그러자 할아버지는 겨우 손을 멈추고 나를 바라보았다.

"갈아볼 테냐."

"응?"

"큰 부엌칼보다는 갈기 쉬울 게다."

"괜찮겠어?"

"이 작은 부엌칼을 에밀리용으로 줄 테니, 앞으로 요리를 도와줄 때는 이걸 사용해라."

할아버지는 갈다 만 칼을 들고 나에게 손잡이 쪽을 내밀었다. 나는 칼을 받아들었다. 잘 보니 손잡이 부분이 너무 많이 잡아서 검게 변색되어 있었다. 하지만 쥐어보니 신기할 정도로 내 손에 꼭 들어맞는 것 같았다.

나는 할아버지와 서 있는 위치를 바꾸었다. 그리고 언제나 그렇듯 아주 대략적인 지도를 받으면서 숫돌에 작은 부엌칼을 갈아보았다. 하지만 갈면 갈수록 칼은 무뎌질 뿐이었다. 일정한 각도를 유지하면서 칼을 앞뒤로 움직이는 것뿐인데, 이게 이렇게 어려울 줄이야.

결국 마지막에는 할아버지가 마무리를 해야 했다.

"잘 봐라, 에밀리."

할아버지는 자신이 간 부엌칼을 오른손으로 들고, 왼손으로는 신문지 끝을 집어 들어올렸다.

"잘 간 부엌칼은 날이 이렇게까지 날카롭다."

그렇게 말하면서 할아버지는 왼손으로 든 신문지를 부엌칼 날을 이용해 좌우로 천천히 그었다. 그러자 사아~ 하는 기분 좋은 소리를 내면서 신문지가 그대로 잘려나갔다.

"우와, 굉장해……."

"오늘부터 연습을 해봐라. 금방 잘할 수 있을 게다."

"……"

역시 그건 좀 힘들지 않을까. 순간 그렇게 생각했지만, 곰곰이 생각해보니 나한테는 시간이 아주 많이 있었다.

띠링.

내 방에 있던 풍경도 한번 해봐 하고 내 등을 떠밀어주었다.

♦ ♦ ♦

내가 잡은 이숏피 특대 사이즈 두 마리는 생선구이망에 올라가 아주 간단하게 게구이가 되었다.

한편 평범한 사이즈 네 마리는 커다란 냄비에 들어가 국물을 내는 재료가 되어야 했다. 나는 먼저 등껍질을 벗기면 나오는 부드러운 게 내장을 스푼으로 떠서 작은 그릇에 옮겨 담았다. 그리고 게의 아가미를 제거하고 몸체를 두 갈래로 나눈 다음, 게를 냄비에 넣고 천천히 삶아 국물을 냈다. 할아버지는 떠오른 거품을 모두 깔끔하게 제거하라고 말했다. 물이 끓자 냄비에서는 뭐라고 말로 표현하기 힘들 만큼 향기로운 바다 내음이 피어올랐다.

"에밀리, 이 국물의 반은 오늘 밤에 된장국을 끓일 때 사용하기로 하고, 나머지 반은 냉장고에 좀 넣어두거라."

"웅, 알았어."

나는 할아버지 말대로, 국자로 이숏피 국물을 떠서 반을 큰 그릇에 옮겨 담았다. 그리고 그걸 냉장고에 넣어두기 위해 밖에다 두고 식혔다. 그다음엔 남은 국물에 된장을 풀었다.

이제 된장으로 맛을 조절하면서 파를 넣고 한소끔 더 끓인 뒤, 작은 그릇에 덜어놓았던 게 내장을 국에 띄우면 된장국 완성이었다.

"할아버지, 냉장고에 넣어둘 국물은 뭐에 쓰게?"

"간장을 넣어 소면 장국으로 쓸 예정이다. 내일 점심은 게 소면인 게지."

"게 소면……."

그 맛을 상상하는 것만으로도 배에서 꼬르륵 소리가 날 것 같았다.

할아버지가 낚은 보리멸은 부엌칼 끝으로 작은 비늘을 제거하고, 등쪽으로 생선을 갈라 머리와 내장, 그리고 등뼈를 제거했다. 살을 다 뜬 보리멸은 일본식 덴푸라가 아니라 빵가루를 넣어 좀 더 바삭하게 프라이로 튀겼다. 거기에 더해서 할아버지는 소금과 산초 가루를 섞은 화초염(花椒塩)이라는 중국식 조미료를 만들었다.

"이 프라이를 화초염에 찍어 먹으라고?"

"그래. 이놈을 찍어 먹으면 청량감이 있어 아주 먹기 좋지."

남은 보리멸 등뼈는 프라이팬에 두른 참기름에 바삭해질 때까지 튀기고 소금을 뿌려, 향기로운 뼈과자로 만들었다.

그리고 오이 절임과 후미 씨에게 받은 토마토를 냉장고에서 꺼내 적당히 잘라 내놓은 것으로 오늘 저녁밥 준비가 모두 끝났다.

오래된 의자에 앉아 둘이 같이 양손을 합장하고 "잘 먹겠습니다."라고 말한 뒤 -, 나는 오늘 밤도 한숨이 절로 나올 만큼 맛있는 요리를 먹고, 위장에서부터 서서히 온몸으로 퍼지는 만족감에 마음의 위로를 얻었다.

◆ ◆ ◆

식사 후, 설거지를 끝낸 할아버지가 무언가가 생각났다는 듯이 말했다.

"그렇지. 에밀리, 일을 하나 더 하자꾸나."

"일?"

"간단한 일이야."

할아버지는 냉동실에서 꽁꽁 언 생선 서덜을 꺼내더니, "항구로 가자." 하고 말하며 현관을 향해 걷기 시작했다. 그리고 항상 신던 비치 샌들을 신고 밖으로 나갔다. 나도 그 등뒤를 찰딱찰딱 소리를 내며 뒤쫓았다.

새하얗게 살이 오른 달이 뜬 덕분에 마당은 생각보다 밝았다.

한들거리며 부는 밤바람에는 어딘가 그리운 바다 내음이 녹아 있어, 살짝 기분이 애절해졌다.

할아버지는 별채 공방 옆에 있는 낡은 헛간 안에서 사방이 50센티미터 정도 되는 검은 망을 꺼냈다. 굵은 철사로 네모나게 틀을 짠 뒤, 검은 나일론 실로 틀을 뒤덮은 망이었다.

"이건 꽃게망이라는 거다."

달빛 아래에서 할아버지가 그렇게 중얼거렸다.

꽃게망은 바깥쪽으로는 넓어서 들어가기 쉬웠지만, 일단 망 안으로 들어가면 나올 수 없는 구조였다.

"또 게를 잡게?"

"이 녀석을 설치해두면 문어가 자주 들어와서 말이다."

집 앞 언덕을 내려가면서 할아버지가 말했다. 문어 말고도 꽃게 같은 게 종류는 물론, 곰치나 장어가 들어오는 경우도 있다는 뜻이었다.

　밤의 다쓰우라 어항은 달빛을 받아 창백하고 흐릿하게 떠올라 있었다. 안벽에 닿는 작은 파도가 찰팍 찰팍 하고 달달한 소리를 내는 탓에 오히려 주변이 더욱 조용하게 느껴졌다. 그 조용한 어항을 우리는 찰딱찰딱 발소리를 내면서 걸었다. 인기척이 없는 밤중의 어항은 어딘가 모르게 신비적이기도 했고, 무섭기도 했다. 검은 해수면 안쪽에서는 꼭 정체 모를 무언가가 숨어 있다가 나올 것만 같았다.

　할아버지는 꽃게망 안에 꽁꽁 언 생선 서덜을 넣고 안벽에서 바다로 집어던졌다. 발밑에서 참방 하는 소리가 들리더니, 꽃게망이 검은 바다 안으로 잠겨 들어갔다. 꽃게망에는 로프가 연결되어 있었다. 그 로프가 스륵스륵 물속으로 빨려들어갔다. 잠시 뒤 꽃게망이 바다 밑바닥에 닿자, 할아버지는 로프를 비트라고도 하는 계선주(繫船柱)에 묶었다.

　“이제 됐다. 내일 아침에 이걸 끌어올리면 그만이다.”

　“문어가 들어가 있을까?”

　“이런 계절이니 문어는 이틀에 한 번 꼴로는 잡힌다. 문어는 안 잡혀도 대신에 뭔가가 틀림없이 들어가 있겠지.”

할아버지가 말하길, 문어도 곰치도 장어도 모두 야행성이기 때문에 일부러 밤에 설치하고 아침에 끌어올리는 거라고 한다.

집으로 돌아올 때, 나는 궁금했던 점을 물어보았다.

"할아버지, 오늘 아침에 신페이 씨가 준 생선, 벤자리였던가?"

"그렇다만."

"그건 어떻게 할 거야?"

"글쎄다……. 내일 밤에 야키키리로 해 먹을까?"

"야키키리?"

"세 장으로 뜬 벤자리를 껍질째로 꼬치에 꽂고 소금을 뿌린 다음, 직화로 구운 요리를 말하지. 다 구우면 냉장고에 넣어 식혀서 먹는다."

"흐음, 그거 맛있어?"

내가 한 질문이긴 했지만, 금세 참 어리석은 질문이었다는 생각이 들었다.

"벤자리는 껍질이 맛있거든. 먹어보면 알 게다."

정말로 알게 되겠지. 나는 그것을 먹는 순간 맛있어서 몸을 떨 게 틀림없다.

우리는 나란히 집 앞 언덕을 올랐다.

걸으면서 문득 밤하늘을 올려다보았다.

달이 떠 있는데, 셀 수 없을 만큼 많은 별이 반짝였다.

"별이 굉장히 많아……."

내 목소리를 듣고 할아버지도 이끌리듯 밤하늘을 올려다보았다.

그 순간.

스르륵 하고 희고 작은 빛이 밤하늘 아래로 미끄러져 떨어졌다.

"앗, 별똥별이다. 방금 거."

"그렇구나."

"와아, 정말 오랜만에 봤어. 어릴 때 이후로 처음 본 건지도 몰라."

언덕을 다 올라간 뒤, 나는 등뒤를 돌아보았다.

달빛을 반사하며 창백하게 빛나는 바다. 그 위에 펼쳐진 검은 하늘은 별이 빛나는 하늘이라기보다는 우주 그 자체였다.

"하아, 너무 빨리 흘러서 소원을 빌 새도 없네."

나는 그렇게 중얼거린 뒤, 한숨을 내쉬었다.

"에밀리는 무슨 소원을 빌고 싶지?"

"응?"

그러고 보니 난 무슨 소원을 빌고 싶은 걸까.

"글쎄. 행복해지기를, 일까?"

"그러냐."

"할아버지는? 뭐 빌고 싶은 소원 있어?"

그러자 할아버지는 뜻밖의 말을 꺼냈다.

"특별히, 없구나. 단지 –."

"단지?"

"행복해지는 것보다는 만족하는 것이 중요한 거다."

응? 내가 그렇게 생각한 순간, 세상이 갑자기 새카매졌다.
구름이 달을 가린 것이다.

◆ ◆ ◆

그다음 날도 나는 일찍 일어나 할아버지와 함께 고로를
산책시켰다. 오늘은 평소보다 조금 바람이 강했지만, 올려
다본 여름 하늘은 째~앵 하는 소리가 날 것처럼 눈부시고
쾌청했다.

고로가 목줄을 이끄는 대로 나는 항구를 향해 내려갔다.

항구 건너편에는 오늘 아침에도 긴 낚싯대를 손에 든
남자가 있었다. 작가인 노지 뎃페이 씨다.

"안녕하세요."

뎃페이 씨는 이쪽을 보고 손을 흔들었다.

"낚았는가?"

"아니요, 오늘은 아직입니다."

"오늘도, 라고 해야지."

할아버지도 이런 농담을 하는구나. 나는 좀 의외라는 생각이 들었다. 뎃페이 씨도 아무 말 하지 않고 씨익 웃었다.

나는 할아버지 옆에서 꾸벅 고개를 숙였다. 어제부터 이 사람의 책을 읽고 있다고 생각하니 어딘가 모르게 조금 굉장하다는 생각이 들어, 뎃페이 씨가 마치 다른 세계에 사는 사람처럼 느껴졌다.

항구에서 콘크리트 계단을 내려가 백사장에 도착한 나는 오늘도 샌들을 벗었다. 어제보다 바람이 강해서 그런지 파도가 훨씬 높았다.

조금 떨어진 바다 쪽을 보니, 서퍼 한 명이 파도를 기다리고 있었다. 서핑보드 위에 몸을 올리고, 먼 바다에서 높게 이는 파도를 기다리는 것이었다. 신선한 아침 햇살을 받아 반짝이는 파도 사이에서 떠오르는 그 실루엣은 그대로 배경을 잘라 그림이나 사진으로 만들고 싶을 정도였다.

나는 걸으면서 그 서퍼의 모습을 계속 바라보았다.

15초도 지나지 않아, 앞바다에서 넘실거리는 파도가 다가왔다.

서퍼는 보드 방향을 빙글 바꾸고 몸을 숙이더니, 해안을 향해 손으로 물을 젓기 시작했다. 서서히 등뒤에서 닥쳐오는 커다란 파도. 서퍼는 보드가 그 파도의 정점에 올라선 순간, 우뚝 튀어오르듯이 보드 위에서 일어섰다.

"아……."

나는 어쩐 일인지 그렇게 감탄하고 말았다.

물보라를 내뿜으며 파도의 경사면을 미끄러져 내려오는 서퍼.

서퍼는 파도 아래에서 빠른 속도에 맞춰 턴을 하더니, 이번엔 그대로 무너져가는 파도의 정점으로 단숨에 올라섰다.

그리고 다음 순간, 서퍼와 서핑보드는 파도 꼭대기에서 하늘을 향해 날아오르며, 반짝이는 물보라를 흩뿌렸다.

굉장해. 대단하다―.

나는 무심코 걸음을 멈췄다.

서퍼는 그대로 공중에서 180도로 보드 방향을 바꾼 뒤, 다시 무너져내리는 흰 파도 안을 미끄러져 내려가려고 했는데…….

이번에는 균형을 잃고 바다에 내던져지고 말았다.

"아아……."

흰 파도에 집어삼켜졌던 서퍼와 서핑보드는 몇 초 후, 바다 위로 둥실 떠올랐다.

나는 고로에게 이끌려 또 걷기 시작했다. 하지만 시선은 여전히 서퍼에게 고정되어 있었다.

검은색과 푸른색이 섞인 웨트슈트를 입은 남자가 다시 서핑보드에 올라타 앞바다 쪽으로 보드를 저어 가기 시작했다. 앞바다에서 파도가 밀려오자, 서핑보드 끝 부분을 바다에 담그듯 푹 누르고 파도 너머로 빠져나갔다. 그리고 또 저 앞바다를 향해 패들링을 했다.

꼭 돌고래 같아-.

파도 위를 엄청난 속도로 빠져나가는 약동감과 바다에게 사랑을 받으며 함께 놀고 있는 듯한 자유로운 느낌. 수정을 흩뿌리는 듯한 물보라의 반짝임과 실루엣의 아름다움은 어딘가 장엄하다는 생각까지 들 정도였다.

"저 녀석은 나오토(直斗)다."

문득 할아버지가 그렇게 말했다.

"응? 아는 사람이야?"

"그래. 저 녀석이 조금 일을 도와주고 있거든."

"풍경 만들기?"

"파는 쪽이다. 나오토가 인터넷으로 팔아주고 있지."

"인터넷 쇼핑몰 같은 거구나."

"나는 컴퓨터를 잘 못하니, 맡겨둔 거다."

"그렇구나……. 즐거워 보여."

"응?"

내 말의 의미를 잘 이해하지 못했는지, 할아버지가 살짝 고개를 갸웃했다.

"아, 나오토 씨라는 사람, 서핑하는 모습이."

"아, 저 녀석은 옛날부터 서핑을 워낙 좋아해서 말이야."

할아버지 말에서 표독함이 느껴지기는커녕 오히려 친근함이 묻어나오는 것을 보면 틀림없이 좋은 사람인 듯했다.

"혹시 프로 서퍼?"

"아니, 카페 사장님이다." 그렇게 말하면서 할아버지는 멀찍이 앞을 가리켰다. "저곳에 하늘색 건물이 보이지? 저곳이다."

해안을 따라 뻗어 있는 도로 옆에 오도카니 작은 카페 건물이 세워져 있었다. 가게 안에는 바다를 바라볼 수 있는 창문이 있었고, 창밖에는 우드 테라스석도 있는 듯했다.

"이름이 뭔데?"

"시걸."

"시걸이라면, 일본어로 갈매기지?"

할아버지는 고개를 끄덕였다.

"저곳은 명색이 카페인데 커피보다 카레가 맛있다."

"아하하. 그래?"

"나오토네 집안은 농가인데, 거기서 재배한 무농약 야채를 사용한 카레가 호평을 받고 있지."

"흐~응."

"다음에 한번 가보거라."

"응……? 아, 그러지 뭐."

나오토 씨는 또 파도를 기다리는 중이었다.

바다에서 다가온 작은 파도를 흘려보내고, 다음 파도를 노리고 있는 모양이었다. 하지만 결국 다음 파도도 타지는 않았다. 그리고 다음 파도를 그냥 넘겼을 때, 목줄을 끌던 고로가 왼쪽으로 방향을 바꾸었다.

고로는 평소와 마찬가지로 콘크리트 계단을 올라가 도로 쪽으로 나가고 싶어 했다. 솔직히 나는 한 번만이라도 더 나오토 씨의 서핑 장면을 보고 싶었지만, 억지로 걸음을 멈추면 할아버지가 이상한 오해를 할 것 같았다.

그래서 나는 어쩔 수 없이 고로에게 이끌리며 계속 걸
었다.

　도로를 건너고, 주택가를 빠져나가, 나무 터널 같은 언
덕을 오르니 바다가 내려다보이는 후미 씨의 밭이 펼쳐졌
다. 우리는 후미 씨에게 어제 토마토를 주서서 감사하다고
인사를 했다. 그리고 짧게 한두 마디 대화를 나눈 뒤 계속
해서 길을 나아갔다.

　우리는 신사의 숲 안으로 들어가 깨끗한 숲 공기로 폐
를 가득 채운 뒤 신사에 참배했다. 오늘 새전은 내 돈으로
직접 냈다. 백수라 5엔짜리 동전 하나뿐이었지만.

　오늘 아침엔 어제 본 그 예쁜 여성의 모습을 찾아볼 수
없었다.

　그리고 어제보다 바람이 강한데도 풍경 소리가 들리지
않았다.

　나는 어딘가 모르게 마음이 놓이는 듯, 어딘가 찜찜한
듯, 신기한 마음에 휩싸인 채 신사를 뒤로했다.

　신사에서 나와 조금 걷자, 어제와 마찬가지로 지그재그
인 내리막길이 나왔다.

　이곳에서의 전망은 오늘도 정말 최고였다. 푸른 크고

넓은 바다를 내려다보니 내 마음까지 넓어지는 듯했다. 해수면을 넘어온 바람이 산기슭을 단숨에 타고 올라와 내 머리카락을 흔들었다.

정말 생각하면 할수록 좋은 바람이다.

이곳에 서면 할아버지 표정이 매우 부드러워진다. 평소에는 무뚝뚝하고 무표정한 얼굴이 살짝 누그러지는 것이다. 할아버지의 누그러진 옆얼굴을 보면 내 마음도 어딘가 모르게 살짝 편안해졌다.

머리 위 높은 하늘에서 솔개의 노랫소리가 투명한 음색이 되어 아래로 쏟아졌다.

고로가 목줄을 당겼다. 우리는 찰딱찰딱 소리를 내면서 구불구불한 언덕길을 내려갔다.

다쓰우라 어항에 돌아오니 신페이 씨 어선이 보였다.

"어? 오늘은 없네."

"신페이 말이냐?"

"응."

"앞바다 파도가 심해서 출항하지 않은 게지."

"그래?"

"그런 것보다, 에밀리, 망을 올리자."

어젯밤에 설치한 꽃게망을 말하는 것이었다.

"으, 응."

꽃게망은 신페이 씨 어선 바로 옆에 설치해두었다.

"자, 로프를 당겨봐라."

할아버지는 항상 가슴이 설레는 일은 내가 할 수 있도록 양보해주었다.

"오케이~."

나는 고로의 목줄을 할아버지에게 건네준 뒤, 계선주에 묶어둔 로프를 잡고 쭉쭉 끌어올렸다.

"음……. 뭔가 무거운 것 같아."

그렇게 말했을 때에는 투명한 물 안 망의 모습이 이미 보이기 시작한 상태였다.

"앗, 뭔가 있어!"

나는 할아버지를 바라보았다. 할아버지는 눈을 가늘게 뜨며 고개를 끄덕였다.

"이영차."

해수면에서 끌어올린 꽃게망은 상당히 묵직했다. 망 안에서는 다갈색 동물이 마구 꾸물거리고 있었다. 문어다. 살아 있는 문어를 처음 본 나는 '우와……'라고 한 뒤 무심코 징그럽다고 말할 뻔했지만, 말하기 직전에 입을 꾹 닫았다. 그리고 끌어올린 꽃게망을 발밑 콘크리트 위에 터억 올려놓았다.

"엄청 커……."

"이건 왜문어구먼."

"이거, 어쩔 거야?"

"글쎄다……." 할아버지는 문어가 들어가 있는 꽃게망을 내려다보면서 흰 다박수염을 슥슥 문질렀다. 그리고 평소의 차분한 목소리로 말했다. "굉장히 크니까 회로도 먹고, 삶아서도 먹고, 밥에 넣어서도 먹을까?"

겉보기에는 징그러웠지만, 할아버지가 그렇게 말하자 갑자기 내 위장이 제멋대로 반응을 보이기 시작했다.

마음이 음식에 사로잡혔다는 것은 이런 걸 두고 하는 말일까-.

나는 엉뚱한 일에 감탄을 하면서 항구 앞쪽의 먼 바다를 바라보았다.

아침 햇살에 반짝이는 수면을 보고 눈을 가늘게 뜨자, 파도 꼭대기에서 하늘로 날아올랐던 나오토 씨 모습이 뇌리에 재생되었다.

내일 산책 때도 또 볼 수 있을까.

작은 기대를 가슴에 품었을 때, 꼬르륵 하고 위장에서 작은 소리가 울려퍼졌다.

"가서 아침밥을 만들까?"

할아버지가 눈썹을 한데 모으며 나를 내려다보았다.

제3장

그녀의 독(毒):
고등어 영양밥

할아버지 집에 굴러들어온 지 일주일 -.

나는 조금씩 다쓰우라(龍浦)라는 해변 마을에서의 생활에 적응해가기 시작했다. 도시에서 맛본 슬픔과 무기력이 밀려와 우울해질 때에는 박스형 경자동차를 타고 장을 보러 가거나, 근처를 훌쩍 드라이브하기도 했다. 이 마을은 교통량이 극단적으로 적은 것은 물론, 다들 여유롭게 운전하기 때문에 장롱면허인 나도 큰 어려움 없이 차를 몰 수 있었다.

할아버지 집에는 텔레비전이 없어서 나는 대신에 책을 읽었다. 아직 기껏해야 세 권째 읽는 중이지만…… 노지 뎃페이 씨의 기행 에세이를 시작으로, 두 권째로는 여성 작가의 미스터리를 독파했고, 세 권째에는 다시 뎃페이 씨 작품으로 되돌아갔다. 뎃페이 씨 에세이는 유머가 넘쳐서 읽고 있으면 즐겁기도 하고, 문체가 쉬워서 읽기 편했다. 그리고 무엇보다 아는 사람이 쓴 책이라 그런지 무심코 손이 갔다.

할아버지는 물고기가 잘 잡히는 '때'가 되면 항상 낚싯
대를 한 손에 들고 항구로 나갔다. 어떻게 '때'를 아냐고 물
으니, 밤하늘의 달을 올려다보면 대충 알 수 있다고 대답
했다. 한마디로 물이 빠지고 들어오는 걸 달의 형태를 보
고 판단한다는 것이었다. 할아버지는 낚시를 나갈 때 반드
시 나에게 말을 걸어주었다. 나는 할아버지가 말을 걸어주
면 대체로 같이 따라 나가서 느긋하게 낚시를 즐겼다. 보
기만 해도 기분 나쁜 갯지렁이는 만지지 않았지만······.

때때로 풍경(風磬)을 만드는 일도 도왔다.

할아버지는 동(銅)을 재료로 풍경을 만들었다. 아는 업
자에게서 순동을 구입해 그것을 쇠톱이나 연마기로 절단
한 뒤, 망치로 두드려 풍경 형태를 만들어갔다. 내가 도운
일은 '보즈타가네(ぼうずタガネ)'라고 하는 끌로 나무공이처
럼 생긴 금속 대좌에 동판을 올려 끝을 둥글게 커브가 되도
록 두드리는 일이었다. 이건 나름 재미있는 일이었지만, 전
체적으로 두께를 균일하게 만들기가 매우 어려웠다. 솔직
히 초보자가 완벽한 형태를 만들기는 어려웠기 때문에 나
는 대략적인 형태만을 잡고 마지막에는 할아버지가 마무리
를 했는데, 그게 내가 할아버지를 '돕는' 흐름이었다.

풍경을 만드는 과정에서 내가 도울 수 있었던 일 또 한

가지는 쇠붙이를 그을리는 일이었다. 가정용 휴대 가스레인지 위에 철망을 올리고, 말린 대나무 파편을 태우다가 연기가 올라오면 풍경을 그을리는 일이었다. 그렇게 하면 번쩍번쩍했던 순동색 풍경에 차분하고 깊이가 있는 광택이 날 뿐 아니라, 녹이 잘 슬지 않는다고 한다. 또 대나무로 잘 그을린 풍경은 해가 지날수록 탁한 검은빛이 도는데, 그게 뭐라 표현하기 힘들 만큼 수수하고 꾸밈 없는 정취를 풍겨 참 좋았다.

반대로 내가 도울 수 없었던 일은 동을 가스레인지나 토치램프로 뜨겁게 달군 뒤, 치익 하고 물에 단숨에 넣는 '담금질'이라는 작업이었다. 그 작업에 실패하면 풍경의 경도가 불규칙해져, 투명한 느낌이 넘치는 '띠링' 소리가 울리지 않는다는 모양이었다.

풍경을 만드는 과정은 그 외에도 굉장히 많았다. 예를 들면 풍경 실 끝에 매다는 작은 직사각형 종이인 '단자쿠(短冊)' 만들기. 이건 질긴 일본식 종이와 아름다운 무늬가 그려진 이세치요 종이를 풀로 맞붙이고, 딱 보기 좋은 사이즈로 자르면 완성이다. 풍경 안쪽에 매달아 본체와 부딪쳤을 때 소리를 내는 금속 파편은 '제쓰(舌)'라고 부르는데, 할아버지의 풍경은 이 '제쓰'도 동으로 만들었다. 만드는 법은 두꺼운 동선(銅線)을 둥근 형태에 따라 굽혀 양끝을 납으로 붙이면 그만일 만큼 간단했다.

이 '단자쿠'와 '제쓰'는 할아버지가 미리 대량으로 만들어두었기 때문에 굳이 내가 만드는 것을 도울 필요는 없었다.

할아버지가 만드는 풍경은 가장자리에 산(山)이 다섯 개가 있을 만큼 조금 독특한 형태가 특징이었다. 그 형태는 마지막에 연마기로 깎아낸 뒤에 산 부분을 가볍게 안쪽에서 때려 만들었다. 완성된 할아버지 풍경을 매달지 않고 거꾸로 두면 딱 꽃봉오리가 활짝 피기 시작한 도라지꽃처럼도 보였다. 나는 그 섬세한 디자인이 매우 마음에 들었다.

하루하루 요리도 자주 도왔다. 요리는 매일 그 작은 부엌칼을 가는 것부터 시작했다. 하지만 그건 참 귀찮은 일이었다. 에어컨도 없는 부엌에서 열심히 숫돌에 날을 갈면 더워서 온몸이 땀투성이가 되었고, 상당히 열심히 하는데도 날이 별로 날카로워지지 않아 속이 부글부글거렸다. 게다가 결국 할아버지가 마무리로 칼을 가는 사태까지 겹치면, 스스로가 한심하기도 해서 도무지 칼을 가는 일에 정을 붙이지 못했다.

요리를 잘하는 할아버지와 같이 부엌에 서 있으면 놀라움과 발견과 감동이 잇달아 이어졌지만, 할아버지는 말도 별로 없고 무뚝뚝하며 부끄러움을 많이 타는 사람이라서 일주일이 지나도 생각만큼 친근감이 샘솟지는 않았다. 물론 할아버지를 싫어하는 것은 아니고 존경하는 점도 많으며, 무엇보다 감사하는 마음을 가져야 했다. 그렇지만 대부분은 별로 붙임성 없는 말을 딱 필요한 만큼만 하는 사람이다 보니 서로 마음이 통하는 일도 없어서, 어딘가 모르게 '남' 같다는 느낌이 들었다. 그래서 모처럼 부엌에 나란히 서 있어도 어깨가 닿을 듯하면 조금 숨이 막힌다고 해야 할지 서로 서먹서먹하기도 해서, 무심코 거리를 두고 말았다. 물론 15년이나 소원했던 할아버지와 손녀가 겨우 일주일 동안 한 지붕에서 생활했다고 사이좋은 '가족'이 된다면 그게 더 이상한 이야기일지도 모르지만…….

매일 밤 초등학생으로 되돌아간 것처럼 일찍 잤기 때문에 아침에는 자연히 일찍 일어났고, 매일 아침마다 하는 고로와의 산책도 작심삼일로 끝나지 않았다.

그 해변의 백사장을 맨발로 걸으면 항상 내 시선은 해변으로 이끌렸다. 그리고 반짝이는 역광 속에서 나오토 씨의 실루엣을 발견하면, 내 다리는 자연히 걷는 속도를 늦

추었다. 만약 할아버지와 같이 있지 않았다면 나는 틀림없이 이 고로의 목줄을 잡아당기며 백사장에 앉아 그의 서핑을 멍하니 바라보았겠지.

목요일에 딱 한 번 바다에서 올라온 나오토 씨와 마주친 적이 있다. 초콜릿색으로 탄 얼굴로 생긋 웃으면서 나오토 씨는 할아버지에게 "안녕하세요." 하고 인사했다. 이 사람, 웃으면 눈이 없어지는구나…… 하고 나는 이상한 점에 감동했다. 햇볕에 타서 조금 갈색이 된 머리카락에서는 반짝반짝 빛나는 물방울이 방울져 있었다.

할아버지는 멍하니 서 있는 나를 가리키면서 "이놈은 내 손녀인 에밀리네." 하고 아주, 아주, 짧게 소개했다. 그러자 나오토 씨도 "나오토입니다, 잘 부탁해요." 하고 짧게, 눈이 없는 모습으로 미소를 지으며 나를 바라보았다. 나는 스스로도 놀라울 정도로 우물쭈물거리면서 '저야말로요'라거나 '잘 부탁해요'도, 또는 '네'라고도 대답하지 못하고, 그냥 키가 큰 나오토 씨의 쇄골뼈 근처를 초점 없는 눈으로 올려다보면서 '하아' 하고 이상하게 대답하고 말았다.

나오토 씨는 "그럼 이만." 하고 말한 뒤, 서핑보드를 옆구리에 끼고 발걸음을 돌려 그대로 백사장을 터덜터덜 걸어가버렸다. 웨트슈트 차림의 그가 향해 가는 곳 앞에는 작은 하늘색 카페 '시걸'이 보였다.

"할아버지."

"응?"

"나를 이놈이라고 하면 어떡해?"

"이상한가?"

"이상해."

"그러냐."

"당연하지……."

"……."

그날은 그대로 별말 없이 산책을 끝내는가 싶었는데,
어항(漁港)에 있던 신페이 씨가 생선을 들고 나타나 경박한
토크를 마구 쏟아낸 데다가, 고로가 마구 짖어서 마지막에
는 굉장히 떠들썩했다.

할아버지는 정말 종잡을 수 없는 사람이었다.

태어나서부터 지금까지 계속 도시에서 생활해온 내가
스물다섯 살이 될 때까지 '상식'이라고 믿어왔던 것들이
이 노인에게는 전혀 '상식'이 아니었다ㅡ. 아니, 그런 것에
는 1밀리도 관심을 주지 않고 생활했다. 항상 자신만의 속
도로 담담하게 어깨에 힘을 뺀 채 살아가는 모습에는 감동

마저 느꼈다.

　할아버지 집에는 텔레비전도 없었기 때문에 연예 관련
이나 엔터테인먼트 관련 정보는 전혀 몰랐고, 심지어 일어
날 때 사용하는 자명종도 없었다. 그런데도 할아버지는 매
일 아침 항상 똑같은 시간에 일어났다. 그날 누구를 만나
든 옷에는 전혀 관심이 없어서, 꾸민다는 개념조차 없는
것만 같았다. 하지만 그만큼 달이 차고 기우는 것이나, 밀
물과 썰물, 바람의 방향과 강도, 구름 종류에는 민감해서,
커다란 자연의 흐름에 몸을 내맡기고 사는 듯한 대범함이
엿보였다. 또 절대 다른 사람의 비위를 맞춰주려고 하지
않는데도 서로가 매우 기분 좋게 어울리며 양호한 관계를
유지했다. 다른 사람과 만날 때에도 '시간을 정해 약속을
잡는다' 같은 일은 없었다. 그냥 만나고 싶은 사람 집에 아
무 때나 찾아가 현관문을 마음대로 열고는 '이보게, 있나'
하고 크게 부르면 그만이었다.

　물론 최소한의 예의는 갖추고 행동하는 것이겠지만, 진
지하고 말수가 적은 편인데 태도는 거칠고, 가끔 독설을
내뱉고, 생활은 따분하고 대화도 재미없고, 상대가 농담을
해도 별로 웃지 않는 할아버지가 이런 시골에 살면서도 고
독을 느끼지 않다니, 어떤 의미로는 기적이 아닌가 하는

생각마저 들었다. 부탁한 적도 없는 음식 재료를 사람들에게서 받아온다거나, 어디서 무엇을 낚을 수 있는지에 관한 정보를 굳이 찾지 않고도 자연스럽게 사람들 입소문을 듣고 알아내는 점도 신기했다.

할아버지는 매일 산책을 하고, 낚시를 하고, 책을 읽고, 풍경을 만들고, 그리고 누군가에게서 받은 음식 재료를 아주 맛있게 조리하고, 그 음식을 조용히 맛보는 생활을 계속해왔다. 단, 요리를 다 먹기 힘들 때에는 적당히 지인에게 나누어준다 —. 아니, 가끔은 억지로 떠넘기듯이 먹으라고 준다. 그리고 지인들은 할아버지의 그런 행동을 매우 기뻐하는 듯했다.

할아버지는 내가 지금까지 안고 있던 가치관과는 전혀 다른 세상에서 살았다.

그것도 아주 만족스럽게.

그런 사실을 새삼 확인했을 때, 나는 아주 뼈저리게 느꼈다.

상식이란 게, 대체 뭘까?

애당초 상식이란 누군가가 멋대로 만들어낸 '상상 속의 밧줄' 같은 것일지도 모른다. 우리같이 평범한 사람은 눈에 보이지 않는 밧줄에 자유로운 사고와 마음이 칭칭 묶여 있는데도 눈치채지 못한 채 은근히 숨이 막히는 일상을 보내고 있는 것이 아닐까.

흘러가는 하루하루를 느긋하고 담담하지만 최선을 다해 살아가는 할아버지의 뒷모습을 보면, 내 마음속을 가득 메웠던 상식이 마구 흔들리는 것 같은 느낌이 들었다. 그리고 나는 도대체 뭘 위해서 이곳까지 도망쳐왔을까 - 하는 그런 생각마저 들었다.

◆ ◆ ◆

부엌의 달력이 넘어가 8월이 되었다.

이날은 아침부터 계속 안개비가 내렸다.

고로의 산책도 오늘은 쉬었다.

창 너머로 내려다보이는 바다와 하늘은 연한 회색으로 가득해 희미했고, 매미들은 조용했고, 내 기분도 어딘가 잔뜩 가라앉았다.

먼 바다에서는 쏴아아 하고 쓸쓸한 파도소리가 밀려왔다.

안개비가 들이칠까봐 창문을 닫은 탓에, 내 방 풍경도 평소와는 달리 시원한 소리를 내지 못했다.

점심은 '고등어 영양밥'이었다. '고등어 영양밥'은 잘게 두드린 생고등어 살에 소금, 사케, 간장을 뿌려 간을 한 다음, 그 고등어 살을 방금 완성된 밥에 넣어 주걱으로 정성스럽게 섞은 뒤, 다시 밥을 밥통에 넣고 뚜껑을 닫은 채로 3분 정도 뜸을 들인 후, 흰 참깨와 잘게 자른 파드득나물을 뿌리면 완성이었다.

완성된 고등어 영양밥은 두드려 잘게 만든 고등어 살에 밥의 뜨거운 열이 잘 스며들었기 때문인지 비린내도 없었고, 어딘가 멸치 영양밥처럼 담백하면서도 여운이 남는 멋진 요리였다. 국은 바다의 메기라고 해도 과언이 아닐 남방동사리라는 생선의 된장국으로, 이것도 역시 뜻밖에도 맛이 좋았다. 남방동사리는 다갈색의 미끌미끌하고 외모가 못생긴 생선이었지만, 입에 넣은 순간 '미끄르' 하고 녹을 듯한 부드러운 흰 살의 농후한 단맛이 된장의 염분과 절묘하게 잘 어울렸다.

사치스러운 점심밥을 맛본 뒤, 나는 무더운 별채 공방에서 할아버지의 풍경 만드는 일을 도왔다. 나는 캉캉캉하고 기분 좋은 망치 소리가 울려퍼지는 가운데, 계속 아래를 보면서 '그을리는' 작업을 계속했다.

저녁이 되자 비의 굵기가 바뀌었다.

때때로 후드드득 하고 굵은 물방울이 섞이기 시작했다.

그러던 중 밖에서 남자 목소리가 들려왔다.

"에밀리 씨~ 꽃미남 두 사람이 놀러왔어요~. 같이 놀죠
~."

이 경박한 느낌 – . 물론 신페이 씨 목소리였다.

근데 두 사람?

나와 할아버지는 하던 일을 멈추고 서로 얼굴을 마주
보았다.

"오늘은 이만 할까?"

할아버지는 그렇게 중얼거리더니 도구를 치우기 시작
했다.

"에밀리, 먼저 가서 그 녀석을 집 안으로 들여라."

"응, 알았어."

내가 대답했을 때는 이미 우산을 쓴 젊은 남자 두 사람
이 공방의 방충망 앞에 서 있었다.

"여어~." 하고 이쪽을 향해 손을 흔드는 신페이 씨.

그 옆에서 "안녕하세요."라고 말한 남자의 목소리를 듣
고 나는 무심코 꿀꺽 하고 침을 삼켰다.

아…… 웨트슈트 차림이 아니네. 당연하지만.

주황색 티셔츠에 반바지를 입은 나오토 씨가 눈을 가늘

게 뜨며 웃었다.

"아, 안녕하세요."

두터운 구름이 끼어서 회색으로 물든 세계가 갑자기 밝아진 것 같은 착각에 빠진 채, 나는 꾸벅 고개를 숙이고 문을 연 뒤, 비치 샌들을 신었다.

◆ ◆ ◆

나는 두 사람을 식탁이 있는 방 쪽으로 안내했다. 그러자 두 사람은 어디에 뭐가 있는지 잘 안다는 듯한 표정으로 주로 물건을 넣어두는 방에 들어가더니, 접이식 파이프 의자를 꺼내와서 각자 자리를 잡고 앉았다.

"저어, 보리차라도……."

내가 그렇게 말하는데, 말이 채 끝나기도 전에 신페이 씨가 유난히 호들갑스럽게 말했다.

"노~ 노~. 보리는 보리라도, 알코올이 들어간 보리 주스로 건배하죠!"

신페이 씨는 그렇게 말하면서 한 손에 들고 있던 비닐봉투를 테이블 위에 올려두었다. 그 안에는 캔맥주가 열 캔 정도 들어 있었다.

"에밀리 씨, 마실 수 있죠?"

"네? 네……."

"그럼 다이조 씨가 마실 것까지 네 캔만 남기고 나머지는 냉장고에 넣어둘까."

신페이 씨는 비닐봉투에서 사람 수만큼 캔을 꺼낸 뒤, 나머지를 냉장고에 넣어두었다. 그 모습이 마치 자기 집에서 행동하는 것 같아서, 나는 오히려 내가 손님이 된 듯한 기분이었다.

나오토 씨는 어땠는가 하면, 혼자서 평화롭게 생글거리는 얼굴로 나와 신페이 씨의 대화를 지켜보았다.

"자자, 에밀리 씨도 서 있지 말고, 앉으세요."

"네? 아……. 그럼 실례합니다."

"실례하다니, 여긴 에밀리 씨네 집이 아닙니까!"

신페이 씨가 껄껄 웃었다. 나오토 씨도 키득거리며 웃었다.

그래서 나는 얼굴을 붉힌 채 평소에 앉던 자리에 앉았다. 그리고 괜히 긴장해서 분위기를 이상하게 만들면 안 된다는 생각이 들어, 일부러 먼저 말을 꺼냈다.

"저어, 신페이 씨와 나오토 씨는 친구신가요?"

"동급생이에요."

나오토 씨가 말했다.

"소꿉친구란 거죠. 질겨도 이렇게 질긴 인연이 다 있는지."

신페이 씨가 농담처럼 그렇게 말하자, 나오토 씨가 "맞아."라고 말하며 미소 지었다.

그때 할아버지가 복도를 밟는 소리를 내며 공방에서 돌아왔다.

"다이조 씨, 수고하셨습니다. 황금 주스를 사왔어요."

신페이 씨가 할아버지에게 캔맥주를 들어 보였다.

"그거 참 고맙구먼."

할아버지도 의자에 앉아, 작은 테이블이 네 사람에게 둘러싸였다.

"나오토, 일 얘기를 하기 전에 에밀리 씨를 환영하면서 건배를 하는 게 어때?"

신페이 씨가 나를 보고 윙크했다. 그 동작이 너무 어색해서, 나는 무심코 키득거리며 웃고 말았다.

"앗, 에밀리 씨가 웃어줬어. 야호, 성공이야! 자, 그럼, 다 같이 캔 뚜껑을 따십시다."

네 사람은 캔맥주의 뚜껑을 땄다.

"그러면, 에밀리 씨, 어서 오십시오, 꿈의 오션 파라다이스 다쓰우라에! 우리는 엄청 환영합니다~. 그러니까, 건배!"

작은 테이블 위에서 캔맥주 네 개가 탁탁 서로 부딪쳤다. 그리고 모두 목을 울리며 맥주를 마셨다. 솔직히 말하면 조금 미지근했지만, 그래도 무더운 여름 저녁에 일을 끝내고 마시는 맥주는 맛있었다.

모두의 시선이 나에게로 쏠렸다.

"저어……. 감사합니다."

머뭇거리며 그렇게 말하자, 신페이 씨가 혼자서 크게 박수를 쳐주었다. 그런 신페이 씨에게 이끌리듯이 나오토 씨도 짝짝 박수를 치기 시작했다.

내가 쑥스러워 어쩔 줄 몰라 한다는 사실을 눈치 챘는지 할아버지가 화제를 전환했다.

"나오토, 취하기 전에 시작할까?"

"네."

할아버지와 나오토 씨는 일단 캔맥주를 테이블 위에 올려두었다.

"으으음, 다이조 씨."

나오토 씨가 진지한 얼굴로 말했다.

"응?"

"에밀리 씨와 신페이가 있어도 괜찮은가요?"

"그래, 상관없네."

"그런가요? 그럼 으으음, 이번 달 분은 이겁니다."

가볍게 고개를 끄덕인 나오토 씨는 클리어 파일에 끼워져 있던 수지보고서 같은 종이를 할아버지에게 건네주었다. 그건 그러니까, 나오토 씨가 인터넷으로 풍경을 판매한 매출과 나오토 씨의 판매 수수료가 적혀 있는 종이였다. 오늘은 8월 1일이니까, 아마 나오토 씨는 7월분 매출을 보고하기 위해 이 집에 왔을 게 틀림없다.

할아버지는 등뒤 선반에서 대모갑 안경을 꺼내 쓰고, 종이에 적힌 숫자를 바라보았다.

"역시 여름에는 잘 팔립니다."

나오토 씨가 그렇게 말하자, 신페이 씨가 휘유~ 하고 휘파람을 불었다.

"매출이 좋다니, 아주 멋지군요, 에밀리 씨."

"네? 아, 예……."

지금 나한테 그런 말을 할 타이밍이었던가?

나는 그만 우물거리며 대답을 하고 말았다.

그런 내 모습을 보고 나오토 씨가 키득거리며 웃었다. 나는 내 얼굴이 빨개지지 않았기를 바라면서 캔맥주를 마셨다.

"왜 이렇게 팔렸지?"

매출이 좋다는 이야기인데도 할아버지는 오히려 의아하다는 표정을 지었다.

"이건 추측인데요." 나오토 씨는 꿀꺽 하고 맥주로 목을 축인 뒤 말을 계속했다. "같은 지바현에 사는 모 작가가 다이조 씨의 풍경을 소설 속에 자주 등장시킨다는 소문이 있는데, 아마 그 영향이 아닐까 합니다."

"그런 작가가 있단 말인가? 이름이 뭐지?"

"죄송합니다. 잊어버렸어요."

나오토 씨는 소년처럼 관자놀이를 긁적거렸다.

"아무튼 간에 이런 숫자가 나왔다니, 참 길하군."

할아버지도 그제야 은근히 만족스럽다는 표정을 지었다.

"그렇죠."

그리고 할아버지는 안경을 놓아두었던 선반 서랍에서 은행 이름이 들어간 봉투를 꺼낸 뒤, 안에서 1만 엔짜리 지폐 하나를 꺼내 나오토 씨에게 내밀었다.

"항상 고맙네."

"어? 길한 숫자인데요. 잔돈이 있었던가?"

"잔돈은 됐어. 그냥 받아두게."

"오, 나오토, 보너스가 나왔네. 한턱내야겠는데?"

신페이 씨가 나오토 씨를 놀렸다.

나는 할아버지와 나오토 씨의 대화를 들으면서 대충 어떻게 된 건지 이해가 되었다. 아마 풍경을 인터넷으로 판매한 매출은 길한 숫자라고 하는 8이 들어간 8만 엔이고, 판매 수수료는 10퍼센트. 즉 8000엔이 나오토 씨에게 떨어지는 돈이다. 하지만 이번 달 매출이 예상보다 좋아서 할아버지는 2000엔을 더 얹어 1만 엔을 나오토 씨에게 수수료로 건네준 것이다. 아마 틀림없다.

그건 그렇고. 나는 생각했다.

8만 엔―.

그게 할아버지의 한 달 수입. 그것도 할아버지가 깜짝 놀랄 정도로 잘 팔린 달인데, 그 정도 수입이다.

나는 다른 사람은 눈치채지 못하게 살짝 한숨을 쉬었다.

그때, 여전히 혼자 들떠 있던 신페이 씨가 단숨에 화제를 전환했다.

"근데 말이죠, 에밀리 씨 방은 어디예요?"

"저쪽 다다미방인데요."

"진짜? 잠깐 봐도 될까요?"

좋을 리가 없다.

"아, 안 돼요."

"네~?! 왜요? 왜 안 되는데요?"

"왜냐니……. 어질러져 있기도 하고……."

"그렇구나. 에밀리 씨 방에 뭐가 있나 보고 취미 같은 걸 추측해보려고 했는데."

신페이 씨가 섬세함이라곤 눈곱만큼도 없는 표정을 지으며 말했다.

"야, 신페이. 너무 예의 없이 그러지 마."

나오토 씨가 쓴웃음을 지으면서 딴죽을 걸어주었다.

"그런가? 근데 나오토 너도 에밀리 씨가 어떤 사람인지 궁금해했잖아. 넌 안 보고 싶냐? 에밀리 씨 방."

"네……?"

나는 나오토 씨를 쳐다보았다.

"그건……."

나오토 씨도 이쪽을 바라보았다. 하지만 시선이 마주친 시간은 아주 잠깐이었다. 두 사람이 마주치자마자 서둘러 시선을 피했기 때문이다. 그러자 나오토 씨는 곰곰이 예의 바른 말을 고르듯이 말했다.

"에밀리 씨 취미를 알고 싶으면 그냥 물어보면 되잖아. 안 그런가요?"

신페이 씨 질문을 멋지게 받아넘긴 나오토 씨가 나에게 동의를 구했다.

"네, 그러면 된다고 생각해요."

나는 고개를 끄덕이며 말했다.

"이것 봐."

"진짜냐. 그럼 물어봐야지. 저기요, 에밀리 씨 취미는 뭐예요?"

너무 단순하고 어린아이 같은 반응을 보고 나는 한숨을 내쉴 뻔했다. 하지만 그 옆에서 나오토 씨도 내 대답을 기다리고 있는 듯했다.

"어……. 특별히, 없어요."

솔직히, 나는 옛날부터 별 취미가 없다는 사실에 콤플렉스를 느끼는 여자였다.

"우쿨렐레, 칠 줄 아는 거 아니었냐?"

문득 옆에서 할아버지가 중얼거리며 끼어들었다.

"어? 그건 그다지……."

취미라고 부를 수 있을 만큼 잘 치지는 못했기 때문에 어떻게든 말을 흐리며 넘어가려고 했는데, 신페이 씨가 중간에 말을 끊으며 말했다.

"우와, 진짜요? 나도 우쿨렐레 좋아하는데! 잠깐 좀 쳐봐요. 어떤 걸 가지고 있어요? 다이조 씨랑 나오토는 일 얘기 하라고 하고, 우린 우쿨렐레를 치며 한바탕 놀아보죠."

"네? 하지만……."

나는 할아버지를 쳐다보았다. 하지만 할아버지는 뜻밖에 고개를 끄덕였다. 그러니까, 나오토 씨랑 둘이서 일을 하고 싶다는 이야기였다.

"알겠습니다."

나는 조금 남은 캔맥주를 다 들이켜고 자리에서 일어섰다. 그리고 혼자서 복도를 걸어 옆에 있던 내 방으로 들어갔다.

방에 들어가보니, 아침부터 문을 닫아둬서 그런가 유난히 더 눅눅했다. 창문을 열까 하고 밖을 보니, 어느새인가 비가 그쳤다. 나는 창문을 열고 방충망을 닫았다.

띠링.

마치 이때를 기다렸다는 듯이 할아버지가 만든 풍경이 맑은 소리를 울렸다.

나는 직사광선이 닿지 않는 방구석에 세워두었던 우쿨렐레의 소프트케이스를 들고 복도로 나갔다. 그런데 밖으로 나간 곳 바로 앞에 신페이 씨가 서 있어서 나는 깜짝 놀라 비명을 지를 뻔했다.

"까…… 깜짝이야."

"아하하, 미안, 미안합니다. 근데 방 안을 들여다보진 않왔으니, 안심하세요."

"그거야 당연한 거죠."

나는 천진난만하게 웃는 신페이 씨를 보면서 '하아' 하고 소리를 내며 한숨을 내쉬었다.

"저쪽 방으로 가실까요?"

나는 현관에서 가장 가까이에 있는 다다미 여덟 장짜리 방을 가리켰다.

"좋죠. 어서 갑시다."

그 방에는 커다란 책장과 작은 불단이 있는데, 방에는 은은하게 선향 냄새가 눌어붙어 있었다.

우리는 방 한가운데에서 서로 마주 보고 앉았다.

"제 우쿨렐레는 이건데, 부서져서……."

그렇게 말하면서 나는 다다미 바닥 위에 우쿨렐레를 내려놓고 살짝 신페이 씨에게 밀어주었다.

"그래요? 어디 보자."

신페이 씨는 아주 흥미롭다는 듯이 소프트케이스를 열고 안에서 우쿨렐레를 살며시 꺼냈다. 그리고 헤드 부분의 브랜드 로고와 보디 안쪽의 각인을 확인하더니, 눈을 휘둥그렇게 떴다.

"진짜? 이거, 마틴 올드 우쿨렐레잖아. 어디가 부서졌는데요?"

그렇게 말하면서 신페이 씨가 띠리링 하고 우쿨렐레를 기분 좋게 쳐보았다 – 였으면 좋았을 텐데, 우쿨렐레에서는 금이 간 소리가 났다. 신페이 씨는 미간을 잔뜩 찌푸렸다.

"보디 뒤쪽 나무에 금이 갔어요. 그리고 페그가 휘었고요."

"아, 진짜네. 이거 참, 귀한 물건인데 아까워라."

"……."

"안 고쳐요?"

신페이 씨는 망가진 우쿨렐레를 띠링띠링 손톱으로 치기 시작했다. 금이 간 소리가 나긴 했지만, 어부의 투박한 손가락은 짧은 현 위에서 마치 춤을 추듯이 움직였다.

"될 수 있으면 수리하고 싶긴 한데요."

"십 몇 만 엔은 하죠?"

"네……."

역시, 잘 안다.

"그렇겠죠. 근데 에밀리 씨, 어떻게 이렇게 굉장한 우쿨렐레를 가지고 있는 거죠? 이거 사려면 몇 십만 엔은 줘야 돼요."

"아버지가 주신 거예요."

"우와, 대박. 생일 선물인가 뭔가로? 혹시 아버지가 부자세요? 그렇다면 에밀리 씨는 양갓집 규수구나?"

신페이 씨는 하와이안의 유명한 곡을 연주하면서, 또다시 나에게 어색한 윙크를 날렸다. 무심코 키득거리며 웃은 나는 어느새인가 신페이 씨의 강아지처럼 악의 없는 모습에 경계심이 사라진 나 자신의 모습을 깨달았다. 경박한 강아지와 겁쟁이 강아지. 같은 강아지 같은 냄새가 나서 조금 마음을 열었는지도 모른다. 아니면, 이 사람이 나를 어떻게 생각하든 별로 상관할 필요가 없다— 그렇게 생각한 건지도 모르지만, 아무튼 나는 굳이 말하지 않아도 될 나의 생애에 대해 이야기하기 시작했다.

"양갓집 규수는커녕 엄마는 가난한 싱글맘이었어요."

"네?"

"저희 부모님, 제가 어렸을 때 이혼하셨거든요. 그리고 아버지는 헤어질 때 소중히 간직하던 우쿨렐레를 기념으로 저에게 선물하신 거죠."

"진짜요?"

"그러니까 저한테 이 우쿨렐레는……."

아버지의 유품이나 마찬가지예요. 그렇게 말하려고 했는데, 아직 살아 있는 사람이니 유품이라고는 하지 않으려

나 - 하고 생각하는 중에, 어쩐 일인지 신페이 씨가 내가 하려고 했던 말을 그대로 해주었다.

"유품, 같은 건가요?"

"네⋯⋯? 네, 그런 느낌이죠."

"그렇구나. 그렇게 중요한 물건인데⋯⋯."

"망가뜨리다니, 전 정말 불효녀네요."

그렇게 말하자, 나는 내가 새삼 글러먹은 인간이라는 생각이 들어 유난히 울먹이는 듯한 한숨을 내쉬고 말았다. 그러자 신페이 씨가 활짝 웃으면서 말했다.

"뭐 어떻습니까. 그럴 수도 있는 거지."

"네?"

"일부러 부숴먹은 건 아니잖아요?"

"그거야 그렇죠."

"아아, 제행무상. 형태가 있는 것은 언젠간 부서진다 -."

"네⋯⋯."

"였던가요?"

"였던가요? 라니 -. 신페이 씨가 꺼낸 말이면서 왜 저한 테 물어요?"

"그러네요."

신페이 씨는 깔깔 웃었다.

"그런데 그거, 불교에서 나온 말이었죠?"

"네. 분명히 모든 것은 끊임없이 변한다. 변하지 않는 것은 아무것도 없다. 그런 의미였죠?"

"그러니까, 저한테 그런 것 좀 묻지 마세요."

"아, 그랬지."

이번에는 나도 같이 웃고 말았다.

"근데 대체 왜 망가진 거예요?"

"아주 한심한 이야기인데 - ."

나는 이곳에 온 첫날, 고로를 보고 깜짝 놀라 엉덩방아를 찧은 그 얼빠진 '사건'에 대해 이야기해주었다. 그러자 신페이 씨는 손뼉을 치며 웃었다.

"아하하, 에밀리 씨는 말이죠, 얼굴은 귀여운데 그렇게 만화 같은 일도 하는군요?"

"깜짝 놀란 걸 어떡해요."

"쉽게 놀라는 성격인가 봐요?"

"그런 건 아니지만……."

"근데, 조금 전에 방에서 복도로 나왔을 때도 날 보고 깜짝 놀랐으면서."

"그거야 신페이 씨가 그런 곳에 있어서 그런 거죠."

"에밀리 씨, 너무 귀여워~."

"그러지 마세요."

"아니, 계속할래요. 지금 바로 '에밀리 씨는 귀여워 송'을 즉흥곡으로 만들어 부를까?"

"이보세요…… 그게 뭐예요. 바보 같게."

"그럼 '바보인 나랑 귀여운 에밀리 씨'라는 노래를 부를까?"

"참, 무~슨 소린지 하나도 모르겠거든요?"

나는 신페이 씨의 시시한 대화에 완전히 말려들어, 한동안은 깔깔거리며 계속 웃었다.

"저어, 에밀리 씨."

"네?"

"이 우쿨렐레, 만약 수리되면 또 치게 해줄 수 있을까요?"

"그럼요. 근데 그때는 이상한 노래 말고 제대로 된 곡을 쳐주세요."

"아하하, 오케이. 그럼 일단은 돌려줄게요."

신페이 씨는 양손으로 꽉 잡고, 우쿨렐레를 나에게 돌려주었다. 그리고 어쩐 일인지 진지한 목소리로 내 이름을 불렀다.

"에밀리 씨."

"네?"

"아주 훌륭해요."

"네??"

"이런저런 일들을 헤쳐나가다 보면 마음이 깨끗해지거든요."

"네……? 갑자기 무슨 말씀이세요?"

"보다시피, 나도 말이죠, 온갖 고생을 다 한 사람이라, 이렇게 마음이 깨끗하게 씻겨나갔어요. 너무 눈이 부셔서 눈을 뜰 수 없을 만큼 빤짝빤짝하죠?"

다시 장난스러운 말투로 되돌아온 신페이 씨가 또 그 어색한 윙크를 하며 나를 웃겼다.

"네~? 그게 무슨 말씀이세요."

"다음에 나랑 만날 땐 선글라스가 필요하겠네. 내면이 너무 눈부셔서 이쪽을 제대로 못 볼 테니까."

나는 크게 웃음을 터뜨렸다.

이 경박하고 웃긴 사람이, 사실은 정말로 온갖 고생을 거친 인물이라는 사실을 나는 조금 더 시간이 지난 뒤에 알게 되었다.

◆ ◆ ◆

나오토 씨와 신페이 씨가 돌아가자, 집 안은 깊은 호수의 밑바닥처럼 조용해졌다. 풍경 소리도 괘종시계 소리도, 멀리서 들리는 파도소리도, 방울벌레의 슬픈 노랫소리도 젊은 남자 둘이 있을 때는 전혀 귀에 들어오지 않았는데, 지금은 그 모든 소리가 하나하나 아주 뚜렷하게 들렸다.

시간은 벌써 오후 6시를 넘었다. 할아버지는 저녁 준비를 하려고 냉장고 안을 가만히 들여다보았다.

"저어, 할아버지."

나는 할아버지 등을 보며 말을 걸었다.

"응?"

할아버지는 냉장고 안을 들여다보면서 대답했다.

"그러니까…… 나도 돈을 좀 낼게."

그제야 할아버지가 뒤를 돌아보았다. 하지만 살짝 냉장고 문을 닫았을 뿐 아무 말도 하지 않았다. 특별히 어떤 표정을 짓지도 않은 채, 할아버지는 가만히 나를 바라보았다.

"집세라고 해야 할지, 방세라고 해야 할지……. 밥값이랑 수도광열비도 내고. 나도 일단은 어른이잖아."

말은 그렇게 했지만, 솔직히 말해 내 저금은 이미 20만 엔 이하로 내려간 상태였다. 원래 월급이 쥐꼬리만 했던 데다 보너스도 안 나오는 직장이었고, 게다가 퇴직 후에는 집세니 생활비니 하면서 안 그래도 적었던 저금을 조금씩 써버렸기 때문이다.

"돈이라면 됐다. 걱정 마라."

"하지만……."

"마이코한테 못 들었냐?"

할아버지는 갑자기 엄마 이름을 꺼냈다.

"응?"

"주물 공장 말이다."

나는 고개를 저었다.

"못 들었는데."

"그렇구면."

할아버지는 다시 냉장고 문을 열었다. 그리고 안의 음식 재료를 물색하면서 자신의 과거에 대해 이야기하기 시작했다.

"벌써 꽤 오래됐지만 말이다. 옆 마을에 주물 공장을 가지고 있었다."

"가지고 있었다니. 사장님이었단 말이야?"

"그래, 그렇게 되겠지."

예전에 할아버지는 작은 주물 공장 경영자였다고 한다. 종업원은 몇 명 없었지만 기술력이 있었던 덕분에 돈 때문에 걱정할 정도의 회사는 아니었던 모양이다. 하지만 일본이 불황에 접어들어 일의 발주량이 감소해 계속 매출이 줄어들었다. 할아버지는 고민을 한 끝에, 퇴직금을 줄 수 있을 때 모든 종업원을 그만두게 하고, 오랫동안 계속 운영해왔던 공장을 닫았다. 그리고 기계와 공장의 토지, 건물 등을 팔아 빚을 청산했다고 한다.

"집을 청산한 뒤에도 돈이 얼마간 남았지. 그래서 사치만 부리지 않으면 어떻게든 먹고살 수 있다."

"……."

"나는 벌써 평균 수명이 다 됐지 않냐."

냉장고에서 음식 재료를 꺼낸 할아버지는 나를 보고 웬일로 유쾌한 미소를 지었다.

"하지만……."

"괜찮아. 자, 그런 것보다 칼을 갈아둬라."

"정말 괜찮아?"

"걱정할 거 없다."

"……."

더 이상 너무 끈질기게 말을 하면 오히려 실례일 것 같아서 나는 "그럼, 응. 알았어." 하고 대답했다. 하지만 그 목소리에는 마치 자신의 것이 아닌 듯한, 어딘가 허무한 울림이 깃들어 있었다.

◆ ◆ ◆

그리고 이틀 동안은 나른할 만큼 강한 여름 더위가 계속되었지만, 3일째인 오늘은 아침부터 하늘이 검고 우중충했다. 짝 하고 손뼉을 치면 그 진동으로 회색 물방울이 쏴아 하고 떨어질 것 같은 하늘이었다.

미적지근한 바람이 산에서 바다를 향해 불었다.

나는 혼자 해변을 따라 뻗어 있는 도로를 걸으면서, 머리카락이 얼굴에 달라붙지 않게 손으로 눌러 막았다. 시간은 이제 곧 정오. 오늘은 나오토 씨가 경영하는 해변 카페 '시걸'에서 점심을 먹어보려고 할아버지에게 말을 하고 집을 나섰다.

현관에서 항상 신던 비치 샌들을 신었을 때, 등뒤에서 할아버지의 차분한 목소리가 들려왔다.

"에밀리, 우산은 가지고 가냐?"

텔레비전이 없어서 날씨 예보를 보지 못하지만, 할아버지는 하늘, 바다, 바람, 그리고 아마도 피부 감각으로 날씨를 예측했다.

"응. 접이식 우산 가지고 있어."

내가 어깨에 대각선으로 멘 숄더백을 가리키며 말했다.

"그렇구면."

"그럼 잠깐 갔다 올게."

밖으로 나가려고 하는데 할아버지가 나를 또 불렀다.

"아, 에밀리."

"응?" 하고 뒤를 돌아보았다.

그러자 할아버지는 한 번 숨을 쉰 뒤, 아주 천천히 말했다.

"느긋하게 놀다가 오너라."

그때 할아버지는 지금까지 봤던 그 어떤 때보다 부드러운 표정을 짓고 있어서, 나는 조금 낯간지러운 나머지 "응." 하고 대답하고 얼른 집 밖으로 나갔다.

강풍이 부는 해변 옆의 길을 10분 정도 걷자 '시걸'에 도착했다.

하늘색과 흰 페인트가 칠해진 목조 오두막 같은 가게는 항상 바닷바람이 불어와서 그런지 여기저기 상한 곳이 많았다.

나는 입구 앞에 서서 일단 심호흡을 했다.

그리고 강풍으로 엉망이 된 머리카락을 손가락으로 빗어 정리한 뒤, 빛이 바랜 유목(流木)으로 만든 문의 손잡이를 돌렸다.

딸랑. 그러자 문에 설치된 벨이 달콤한 소리를 냈다.

처음으로 보는 가게 안. 맨 처음 내 눈을 잡아당긴 것은, 왼쪽 작은 카운터석에 앉은 여성이었다.

청초하고 예쁜 사람.

그 여성과 눈이 마주쳤을 때, 서로 살짝 눈을 동그랗게 떴다.

앗, 저 사람은―.

내가 마음속으로 그렇게 말했을 때, 남자 목소리가 들렸다.

"앗, 에밀리 씨."

카운터 안에서 설거지를 하던 나오토 씨였다.

"안녕하세요." 하고 인사했다.

"와줬군요."

"네."

나는 문 앞에 가만히 선 채, 애매하게 웃으며 작게 고개를 끄덕였다.

"오늘은 날씨가 이 모양이라 런치 타임인데도 손님이 안 와서 말이죠." 나오토 씨는 쓴웃음을 지으며 계속 말했다. "음, 창가 테이블석은 전망이 좋긴 한데―."

그때 나오토 씨의 말이 끝나기도 전에, 카운터석에 걸터앉아 있던 아름다운 여성이 시원스럽게 말했다.

"괜찮으시면, 여기 어떠세요?"

자신의 옆자리를 손으로 가리키면서, 마지막에는 나오토 씨에게 묻듯이 고개를 살짝 기울였다. 그러자 그 순간, 여성의 매끄러운 검은 머리카락이 사사락 하고 나부꼈다.

"응. 카운터석에 앉으세요. 바다는 보이지 않지만, 어차피 날씨도 이 모양이니까요."

나오토 씨도 그쪽에 앉길 권해주었다.

"아, 네. 그럼 실례하겠습니다."

나는 서둘러 아름다운 여성 옆에 있는 스툴에 걸터앉았다.

그리고 가게를 빙글 돌아보았다. 하늘색과 흰색의 조합이었던 바깥쪽과는 달리, 안쪽은 록하우스처럼 나무 속살을 살려 포근한 느낌이 들었다. 안쪽 벽에는 붉은색과 노란색의 투톤 컬러로 칠해진 낡은 서핑보드가 장식되어 있었다.

그리고 큰 창문 너머에는 도로 저편의 바다가 펼쳐져 있었고, 창가에는 목제 테이블석이 두 개 마련되어 있었다. 작은 카운터석은 창문을 등지고 있지만, 단골손님이라면 다들 이곳에 앉을 것 같은 느낌이었다.

"이런 날씨에 바다를 보고 기뻐하는 사람은 아마 나오
토뿐일 거예요."

아름다운 여성이 농담 섞인 말투로 그렇게 말했다.

"그야 그렇지." 눈을 가늘게 뜨고 웃음을 짓던 나오토
씨가 그 얼굴 그대로 나를 바라보았다. "나는 일을 하다가
바다를 볼 수 있도록, 일부러 카운터석을 이쪽 방향으로
지었어요. 파도가 멋지게 치면 기분이 엄청 좋거든요."

나오토 씨는 유난히 기쁜 얼굴로 그렇게 말했지만, 나
는 소박한 의문이 들었다.

"하지만…… 일하는 중엔 서핑을 못하지 않나요?"

나오토 씨에게 물었는데 대답은 오른쪽에서 들려왔다.

"그러면 안 되는데, 이 사람은 가요. 갑자기 가게 문을
닫고."

"네……?"

나는 나오토 씨를 쳐다보았다.

"아하하, 가끔, 말이죠. 하지만 특별히 멋진 파도가 칠
때만 나갑니다." 나오토 씨는 조금 쑥스러운 듯이 웃더니,
나에게 메뉴가 적힌 종이를 내밀었다. "에밀리 씨, 점심을
아직 안 먹었으면, 특제 양파 카레 한번 먹어보죠?"

"그럼 그걸로 부탁할게요. 그리고 아이스커피도요."

"알겠습니다."

설거지를 중단한 나오토 씨가 아이스커피와 카레 준비를 시작했다.

"에밀리 씨라고 하는군요?"

예쁜 여성이 이쪽을 보며 말했다.

"아, 네."

"귀여운 이름이네요."

"아……. 감사합니다."

"앗, 미안해요. 먼저 자기소개를 해야 하는데. 음, 저는 교토(京都)의 교(京)에, 향기(香)를 써서, 교카(京香)라고 해요."

"교카 씨……."

"네. 우린 처음, 아니죠?"

예쁜 반달 모양을 한 눈에 확신을 담아서 교카 씨가 말했다.

"네. 얼마 전에 신사에서."

"역시, 그랬구나. 다이조 할아버지랑 고로랑 같이 있었잖아요."

"네."

"어? 뭐야. 두 사람 초면 아니었어?"

의외라는 듯한 표정을 지으며 나오토 씨가 동으로 만든 컵에 아이스커피를 담아서 내주었다.

"열흘 전이었나. 다쓰우라 신사에서 딱 얼굴을 마주친 적이 있어."

"호오, 시골은 역시 좁구나."

"그치?"

두 사람의 친근한 대화를 들으면서 나는 아이스커피를 마시려고 했다. 그때 나는 얼음이 검다는 사실을 깨달았다.

"이 얼음……."

"오, 눈치챘어요? 그거, 커피를 얼린 얼음이에요."

"커피를?"

"네. 얼음이 녹아도 연해지지 않아서, 마지막까지 맛있게 마실 수 있으니까요."

"확실히 그건 그렇겠네요."

나는 고개를 끄덕인 뒤, 스트로에 입을 댔다.

"아, 맛있다."

"진짜요? 다행이야."

씁쓸하긴 했지만 신기하게도 혀나 목에 닿을 때는 순하게 느껴지며 뒷맛이 사라지는, 아주 상쾌한 커피였다.

꼭 나오토 씨를 연상케 하는 맛인걸?

그런 생각을 하면서, 나는 최대한 맛을 보기 위해 천천히 커피를 마셨다. 천천히 마셔도 맛이 옅어지지 않으니까.

잠시 뒤, 나오토 씨의 자랑인 양파 카레가 나왔다. 이름 그대로 황갈색이 될 때까지 버터로 볶은 양파가 돔 형태로 가득 카레 위에 올라가 있었다. 나는 항상 할아버지와 밥을 먹을 때처럼, 가볍게 양손을 맞댄 채 "잘 먹겠습니다." 하고 인사했다.

양파의 달콤함과 감칠맛은 매우 독특했다. 카레와 같이 먹어도 양파와 카레의 맛이 고스란히 살아 있을 정도로. 틀림없이 볶을 때 처트니 등의 향신료를 섞은 거겠지. 베이스가 되는 카레에는 믹서로 가늘게 간 몇 종류의 야채와 저민 고기가 가득했다. 맛은 굳이 따지자면 산뜻하고, 그다지 맵지도 않았다. 그런 가벼운 풍미와 진한 버터로 볶은 양파가 아주 잘 어울렸다.

"에밀리 씨, 카레 어때요?"

다시 설거지를 시작한 나오토 씨가 자신감 넘치는 눈으로 나를 바라보며 물었다.

"맛있어요. 굉장히."

"다행인걸, 나오토?"

"야심작이니까."

스펀지를 쥐고 있던 손으로 엄지를 들며 자세를 잡는 나오토 씨.

"그 카레에 사용된 야채는 대부분 나오토네 부모님이 보내주신 거예요."

교카 씨는 마치 자신의 부모님 집을 자랑하듯이 말했다. 부모님이 농사를 짓는다는 사실은 할아버지에게 들은 적이 있긴 하지만, 나는 일부러 모르는 척하며 나오토 씨에게 물었다.

"나오토 씨네 부모님은 농사를 지으시나요?"

"네, 그래요. 이 가게 바로 뒤쪽에 집이 있는데, 밭은 여기저기 흩어져 있기 때문에, 이곳저곳에서 다양한 야채를 경작해요."

"나오토네 야채는 정말 맛있어요. 게다가 우리 부모님은 어부고, 나오토네 부모님은 농부라, 옛날부터 두 집안을 합치면 먹을 걱정은 없을 거라고 자주 말했었죠."

"아아, 그랬었지."

대체 이 두 사람의 관계는……. 교카 씨의 말을 듣고 이런저런 망상을 부풀린 내가 카레를 먹다 말고 스푼을 멍하니 들고 있자, 나오토 씨가 그 대답을 알려주었다.

"아, 우리 집이랑 교카네 집은 도로를 사이에 두고 맞은

편에 있거든요. 그래서 어릴 때부터 가족끼리 잘 어울렸어
요."

"다시 말하면 소꿉친구죠."

"아, 그러시구나."

그냥, 그게 다예요? 라고는 역시 물어볼 수 없었다.

"우리 집은 가난한 농가였지만, 교카네는 선주라서 아
저씨가 촌장도 하시고, 집도 우리보다 세 배는 컸어요. 그
런 경제 격차가 얼마나 짜증나던지."

나오토는 1밀리도 화가 나지 않은 얼굴로 웃으며 그렇
게 말했다.

"세 배는 말도 안 되지."

교카 씨도 웃었다.

"아니, 실제로도 그 정도잖아?"

"세 배가 아니라, 다섯 배 정도는 차이 나는 것 같은데?"

"윽. 그 정도씩이나?"

"나는 양갓집 아가씨인걸."

교카 씨가 슬쩍 나를 보고 농담처럼 말을 하며 웃었다.
그런데 그 모습이 1밀리도 얄밉지가 않은 미소여서, 나는
오히려 정말로 귀하게 자란 사람일 거라고 확신했다. 게다
가 나오토 씨와 즐겁게 대화를 나누는 모습을 보니, 두 사

람이 얼마나 친한지가 돌직구처럼 전해져 말을 들을 때마
다 가슴이 너무 아팠다.

교카 씨는 여자인 내가 봐도 눈부셨다.

교카 씨가 웃을 때면 꽃이 핀 것처럼 실내 전체가 화악
밝아졌고, 말은 매우 부드러웠고, 유머도 있고, 몸짓 하나
하나에도 귀한 집에서 자라지 않았으면 느껴지지 않을 청
초함이 묻어났다. 특히 내가 감동한 점은, 처음 보는 사람
인 나를 세심하게 배려해주는 모습이었다. 될 수 있는 한
내가 불편하지 않은 쪽으로 대화 방향을 계속 유도해주었
다. 덕분에 나는 서서히 어깨에 힘을 빼고 두 사람의 대화
에 참가할 수 있었고, 이 마을에 사는 사람들에 관한 정보
도 많이 들을 수 있었다.

예를 들면 신페이 씨와 나오토 씨는 같이 서핑을 하지
만 신페이 씨는 아무리 연습을 해도 실력이 늘지 않는다든
가, 크고 번뜩이는 눈이 무서운 농가의 후미 씨는 사실 나
오토 씨네 부모님에게 야채 기르는 법을 알려준 스승님이
라든가. 그리고 교카 씨의 나이는 나오토 씨보다 세 살 위
로, 초등학교 3학년 때까지는 나오토 씨가 '누나'라고 불렀
다든가, 할아버지와 사이가 좋아 보이는 노지 뎃페이 씨는
가끔 텔레비전에도 출연하는 유명 에세이스트로, 다쓰우

라에 이주해온 것은 15년 정도 전이라든가.

아무튼 나에게 유용한 화제를 재미있게 웃음을 섞으며 알려주었다.

카레를 다 먹었을 때, 나오토 씨가 창밖을 바라보면서 "슬슬 때가 됐구나." 하고 중얼거렸다.

교카 씨가 "역시 가려고?" 하고 물었다.

"저걸 보고도 가만히 있으라니, 나보고 지옥에 가만히 있으라는 말이나 똑같아."

나는 나오토 씨의 시선을 따라 뒤를 돌아보았다. 창밖으로 펼쳐진 검은 바다에서 무서울 정도로 높은 파도가 이쪽을 향해 밀려왔다. 아무래도 나오토 씨는 정말로 가게 문을 닫고 서핑을 하러 나가려는 모양이었다.

"에밀리 씨, 모처럼 와줬는데, 정말 미안해요."

"네?"

"저렇게 깔끔한 파도는 좀처럼 안 오거든요. 육지에서 바다를 향해 부는 바람을 오프쇼어라고 하는데, 그런 바람이 불면 배럴 안을 지나갈 수 있거든요. 그러니까 잠깐 나갔다 올게요."

"아…… 예."

나오토 씨는 남색 티셔츠 위에 입은 하늘색 앞치마를

벗고, 카운터 위에 올려두었다.

"교카, 그럼 나머진 잘 부탁해."

그렇게 말하고 나오토 씨는 가게 밖으로 나가버렸다.

가게에 남은 교카 씨와 나는 서로 얼굴을 마주 보았다.

"이 가게 뒤에 작은 창고가 있거든요. 그곳에 서핑 용구를 모두 넣어뒀어요. 그곳에서 옷을 갈아입고 곧장 바다로 풍덩~ 하는 거죠. 나오토는 정말 서핑을 하기 위해 사는 거나 마찬가지예요."

교카 씨는 못 말린다는 듯이 그렇게 말했지만, 그 맑은 눈동자 안에 연정이나 동경이라고도 할 수 있는 빛이 떠올라 있다는 사실을 나는 놓치지 않았다.

"소년 같은 사람이네요."

무난한 대답을 한 뒤, 나는 살짝 한숨을 내쉬었다.

"맞아요. 딱 그거예요."

교카 씨는 마치 자신이 칭찬을 받은 것처럼 웃었다.

잠시 뒤, 가게 뒤에서 웨트슈트로 갈아입은 나오토 씨가 녹색 서핑보드를 옆구리에 끼고 바다로 걸어갔다. 나와 교카 씨는 창가 테이블석으로 이동해 그 뒷모습을 유리 너머로 바라보았다.

"비가 올 것 같으면서도 안 오네."

"그러네요."

하늘은 여전히 새카만데, 눈앞의 도로는 물기가 없었다. 평소에는 눈이 부실 만큼 하얀 해변도 흐릿한 회색이 드리워져 있고, 블루 토파즈색으로 빛나는 바다도 오늘은 탁한 납빛이었다.

밀려오는 파도는 사람 키보다 높아서, 마치 검은 벽처럼 느껴졌다. 그리고 그 벽이 무너지자, 쿠웅 하는 굉음이 가게까지 전해져왔다.

"엄청난 파도네요."

"2미터 정도는 되는 것 같죠?"

"무섭지 않은 걸까요……?"

나는 혼잣말처럼 말했다.

"무섭대요."

"네?"

"전에 내가 물어봤는데, 나오토, 엄청 무섭다고 하면서 웃더라고요."

"그럼 왜……."

"무섭지만, 그것보다도 큰 파도를 탔을 때의 두근거리는 느낌이 훨씬 강하다나? 그래서 몸이 저절로 바다에게 이끌리는 느낌이래요. 그렇게 말하더라고요."

공포보다도 두근거리는 느낌이 더 강하구나…….

"남자는 참 대단하네요."

나는 한숨을 쉬면서 말했다.

그러자 교카 씨가 키득거리며 웃었다.

"여자도 그럴 때 있지 않나?"

"네……?"

"지금 생각해보면, 난 미국 유학을 갔을 때 그런 느낌이
들었어요. 그렇잖아요? 이제 겨우 스무 살 정도밖에 안 된
사람이 혼자서 외국에서 사는 거니까. 정말 굉장히 무서웠
지만, 그것보다도 정말 가슴이 기대에 많이 부풀었어요. 그
래서 큰맘 먹고 비행기에 탈 수 있었던 거라고 생각해요."

"교카 씨, 유학 경험이 있으시군요."

"아, 유학이라고는 하지만, 딱 1년이었어요."

"영어, 잘하세요?"

"글쎄. 이제 많이 잊어버렸지만, 일상 회화 정도는 괜찮
을 것 같아요."

"굉장하다……."

"굉장하긴요. 영어 정도는 누구나 할 수 있어요."

"영어 회화도 그렇지만, 공포보다 기대에 부풀어 두근

거리는 느낌이 더 강하다는 점이 굉장한 것 같아요…….”

“어……? 그런가?”

“네.”

나는 작게 두 번 고개를 끄덕였다.

될 수 있으면 교카 씨에게 - 아니, 나오토 씨에게 공감하고 싶어서 나는 과거를 돌아보았다. 하지만 자신에게는 공포를 이길 만큼 가슴이 뛰었던 경험이 한 번도 없었다.

“저는 공포를 더 크게 느끼는 타입일지도…….”

백사장을 걷던 나오토 씨 뒷모습이 바다 속으로 들어갔다. 나오토 씨는 서핑보드를 얕은 물가에 띄우고 그 위에 배를 올린 채 엎드렸다. 그리고 곧 검게 굼실거리는 바다를 향해 패들링을 하기 시작했다.

“에밀리 씨.”

“네.”

나는 교카 씨를 바라보았다.

교카 씨는 나오토 씨를 보고 있었다.

내가 그 살짝 미소를 머금은 옆얼굴을 보는데, 교카 씨가 뜻밖의 말을 꺼냈다.

“나오토의 서핑, 해변에 나가서 보지 않을래요?”

“네……?”

"가까이에서 보면 박력이 굉장하거든요. 파도소리가 배 안까지 울리면서 쿠웅 하는 소리를 내요. 자, 어서 가요."

그렇게 말한 뒤, 교카 씨가 자리에서 일어섰다.

"그런데 비가 내릴 것 같은데요."

"우후후. 지금은 안 내리잖아요."

"……."

하지만 금방 쏟아질 것 같은데. 나는 그렇게 생각했다.

"조금 무섭더라도, 일단 행동부터 해보는 건 어떨까요?"

교카 씨는 일부러 호들갑스럽게 나를 향해 윙크를 했다. 그건 신페이 씨의 어색한 윙크와는 달리, 여자인 나도 가슴이 순간 콩닥거릴 만큼 아주 멋있었다.

이 사람, 모델이 됐으면 좋았을 텐데ㅡ.

나는 살짝 비꼬면서 그렇게 생각했다. 그리고 의자에서 일어나 숄더백을 어깨에 멨다.

"앗, 벌써 타네."

"정말이다. 굉장해요……."

큰 파도 위를 단번에 미끄러져 내려오는 나오토 씨를 보면서 우리는 해변의 중간 정도까지 걸어갔다. 바다까지

10미터 정도 남았을 때, 교카 씨가 작은 돗자리를 깔아주었다. 우리는 어깨를 맞대듯이 그 위에 같이 앉았다. 바람은 강했지만 산에서 바다 쪽으로 바람이 불어 물방울이 우리를 향해 튀지는 않았다.

교카 씨에게서는 감귤 계열의 은은한 향기가 났다.

역시 이 사람은 너무 멋져 – 하고 감탄하고 있는데, 교카 씨가 손에 들고 있던 삼베 백 안에서 선크림을 꺼내더니, "자, 이거요." 하고 나에게 건네주었다.

"흐린 날에도 자외선이 강해요. 혹시 괜찮으면 얼굴이나 팔에 좀 바르죠?"

"가, 감사합니다."

나는 교카 씨의 말대로 선크림을 발랐다. 평소, 할아버지의 밀짚모자만 쓰고 자외선을 피해왔던 스스로가 너무 한심하게 느껴졌다.

그리고 우리는 나오토 씨가 서핑하는 모습을 보면서 조금씩 이런저런 이야기를 했다.

교카 씨는 누구나 아는 유명 대학을 나와 누구나 아는 유명 외자계 회사에 입사해 종합직 사원으로 열심히 일했지만, 지병이 있었던 어머니 상태가 악화되어 보람을 느끼던 일을 딱 그만두고 다쓰우라로 돌아왔다고 한다.

"그래서 난 지금 속 편하게 가사를 돕고 있어요."

교카 씨는 그렇게 말하며 웃었다. 그런데 그 웃음은 사람을 전혀 불쾌하게 하지 않았고, 오히려 자칫 내가 한눈에 반하지나 않을까 할 정도로 아름다웠다.

옷과 들고 다니는 물건의 센스도, 화려한 경력도, 웃는 모습도, 등을 활처럼 곧게 편 자세와 우아한 걸음걸이도, 그리고 즐겁고 부드러운 말을 선택하는 모습도 - . 어딜 어떻게 봐도 나는 교카 씨에게 당해낼 수 없었다.

나오토 씨가 한층 더 큰 파도를 타고 내려오려다 실패해 회색 바다에 내던져졌다.

그 모습을 구실삼아, 나는 '하아' 하고 깊은 한숨을 내쉬었다.

"방금 그 파도 굉장했죠?"

"네, 많이 컸어요."

그렇게 대답했지만, 큰 파도가 무너지는 굉음에 가려 내 대답은 들리지 않았을지도 모른다.

"아, 그렇지." 교카 씨는 거리낌 없이 나를 바라보고 말했다. "혹시 오늘, 우리 집에 놀러 안 올래요?"

"네?"

"하룻밤 자고 가도 돼요."

교카 씨는 강풍과 파도의 굉음에도 지지 않을 만큼 밝은 목소리로 그렇게 말했다. 하지만 곧장 잠을 자러 가는 건⋯⋯. 내가 그런 생각을 하며 주저하자, 교카 씨가 키득하고 웃었다.

"시골은 조용하고 살기 좋지만, 역시 비슷한 또래 여자가 거의 없잖아요? 그래서 가끔 쓸쓸할 때가 있어요. 에밀리 씨를 같은 또래라고 표현해서 미안하지만, 역시 괜히 친근감이 느껴지는 또래라, 이렇게 대화를 하는 것만으로도 너무 즐거워요."

이제 막 만났을 뿐인 나에게 그런 말을 다 해줘서 나는 무척 고마웠다. 나도 할아버지 댁으로 도망쳐온 뒤로, 여자 친구가 한 명도 없어서 쓸쓸하던 참이었다. 그런데 내 입은 마음과는 전혀 다른 말을 뱉어냈다.

"저 같은 사람도 정말 괜찮으세요?"

말을 한 순간, 자기혐오라는 거품이 가슴속에서 부풀어 올랐다.

교카 씨는 응? 하는 얼굴로 고개를 갸웃했다. 하지만 그런 것도 잠시뿐 교카 씨는 "괜찮고 안 괜찮고의 문제인가? 아까부터 에밀리 씨 같은 여동생이 있었으면 하고 생각했어요."라고 말하며 미소를 지었다.

그 미소가 무심코 만져보고 싶을 만큼 부드러워서, 나는 절로 진짜 이런 언니가 있었으면 좋을 텐데 - 하고 마음속으로 중얼거릴 뻔했다.

"교카 씨."

"응?"

나는 답답함을 참을 수 없어 입을 열었다.

"저어…… 저에 대해서는 안 물으세요?"

바람과 파도소리에 지워져버릴 듯이 작은 목소리였다.

그러자 교카 씨가 천천히 바다 쪽으로 고개를 돌려 나오토 씨를 바라보았다. 그리고 "아, 또 굉장히 큰 파도가 오려 하네." 하고 밝은 목소리로 말한 뒤, 나에게 대답을 해주었다. "물론 에밀리 씨에게도 흥미가 있어요."

"……."

"하지만 에밀리 씨가 나에게 자신에 대해 말해주고 싶을 때 말해주면 충분하지 않을까 생각해요."

말을 할 것인가 말 것인가는 나의 자유 - .

꼭 할아버지 같은 대답이었다.

이 사람은 가족도 아닌데, 왜 이렇게 다정한 거지?

"알겠습니다……. 그렇게 할게요."

짧게 대답을 한 뒤, 나도 다시 바다를 바라보았다.

그리고 잠시 동안 나와 교카 씨는 등으로 불어오는 뜨뜻미지근한 오프쇼어를 맞으면서, 큰 파도에 과감하게 계속 도전하는 나오토 씨 모습을 지켜보았다.

특별히 말을 하지 않고 교카 씨와 같은 방향을 보고 있는 것만으로도, 나는, 어째서일까, 마음이 천천히, 천천히 안정되어가는 느낌이 들었다.

아하, 이런 사람을 '치유계'라고 하는구나.

나는 멋대로 그렇게 생각하면서, 또 작은 열등감을 맛보았다.

쿠, 쿠우우, 하고 커다란 파도가 무너졌다.

그 안에서 나오토 씨가 소리도 없이 회색의 거대한 경사면을 미끄러져 내려왔다.

내 발에는 비치 샌들. 교카 씨의 발에는 흰 스니커즈.

문득 나는 물었다.

"신사에서 참배하실 때, 굉장히 진지한 느낌이었는데……."

"응?"

"무슨 기도를 하셨나 싶어서요."

"아하하, 그렇게 심각해 보였어요?" 교카 씨는 조금 쑥스러운 듯 쓴웃음을 지었다. 그리고 여전히 입술에 웃음을 새긴 채 대답했다. "사실은요, 누군가의 병이 낫기를, 하고 빌었어요."

"어머니요?"

"네. 그리고 또 한 사람."

또 한 사람이라니 누구지? 조금 신경이 쓰였지만, 교카 씨가 굳이 이름을 말하지 않아서 나도 더 이상은 물어볼 수 없었다. 아무튼 교카 씨는 자기 자신이 아니라 다른 누군가의 행복을 바라며 그렇게 아침 일찍 신사에 가서 기도한 것이다.

이 사람에겐 결점이 없나?

그렇게 비굴한 눈으로 예쁜 옆얼굴을 바라봤을 때 ─.

"앗, 저기 봐요. 저기, 무지개!"

교카 씨가 내 어깨를 툭툭 두드리며, 할아버지 집이 있는 항구 쪽을 가리켰다.

"와아, 진짜네."

다쓰우라 바다 끝에 일곱 빛깔 무지개가 하늘에 걸려 있었다.

나와 교카 씨는 각자 스마트폰을 꺼내 무지개 사진을 찍었다.

"꼭 좋은 일이 있을 것 같은걸?"

교카 씨는 찍은 사진을 보면서 소녀처럼 미소 지었다.

무지개, 라ー.

나는 이 마을로 도망쳐오는 도중, 기차에서 만난 여자 아이를 떠올렸다.

일곱 빛깔에 선택되지 못한 갈색 초콜릿.

"예쁘네요."

"그러게요. 바다 위에 떠 있어서 그런지 더 멋져요."

나는 교카 씨에게 들키지 않도록 작게 한숨을 쉬었다. 그리고 물었다.

"교카 씨, 무슨 색을 좋아하세요?"

"네?"

갑작스러운 질문에 교카 씨는 조금 멍한 표정을 지으며 나를 바라보았다.

"색?"

"네."

"글쎄요……."

매끈하고 예쁜 뺨에 검지를 대고 조금 생각하는 듯하더니, 교카 씨가 다시 소녀처럼 미소를 지었다.

"주황색, 일까요?"

역시, 그렇구나…….

"에밀리 씨는요?"

"저는……."

서운했지만, 그래도 될 수 있는 한 입꼬리를 올리며 나
는 대답했다.

"갈색이요."

◆ ◆ ◆

얕은 잠을 잤다.

띠링, 띠링. 풍경 소리가 울릴 때마다 나는 꿈과 현실을
이리저리 오갔다.

그 달콤한 시간에 이상한 소리가 끼어들었다.

지잉~ 지잉~ 지잉~ 지잉…….

이상한 소리는 귀 근처에서 울리는 진동이었다.

반쯤 정신을 차린 내 의식이 그것은 스마트폰 진동음
이라는 사실을 파악했다. 하지만 내 무의식은 아직 달콤하
기만 한 졸음의 파도에 흔들리고 싶어서, 마음속으로 제발
그 소리 좀 멈춰줘 하고 기도했다.

지잉~ 지잉~ 지잉~ 지잉~ 지잉…….

하지만 끝없이 울리는 불쾌한 소리에 나는 그만 포기하
고 눈을 가늘게 떴다. 베개 위에서 머리를 조금 돌리자, 어

둠 속에서 머리맡에 놓아두었던 스마트폰이 액정 화면을 부자연스러울 정도로 반짝였다.

누구지? 참…….

나는 휴대전화를 들고 누구인지 확인해보았다.

액정 화면에 '사야'라는 이름이 표시되었다. 나를 고양이라고 단언했던 그 아이다.

아주 잠시 동안, 내 안의 또 다른 내가 '그냥 무시할까' 하고 중얼거렸다. 하지만 상대는 사야다. 지금 무시한다고 해도, 조금 있다가 또 끈질기게 전화를 걸어올 게 분명했다. 그래서 나는 마지못해 스마트폰 통화 버튼을 눌렀다.

"여보세요……."

잠에서 막 일어난 내 목소리는 스스로도 의외일 정도로 잠겨 있었다. 하지만 그러든 말든, 사야의 높고 날카로운 목소리가 내 귀를 찔렀다.

"아, 에밀리. 나야. 좀처럼 받질 않아서 나중에 다시 걸려던 참이었어. 그보다, 지금 뭐해?"

자고 있었어. 그렇게 말하기가 그래서 나는 "미안해. 목욕하고 있었거든." 하고 거짓말을 했다.

"진짜? 나도 방금 목욕하고 나왔는데."

굳이 가르쳐줄 필요 없잖아, 그런 정보는.

나는 잠에서 막 깬 특유의 불쾌한 목소리가 나오지 않도록 노력했다.

"지금 몇 시지?"

"어? 에밀리네에 시계 없어?"

"아…… 응. 지금 있는 방에는."

"11시 반이 지났어."

내가 잠을 잔 지 딱 한 시간 정도 지난 모양이었다.

"그렇구나. 고마워."

다른 방에서 자고 있을 할아버지가 깨지 않게끔 될 수 있는 대로 작은 목소리로 말하면서, 나는 방의 불을 켠 뒤, 이불 위에 책상다리를 하고 앉았다. 띠링, 띠링. 풍경이 울리더니 방충망 너머의 어둠 속에서 바다 내음이 섞인 밤바람이 살며시 안으로 파고들었다.

"근데 에밀리, 그쪽은 어때?"

"응?"

"결국 깡촌 해변 마을로 이사 갔다며? 어디 가는지 나한테 가르쳐주지도 않다니, 너무 섭섭해."

나는 한숨 대신에 "앗, 미안." 하고 말했다.

사야가 현재의 내가 어디에 있는지 안 이상, 이 이야기는 이전 직장에 순식간에 퍼져나갈 게 확실했다. 그 모습이 훤히 눈에 보였다.

"아무튼 좋아. 근데 에밀리가 그만둔 뒤로, 대신에 알바로 미즈키가 자주 들어오게 됐는데, 걔, 진짜 못쓰겠더라. 기가 세다고 해야 할지, 완전 마이 웨이잖아? 사원인 내가 하는 말도 안 들어서, 진짜 매일 너무 힘들어."

"그래? 뭔가 좀 미안하네."

"아니, 그럴 필요는 없어. 에밀리를 탓하는 건 아니니까."

그럼 왜 굳이 이런 시간에 전화를 거는 거야?

가슴에 쌓인 씁쓸한 공기를 토해내고 싶어서, 나는 스마트폰에서 얼굴을 잠시 떼고 살짝 한숨을 내쉬었다.

사야는 지지난 달까지 내가 근무했던 체인점 레스토랑에서 같이 일한 동료다. 나이도 같고 입사 동기이기도 하지만, 나는 일정한 거리를 두고 사귀었다. 왜냐하면 사야가 나쁜 의미로 '여자' 같았기 때문이다. 사야는 소문을 너무 좋아하고, 입이 너무 가볍고, 가끔 이야기를 과장하고, 아무렇지도 않게 거짓말을 했다. 게다가 분위기 파악도 잘 못하고, 무엇보다 다른 사람의 험담을 자주 했다. 하지만 정작 본인은 별로 악의가 없었는데, 그게 더 나를 성가시게 했다. 계속 네거티브한 말을 들어서 이쪽은 속이 부글부글거리는데, 그래도 사야에게 뭐라고 하기 힘들었다. 악

의가 없는 사야 탓을 하면 괜히 속 좁은 사람이 된 것 같아
서 항상 잠자리가 불편했다.

"그 애, 진짜 못 써먹겠는데, 점장님은 나보다 유달리 미
즈키를 귀여워한다? 상사로서 완전 실격 아니니? 왜 그렇
게 편애를 하지?"

"아…… 나도 잘은 모르겠지만." 나는 점장님의 성실해
보이는 미소를 떠올리면서, 부드럽게 편을 들어주었다. "아
마 젊은 애를 훌륭하게 키우고 싶어서 그런 게 아닐까?"

"아~ 그래. 일을 그렇게 못하니, 오히려 더 신경을 써줘
야 한다, 그건가?"

"응, 그거. 점장님은 사야를 굉장히 인정해주고 계시거
든."

비위를 맞춰주자, 단순한 사야가 만족스럽다는 듯한 목
소리로 말했다.

"그~래~? 그런가?"

"응, 아마도."

"근데, 점장님도 참. 에밀리 대신에 들어오는 사람이면
미즈키랑은 다른 타입을 뽑았어야 했던 게 아닐까? 왜냐하
면 레스토랑 업무는 결국 팀플레이잖아. 평소랑 분위기가
달라지면 다들 불편하거든. 사실 미즈키는 낮에는 자게 놔

두고, 저녁부터 영업시간 끝날 때까지 일을 시키는 게 좋을 것 같단 말이야."

기분이 좋아진 사야는 그래도 계속 독설을 쏟아냈다.

독─.

그래. 사야는 독을 가진 사람이다. 게다가 그 독은 감염력이 강해서 점점 주변 사람들을 말려들게 했다.

"에밀리는 굳이 따지자면 자신을 죽여서 팀에게 공헌하는 타입이었잖아? 나는 그런 사람이랑 일을 해야 더 기분이 좋거든. 왜, 나도 그런 타입이니까."

"응, 그러네."

나는 마음과는 달리 무조건 긍정적인 말을 계속했다.

"잘 알지~? 그런데 미즈키는─."

사야가 뱉어내는 독은 솔직히 말해 진절머리가 날 때가 많다. 하지만 가끔 그 독이 뜻하지 않게 강렬한 중독성을 발휘할 때도 있다. 그럴 때면 나까지 같은 독을 갈구하게 되고, 정신을 차려보면 사야와 함께 마구 독을 쏟아내는 자신을 발견한다. 그리고 어느새인가 자신의 마음과 몸구석구석까지 독이 퍼져 있다는 사실을 깨닫는다.

다른 사람에 관한 소문 이야기나 독설. 회사에 대한 불평. 사회에 대한 불만. 시시한 허영심과 허무한 거짓말─.

사야의 독을 맞으면 내 내면에 나도 몰래 조금씩 꽈리를 틀었던 눈에 보이지 않는 바이러스가 단숨에 증식해, 나를 독에 취하도록 만들었다. 그리고 자고 일어난 다음 날 아침, 냉정한 정신으로 돌아온 나 자신은 숙취를 겪는 것처럼 기분이 나빠져 이불 밖으로 나오지 못했다. 이유는 물론 자기혐오에 빠지기 때문이었다.

"근데 에밀리, 그쪽은 어때? 시골 사람들은 외지인을 따돌리고 괴롭힌다잖아?"

"음……."

"친구라든가, 생겼어? 아, 에밀리 성격으로는 그렇게 금방은 안 생기려나?"

사야는 아하하, 하고 마치 남 일이라는 듯이 웃었다.

"친구라고까지 하긴 어렵지만."

"어? 생겼어?"

"아는 사이가 됐다, 그 정도일까?"

"어떤 사람인데? 혹시 남자?"

내 머릿속에는 나오토 씨와 신페이 씨, 그리고 교카 씨의 얼굴이 아른거렸다. 하지만 여기서 남자 이름을 꺼내는 순간, 내일이면 이전 직장에 그 소문이 쫙 퍼진다. 이제 와서는 별 상관없긴 하지만…….

"조금 연상인데, 예쁜 사람이야."

그래도 혹시 모르니, 교카 씨의 이름만 언급하기로 결정했다.

"와아, 그런 시골에도 예쁜 사람이 있구나."

"사야, 시골이라고 너무 무시하지 마. 품위 있고 양갓집 아가씨 같은 사람이니까."

나는 쓴웃음을 지었다. 그리고 사야도 구김 없이 웃었다.

"근데 시골의 부잣집 아가씨면, 사람을 막 깔보고 그러지 않아? 어차피 아무도 자신에게는 이길 수 없다는 걸 아니까 여유 넘치는 시선으로 내려다보면서 말이야."

확실히 나는 1밀리도 승산이 없긴 하다.

"음, 확실히 여유가 넘치긴 해."

내 뇌리에 교카 씨의 예쁜 눈이 떠올랐다. 나오토 씨를 볼 때의 조금 요염한 눈이.

"그치? 시골에서는 인기가 많으니 착각을 하는 타입이야, 그 사람."

"도시에서도 아주 인기가 많을 만큼 예쁜 사람이라니까."

"어? 진짜? 그럼 에밀리의 연적이 될지도 모르겠네?"

사야는 조금 장난스럽게 말했지만, 나는 전혀 웃을 수 없는 소리였다. 그래서 꿀꺽 하고 침을 삼킨 뒤, 일부러 공허하게 웃었다.

"내 연적? 그게 뭐야? 말도 안 돼."

"아하하. 그치? 아무튼 에밀리는 당분간 연애할 정신은 없을 테니 뭐."

"⋯⋯."

악의와는 다른 곳에서 쏟아져나오는 독.

아주 강력한 독이었다.

나는 바로 전화를 끊고 싶어졌다.

"이건 예를 들어 하는 말인데, 연적이 됐을 때 결국 고고한 아가씨보다는 평범한 여자가 돈이 안 드니, 남자 입장에서는 더 속 편하고 행복하게 사귈 수 있을 것 같아. 에밀리도 그렇게 생각하지?"

"응⋯⋯."

띠링.

바닷바람이 불어 풍경을 울렸다.

그리고 아름답고 맑은 그 소리에, 나는 번뜩 제정신을 차렸다.

후우⋯⋯.

나는 조용히 숨을 내쉬었다.

하마터면 사야의 독에 물들 뻔한 자신의 모습을 깨달

왔다.

강한 독을 품은 사야의 말을 건성으로 대충 받아넘기면
서, 나는 천천히 주변을 둘러보았다.

검소하지만 깨끗하게 청소된 할아버지 집도, 조용한 밤
바람도, 희미하게 들리는 부엌의 괘종시계 소리도, 오래된
다다미 냄새도, 풍경 소리도, 모두 너무나도 소박해서 독을
내뿜기에는 어울리지 않았다.

그래서 나는 사야의 말에 레일을 깔아주지 않기 위해
무던히 애썼다. 아니, 오히려 사야가 눈치채지 못할 정도의
강도로 대화에 계속 브레이크를 걸었다.

이윽고 사야는 "모처럼 에밀리랑 이야기를 했더니 속이
개운해졌어. 역시 친구가 최고라니까." 하고 속 편한 소리
를 하더니, 그다음 예상외의 말을 꺼냈다.

"그쪽 바다, 깨끗하지?"

"응……? 깨끗한데."

"그럼 여름휴가 때 내가 놀러가줄게."

"뭐?"

"기껏 가는 거니까 하룻밤 자고 가는 일정으로. 에밀리
도 어차피 한가하잖아?"

"그야 그렇지."

"그럼 여름휴가 일정 잡히면 또 연락할게. 그때 자세하게 얘기하자."

"아, 응……."

"여름 바다라 햇볕에 타지 않게 조심해야 할 것 같아. 그런 것보다 거기에 멋진 남자 있으면 확 붙들어봐."

"알았어……."

"그럼 또 연락할게."

"응, 기다릴게."

속마음과는 다른 대답을 하고, 나는 겨우 통화를 끝내는 데 성공했다.

마음이 놓여 스마트폰을 머리맡에 놓았더니, 영혼마저 쏟아져나오지 않을까 할 만큼 깊은 한숨이 새어나왔다.

방충망에서 조금 강한 밤바람이 불어왔다.

띠링, 띠링.

맑은 소리가 귀를 울렸다.

그 소리에 이끌려 나는 창가를 올려다보았다.

어쩌면…… 나는 이 풍경(風磬)에 이끌리고 있는 것이 아닐까.

아무런 근거도 없지만, 그런 생각이 들기 시작했다.

제4장

밤의 그네:
붉돔 초절임

이번 여름 가장 더운 온도를 경신한 날 저녁.

　나는 혼자 부엌에서 작은 부엌칼을 갈았다.

　결이 고운 숫돌에 칼끝을 계속 갈자, 샤각 샤각 샤각 하고 기분 좋은 소리가 났다. 요즘에는 할아버지가 칼을 갈 때와 똑같은 소리가 난다고 자부할 수 있을 정도였다. 하지만 아직도 들고 있는 신문지를 사악~ 하고 가볍게 벨 수 있는 수준은 안 되었기 때문에 할아버지에게 완전히 인정받지 못하고 있었다. 그래도 이 작은 부엌칼은 완연히 내 손에 익었다는 느낌이 들었다.

　"좋아……. 이런 느낌일까."

　나는 다 간 부엌칼을 물에 씻었다. 그리고 칼끝을 보이게 들고 한쪽 눈을 감은 뒤, 라이플의 조준기를 들여다보듯이 손잡이에서 가만히 칼끝이 어떤가 체크해보았다. 칼끝은 상당히 날카로웠다. 그다음엔 조금씩 부엌칼의 각도를 바꾸면서, 손잡이에서 가까운 '턱'이라고 불리는 부분의 칼날도 체크했다.

이거, 꽤 잘된 것 같은데?

지금까지는 칼끝만 날카롭고 턱 부분에 가까워질수록 칼날 각도가 제각각이었다. 하지만 이번에는 칼끝에서 턱까지 일정하게 잘 갈린 것 같았다.

시험삼아 뭔가를 좀 잘라볼까-?

그렇게 생각하며 등뒤를 돌아보았을 때, 마침 할아버지가 부엌으로 들어왔다. 풍경 만드는 일이 아마 끝난 모양이었다. 나는 적당히 잘 갈린 부엌칼을 보여주고 싶어서, '아, 저기-' 하고 할아버지를 부르려고 했다. 그런데 내가 딱 할아버지를 부르려고 했던 그때 "에밀리, 잠깐 나가자." 하는 할아버지의 차분한 목소리가 들려왔다.

"응? 왜?"

나는 의아해서 그렇게 되물었다.

"오늘은 외식이다."

할아버지가 외식? 내가 이 집에 굴러들어온 뒤로 처음 있는 일이다.

"알았어. 근데 어디로 가게?"

"어채관(魚菜館)이다."

어채관은 여기에서 차를 타고 몇 분 정도 국도를 타고

가면 나오는 드라이브인 시설이다. 나는 아직 그 앞을 지나간 적밖에 없지만, 정식 명칭은 분명히 '다쓰우라 어채관'이었던 걸로 기억한다. 이른바 '도로 휴게실' 같은 시설로, 지역 명물 외에 해변의 전망 레스토랑과 온천 입욕 시설이 있었다. 그러고 보니 후미 씨가 매일 아침 수확한 농작물의 절반을 그 시설에 전달해 위탁 판매를 하고 있다는 이야기를 들은 적이 있다.

"어서 가자."

할아버지는 빠르게 현관을 향해 걸었다. 나도 그 뒤를 급히 따라갔다. 나는 문득 손목시계를 보았다. 이런 시간이 되었는데도 한여름 태양은 넘쳐나는 에너지를 쨍쨍 방출하면서 넓은 하늘을 지배했다. 매미도 큰 소리를 내면서 그 짧은 생명을 발산했다.

경차 운전석에 앉은 사람은 할아버지였다. 나는 조수석에 올라탔다. 그리고 차 안은 이미 사우나 상태였기 때문에 급히 창문을 열었다. 할아버지가 시동을 걸자 그 소리에 반응한 고로가 개집에서 뛰쳐나와 멍멍 하고 짖었다. 자신만 놔두고 가니 섭섭한 모양이었다.

할아버지는 상관 않고 액셀을 밟아 집 앞 언덕의 급경사를 내려갔다. 그리고 다쓰우라 어채관을 향해 핸들을 꺾었다.

항구를 빠져나가 개방감이 넘쳐나는 해변도로를 달렸다. 길은 여전히 텅텅 비어 있었다.

"웬일이야, 외식이라니."

창문으로 불어오는 바닷바람을 맞으면서 나는 운전석을 돌아보았다.

"그래, 오랜만이다."

할아버지는 노인치고는 휙휙 거침없이 운전을 했다.

"근데 왜 어채관?"

내가 소박한 질문을 던지자, 할아버지는 잠깐 부자연스럽게 뜸을 들인 뒤에 대답했다.

"내일부터 거기서 일을 하기로 해서 말이다."

"어?"

"그래서 에밀리도 장소 정도는 알아두는 게 좋지 않나 생각했다."

"아…… 잠깐만. 일하다니, 누가?"

나는 핸들을 잡은 할아버지 옆얼굴을 보았지만, 대답은 돌아올 생각을 하지 않았다. 하지만 할아버지는 아주 작게 웃고 있는 것처럼 보였다.

"설마 할아버지가?"

"그래."

나는 입을 떡 벌린 채 다음에 할 말을 찾았다.

하지만 할 말을 찾는 중에 할아버지는 핸들을 왼쪽으로 꺾어 어채관 주차장으로 미끄러지듯 들어가 차를 주차했다.

할아버지가 일을 하기로 한 가게는 어채관 안에 있는 전망 레스토랑이었다.

우리는 가장 안쪽의 전망이 가장 멋진 테이블을 사이에 두고 마주 앉았다. 한쪽 면 전체가 유리로 덮여 있는 곳 너머로 울퉁불퉁한 바위가 펼쳐져 있는 모습이 보였다. 바다는 조금 기울기 시작한 태양빛을 흡수했기 때문인지 연한 맥주 같은 색으로 물든 채 반짝거렸다.

다쓰우라 현지의 아주머니로 보이는 사람이 주문을 받으러 왔다. 할아버지는 그 사람과 가볍게 인사를 나눈 뒤, 가장 잘 팔린다는 '해산물 다쓰우라 덮밥'을 두 개 주문했다.

"이 레스토랑은 어협(漁協) 직영이라 꽤 맛이 좋지. 방금 그 사람도 어부의 엄마 되는 사람이다."

할아버지는 주방 쪽을 보면서 작게 중얼거리듯이 말했

다. 하지만 내가 듣고 싶은 말은 그런 것이 아니었다.

"할아버지, 갑자기 왜 일을 하려고?"

"그냥, 어쩌다 보니까."

"응? 그게 무슨 소리야?"

전혀 대답다운 대답이 아니다. 할아버지가 일부러 대답을 피한 것 같아서 나는 조금 발끈했다. 그러자 발끈하는 내 표정을 봤는지, 할아버지가 조금 더 제대로 된 대답을 해주었다.

"전전부터 주방 일을 도와달라는 부탁을 받았는데, 이 것저것 바쁜 일이 많아서 거절했었다. 그런데 에밀리가 와서 집안일을 도와주고 있지 않냐. 그러니까 나도 조금 일을 도울 수 있게 된 게다."

"그럼 풍경 만드는 건?"

"누구나 가끔은 다른 일을 해보고 싶은 게 아니겠냐."

할아버지는 마치 남 이야기를 하듯이 말했다. 하지만 그렇게 말하니 오히려 거짓말을 하는 것처럼 보였다. 나는 어릴 때부터 어른의 안색을 살피며 살아왔기 때문에 어딘가 모르게 할아버지의 본심은 그것이 아니라는 생각이 들었다 —. 아마도.

"혹시, 저기 말이야." 거기까지 말을 한 뒤, 나는 일단 숨을 들이쉬었다. 그리고 가장 묻고 싶은 질문을 했다. "내가 와서 돈이 부족해졌어?"

그러자 할아버지는 눈썹을 가운데로 모으며 말했다.

"그런 걱정을 할 필요 없다고 말했을 텐데."

이거야 원. 할아버지는 그렇게 말했지만, 그래도 나는 그러든 말든 말을 계속했다.

"만약 그렇다면 내가 일할게. 굳이 할아버지가 일할 필요는 없잖아."

몸을 살짝 테이블 쪽으로 내밀고 말을 하는 나를 본 할아버지는 작게 한숨을 쉰 뒤, 부드러운 눈빛으로 나를 보며 말했다.

"에밀리, 날 도와주겠냐?"

"응."

"그럼 내일부터는 에밀리가 고로를 산책시켜라. 아침 식사는 그 사이에 내가 만들어두마. 아침을 먹은 뒤에 나는 이곳 주방에서 점심 준비를 도와야 한다. 점심도 이곳에서 먹으니 점심은 에밀리가 알아서 먹고 싶은 대로 먹고."

"어? 저기……."

"아직 있다. 사람 얘기는 끝까지 들어야지."

"……."

할아버지는 눈을 조금 가늘게 뜬 채, 잘 알아듣게 타이르는 듯한 말투로 계속 말했다.

"내가 집에 없을 때의 집안일은 될 수 있으면 다 해줬으면 한다. 나는 집에 돌아가면 평소처럼 풍경을 만들 테니까. 일이라곤 하지만 점심시간이 조금 지날 때까지밖에 안 하는 부업이다."

뭐라고 할 말이 없어서 내가 잠시 아무 말도 하지 않자, 할아버지가 조금 진지한 얼굴로 말했다.

"에밀리가 와주었기 때문에 일을 할 수 있는 게야. 그것도 이런 영감이 일할 수 있는 기회가 얼마나 되겠냐."

"할아버지……."

"내 멋대로 결정하고 말해서 미안하다만."

"……."

"잘 부탁한다."

나는 하아, 하고 어깨로 숨을 내쉬었다. 그게 승낙을 했다는 신호로 보인 모양인지, 할아버지는 작게 고개를 끄덕였다.

"다쓰우라 덮밥, 왔나보다."

조금 전의 아주머니가 안쪽 주방에서 덮밥 두 개를 가지고 왔다. 이곳에서 잡은 몇 종류 생선이 올라간 해산물 덮밥이었다. 회의 생선살이 탱글한 게 신선도도 좋아 보였다.

그리고 우리는 평소처럼 '잘 먹겠습니다'라고 말한 뒤, 저녁을 먹었다. 대화는 평소보다 더 적은 편이었다. 다쓰우라 덮밥은 분명히 맛있긴 했지만, 할아버지가 고생하며 만들어준 요리와는 비교조차 되지 않는 맛이었다.

◆ ◆ ◆

다음 날부터 고로의 산책은 정말로 나 혼자 해야 하는 일이 되었다.

할아버지가 없어서 조금 쓸쓸하기도 했지만, 솔직히 말해 조금 좋은 점도 있었다. 그것은 바로 이제는 아무 신경도 쓰지 않고 매일 아침 해변에서 나오토 씨가 서핑하는 모습을 바라볼 수 있게 되었다는 점이었다. 게다가 그 시간에는 교카 씨도 없었기 때문에 반짝이는 아침 파도와 한바탕 대결을 펼치는 나오토 씨의 모습을 혼자 독점할 수 있었다.

후미 씨와는 꽤 친해져서 이제는 서서 이야기를 할 수 있을 만한 사이가 되었다. 물론 할아버지가 없어도 방금 딴 야채를 내 손에 쥐어주었다. 신페이 씨와도 자주 얼굴을 마주쳤는데, 고로는 반드시 노란 이빨을 드러내며 멍멍

멍 하고 짖었다. 그래도 신페이 씨는 웃으면서 흰 비닐봉투에 방금 잡은 생선을 가득 넣어 나에게 떠넘기듯이 건네주었다ㅡ. 그건 좋은데, 그럴 때마다 경박한 말까지 세트로 건네줄 필요는 없지 않나, 하고 진심으로 생각했다.

이래저래 산책을 마치고 집에 도착했을 즈음에는 이미 할아버지가 아침 식사 준비를 끝내고 기다리고 있다. 그래서 내가 받아온 신선한 야채는 냉장고로 직행하고, 생선은 할아버지가 일을 나간 뒤 내가 손질을 해두는 게 일과가 되었다. 작은 부엌칼을 갈고, 생선 머리를 썩둑 잘라내고, 내장을 꺼내면서 나는 문득 생각했다. 도시에서 살 때는 이런 일을 전혀 하지 못했는데, 하고.

오전 중에는 생각난 집안일을 하나하나 해나갔다. 풍경은 아무래도 할아버지가 없으면 만들 수 없었기 때문에 한가한 시간도 꽤 많았다. 그럴 때는 다다미 바닥에 누워서 선풍기 바람을 쐬며 열심히 독서를 했다.

점심은 나 혼자였기 때문에 자연히 '시걸'에 가서 먹는 횟수가 늘었다. 솔직히 얼마 남지 않은 저금을 조금씩 깨며 외식을 하는 거라 지출이 좀 마음 아프긴 했지만, 그래도 '시걸'에 가면 나오토 씨를 만날 수 있어서 매번 가슴이 두근거렸다. 단 '시걸'에서는 신페이 씨와 교카 씨를 만날

확률도 높았지만.

교카 씨와 나오토 씨는 항상 아주 자연스럽게, 내가 보기엔 조금 울컥할 정도로 친근하게 대화를 했다. 거의 이심전심이 아닐까 할 정도의 대화를 내가 보는 앞에서 선보였다. 그것도 내가 모르는 옛날 추억 이야기나 고향 사람이 아니면 알 수 없는 화제가 오갔다. 하지만 그럴 때면, 대부분 교카 씨가 나를 배려하여 그 화제가 무엇인지 설명해주었다.

가끔 교카 씨와 내가 '시걸' 주방에 들어가 일을 하기도 했다. 나오토 씨가 '미안하지만 잠깐 야채 좀 잘라줘'라고 말을 하고는 장을 보러 나가기도 했기 때문이다. 그럴 때면 나는 교카 씨의 부엌칼 다루는 솜씨를 슬쩍 관찰했다. 솔직히 말하면 할아버지보다는 부엌칼을 잘 다루지 못했다. 하지만 나보다는…… 분하지만 잘 다룬다. 하지만 어쩌면 부엌칼을 가는 솜씨에서만큼은 내가 더 위일지도 모른다―. 그렇게 시시한 우열을 내 멋대로 가린 뒤에는 대체로 집에 도착해 한숨을 내쉬었다. 그리고 한숨을 내쉰 다음, 나는 더욱 나 좋은 대로만 생각했다.

교카 씨의 결점은 결점이 없다는 것.

솔직히 그렇잖아. 완전무결한 사람은 사랑스럽지가 않

은걸.

　그런데 그런 시시한 생각만 하는 자신이야말로 정말로 사랑스럽지 않은 여자라는 사실을 스스로 깨닫는다는 점이 또 슬펐다.

◆ ◆ ◆

　그날은 세찬 소나기가 내려 밤이 평소보다 시원했다.

　방충망을 해놓은 창문에서는 촉촉하고 기분 좋은 바람이 들어왔고, 할아버지가 만든 풍경의 음색도 매우 맑게 느껴져, 어딘가 모르게 아주 멀리까지 울려퍼지는 듯한 느낌이 들었다.

　저녁은 신선한 고등어 샤브샤브였다.

　얇게 썬 고등어회를 다시마를 끓인 물에 넣은 다음, 묽은 간장에 찍어 먹었다.

　"이 시기에 잡히는 고등어는 기름이 적으니, 간장에 참기름을 조금 넣어서 먹으면 맛있다."

　할아버지 말대로 해보니, 정말로 담백한 고등어의 감칠맛이 돋보여 젓가락의 움직임을 멈출 수 없었다. 그 외에도 우리는 영귤, 폰즈, 초된장에 찍어서 맛을 보았는데, 정신을 차려보니 어느새 고등어 두 마리가 통째로 사라지고 없었다.

저녁을 먹은 뒤, 할아버지가 먼저 목욕을 했다.

나는 혼자 내 방에 돌아가 성냥을 켜서 모기향에 불을
붙였다.

창백한 연기가 시골의 여름다운 냄새를 풍겼다.

문득 들린 띠링 하는 풍경 소리에 이끌려 나는 방충망
너머를 바라보았다. 방충망 너머에는 시골 여름의 어둠이
펼쳐져 있었다. 조금 시선을 올리자, 오도카니 떠 있는 달
이 보였다.

이제 곧 보름달인가……?

나는 방충망에 가까이 다가가 달을 올려다보았다.

띠링.

시원한 밤바람이 내 목을 쓰다듬었다.

지금 달이 환하게 떴어요—라고, 나오토 씨에게 메시지
를 보내고 싶었다.

나는 유니언잭이 그려진 작은 테이블을 바라보았다. 테
이블 위에 충전 중인 스마트폰이 있었기 때문이다. 하지만,
만약, 지금, 내가 그런 메시지를 보내면 나오토 씨는 틀림
없이 수상쩍게 생각할 게 틀림없다.

교카 씨의 얼굴이 떠올랐다. 그 얼굴이 달과 겹쳐 보일

것 같아서 나는 시선을 떨어뜨렸다.

한숨이 되지 않도록 조심하면서 나는 '후우' 하고 숨을 내쉬었다.

어딘가 모르게 풍경 이외의 소리가 듣고 싶어져서, 나는 방구석에 세워둔 망가진 우쿨렐레를 들고 방충망 앞에서 책상다리를 하고 앉았다. 그리고 케이스 지퍼를 열고 우쿨렐레를 꺼냈다.

띠로롱, 띠로롱, 띠로롱…….

모처럼 만에 작고 귀여운 악기를 손톱 끝으로 타보았다.

미묘하게 소리가 어긋나 있어서 현 네 개 중 하나를 조현해보려고 했지만, 딱 음이 흐트러진 줄의 페그가 구부러져 있어서 움직이지 않았다. 어쩔 수 없이 음이 흐트러진 현에 맞춰서 다른 현 세 개의 음을 조절했다.

다시 띠로롱 띠로롱 하고 현을 탔다.

갈라지고 잠긴 듯한 소리가 방충망 너머 어둠으로 스윽 빨려들어가 사라졌다.

원래 나는 알고 있는 레퍼토리가 몇 개 되지 않는다. 게다가 우쿨렐레를 오랜만에 타보기 때문인지 손가락은 뜻대로 움직여주지 않았다. 넥 위를 춤추듯이 움직이던 신페이 씨의 투박한 손이 생각났다. 나도 그렇게 우쿨렐레를

칠 수 있으면 더 즐거웠을 텐데.

그런 생각을 하면서 또 달을 올려다보았다.

거의 원에 가까운 달은, 얼어붙은 우유처럼 희게 빛났다.

바다 냄새가 나는 밤바람이 어둠 속에서 화악 불어왔다.

띠링.

띠링.

시원한 음색은 마치 흰 달에서 아래로 쏟아지는 것만 같았다.

띠롱, 띠롱, 띠로롱.

천천히, 더듬거리면서도 나는 아르페지오로 느릿한 곡을 손가락으로 튕겨보았다.

도시에서 살면서 계속 걸려 넘어지기만 했던 때의, 속이 타고 답답했던 기억이 가슴속에서 솟구쳤다.

띠링.

망가져 울림이 나쁜 우쿨렐레와 시원한 풍경의 음색.

마치 나와 교카 씨 같았다.

멋진 달과 잘 어울리는 소리는 역시 풍경의 아름다운 울림이었다.

한숨이 나오려고 했지만 심호흡을 하며 얼버무렸다.

지금은 사야의 독이 있는 곳을 향해 도망치고 싶지 않

왔다.

잠시 뒤, 내가 '따스함에 휩싸인다면'이라는 유밍(일본의 싱어송라이터 - 옮긴이 주)의 곡을 더듬거리며 치기 시작했을 때, 방 입구에서 목소리가 들렸다.

"그리운 곡을 알고 있구나."

돌아보니 할아버지가 서 있었다. 목욕을 하고 나와서 그런지 얼굴이 말끔해 보였다.

"보리차, 어떠냐?"

할아버지는 양손에 각각 보리차가 담긴 컵을 들고 있었다.

"아, 응. 고마워."

"들어가마."

예의를 차려 그렇게 말한 뒤, 할아버지가 방 안으로 들어왔다. 그리고 옆에 책상다리를 하고 앉았다. 말이 옆이지 할아버지가 앉은 곳은 미묘하게 거리가 떨어져 있는 곳이었다.

"받아라."

나는 할아버지에게서 컵을 건네받았다. 그리고 차게 식은 보리차를 꿀꺽 소리를 내며 마셨다.

그리고 잠시 우리 두 사람은 아무 말도 하지 않고 달을 올려다보았다.

"할아버지, 방금 그 곡을 알아?"

내가 할아버지에게 말을 걸었다.

"그래. 누구 곡인지는 모르지만 말이다."

"유밍이야."

"그러냐. 에밀리가 태어나기 전에 유행한 곡일 텐데?"

"응, 맞아. 아빠가 좋아했던 곡이었어."

내가 그렇게 말하자 할아버지는 조금 눈썹을 올리며 의외라는 듯한 표정을 지었다. 나는 그 표정이 반대로 의외였기 때문에, 왜? 하는 느낌으로 고개를 갸웃했다. 그러자 할아버지가 평소처럼 차분한 목소리로 가만히 중얼거렸다.

"마이코가 좋아해서 자주 들었던 곡이었다."

"어? 방금 그 곡을?"

할아버지는 작게 고개를 끄덕였다.

"그래서 나도 기억하고 있는 게지."

"그렇구나……."

엄마가 좋아하는 곡을 아빠도 좋아해서 그걸 나한테 들려줬던 건가ㅡ.

띠링.

풍경의 음색은 조금 전보다 조금 빛이 바래서, 애절한 소리처럼 들렸다.

"에밀리."

"응?"

나는 다 마신 컵을 다다미 바닥에 올려두었다.

"그 우쿨렐레, 망가졌다고 했지?"

"어?"

나는 할아버지에게 그 말을 한 적이 없다.

"점심때 신페이랑 딱 마주쳤는데, 그 말을 하더구나."

아하, 그래서 알았구나.

"내가 덜렁대서 망가졌어."

그렇게 말을 한 뒤, 조금 자조 섞인 미소를 지었다. 이게 아빠의 유품이나 마찬가지인 물건이라는 것도, 고로를 보고 깜짝 놀라 망가졌다는 것도, 수리비가 비싸서 고칠 수 없다는 것도, 할아버지에게 알려줄 생각은 없었다. 설사 신페이 씨가 말을 했다고 해도 내가 직접 말을 할 생각은 없었다.

"그 우쿨렐레, 망가지기 전에는 어떤 소리가 났지?"

할아버지는 뜻밖의 질문을 했다.

"으음……." 나는 아빠가 안아줘서 마음이 편했던 어린 시절을 떠올리면서 "마음이 편해지는, 따스한 소리려나?" 하고 대답했다.

"그러냐."

"응……."

"들어보고 싶었는데 말이다."

띠링.

할아버지는 풍경을 올려다보았다. 그리고 그 앞에서 환하게 빛나는 달을 중얼거리며 칭찬했다.

"아주 아름다운 달이구나."

달과 풍경과 할아버지.

참 분위기 있는 조합이라고 생각하면서도, 무언가 부족한 것 같은 느낌이 들었다.

나는 문득 이전부터 신경이 쓰였던 일을 물어보았다.

"할아버지는 왜 풍경을 그런 모양으로 만들어?"

그 모양이란, 녹색에 다섯 개의 산이 솟아 있는 모양이었다.

"으음……." 할아버지는 흰 다박수염을 가볍게 쓰다듬더니, 조금 난처한 표정을 지었다. "에밀리는 그 풍경 형태를 보고 뭐가 연상되지?"

연상? 이번엔 내가 '음~' 하고 생각할 차례였다. 조금

생각을 한 뒤, 이전에 느꼈던 바를 그대로 할아버지에게
말해주었다.

"도라지꽃, 이려나? 거꾸로 뒤집으면 그런 느낌이잖아."

그러자 할아버지는 살짝 눈을 둥그렇게 뜨며 나를 바라
보았다.

"정답이다."

"아, 역시 도라지꽃이었구나. 근데 왜 도라지야?"

조금 쑥스럽다는 듯이 코끝을 긁은 할아버지는 풍경을
올려다보았다.

"에밀리 할머니가 좋아했기 때문이지."

밤바람이 화악.

띠링.

"그렇구나."

나도 풍경을 올려다보았다.

"네 할머니는 에밀리가 태어나기 훨씬 전에 죽어버렸지
만 말이다."

"몇 살에 돌아가셨는데?"

"마흔둘이다."

"그렇게 젊을 때……."

할아버지는 아무 말도 하지 않고 입매에 살짝 미소를

새겼다. 먼 지난날을 생각하는 중이겠지.

"할머니가 할아버지한테 도라지꽃 모양으로 풍경을 만들어달라고 말했어?"

"아니, 내가 그냥 멋대로 만든 거다."

"그냥 멋대로?"

"생일 때 선물로 줬지."

"어? 멋진 얘긴데?"

"멋지긴." 쑥스러움을 잘 타는 할아버지는 눈썹을 팔(八)자로 모으며 그렇게 부정한 뒤, 시선을 방충망 쪽으로 돌렸다. "당시에는 주물 공장을 막 시작한 참이라 돈이 없었다. 그래서 멋진 선물을 주고 싶어도 돈이 없었지. 그래서 지인 업자에게 값싼 동판을 얻어 내가 직접 만들어준 거다. 일단 금속 가공 지식은 있었으니까."

"근데 어쨌든 기뻐해준 거잖아?"

할아버지는 부정도 긍정도 없이 아무 말도 하지 않았다. 하지만 그 침묵에서는 긍정하는 듯한 분위기가 느껴졌다.

"할머니는 색도, 모양도, 음색도, 전부 마음에 들어 하셨을 거야."

나는 만난 적도 없는 '엄마의 엄마'가 기뻐하는 모습을 상상해보았다. 분명히 그 시대의 여성이니까 기뻐도 크게 내색하지 않은 채 조용히 기쁨을 표현했을 거란 생각을 하니, 자연히 입꼬리가 위로 올라갔다.

이렇게 말이 없고 무뚝뚝한 할아버지도 옛날에는 그토록 멋진 경험을 한 것이다.

띠링.

띠링.

기분 좋게 밤바람을 맞으면서 할아버지가 조금 잠긴 목소리로 말했다.

"저 녀석이 그거다."

"응?"

띠링.

"저 녀석이 그거?"

"내가 선물했던 풍경은 저거다."

"어? 할아버지가 할머니에게 선물한 풍경이 정말 저거야?"

할아버지는 아무런 말도 하지 않은 채, 아주 작게 턱을 아래로 내리기만 했다.

"와아……." 풍경을 올려다보니 절로 로맨틱한 기분이 들어서, 나는 하아 하고 한숨을 내쉬고 말았다. "소리 참 좋다."

"아주 어려워."

"응?"

"저 형태로 가공을 하면 소리가 쉽게 탁해지거든. 좋은 음색을 내려면 나름의 요령과 훈련이 필요하지."

"그렇구나……. 그럼 할아버지는 저 풍경을 만들려고 몇 개나 계속 다시 만들고 다시 만들고 했겠네? 할머니의 기뻐하는 모습을 보기 위해서."

조금 놀리는 것처럼 일부러 직접적으로 물었더니, 쑥스러움을 많이 타는 할아버지는 상상했던 대로의 대답을 했다.

"그렇지는 않아."

"그럴 줄 알았어."

나는 키득거리며 웃었다.

띠링.

이 맑은 음색. 지금 이 순간에도 어딘가에서 할머니가 소리를 듣고 대답을 해주고 있는 듯했다.

"할아버지."

"응?"

"할아버지는 왜 할머니랑 결혼했어?"

나는 책상다리 위에 올려두었던 우쿨렐레를 다다미 바

닥 위에 살짝 올려두고, 할아버지 쪽으로 몸을 살짝 돌린 다음 물었다.

"음……."

할아버지가 또 흰 다박수염을 쓰다듬었다. 그리고 중얼거리듯이 대답을 해주었다.

"입맛에 넘어갔지."

"입맛?"

"네 할머니는 어부 집안의 딸이어서 생선 요리를 아주 잘했거든."

"어? 할아버지도 굉장히 잘하잖아."

"대부분은 네 할머니한테 배운 거다."

할아버지가 또 풍경을 올려다보았다.

"항상 같이 만들었어?"

할아버지는 작게 고개를 끄덕였다.

말은 하지 않았지만, 그 순간 할아버지는 지금까지 본 적이 없을 정도로 온화한 표정을 지었다.

달은 조금 전보다 더 높은 밤하늘 위로 올라갔고, 빛도 더욱 밝아졌다.

어딘가에서 방울벌레가 울기 시작했다.

모기향 냄새가 은은하게 코를 간질였다.

띠링.

그리고 풍경이 울렸을 때, 내 마음속으로 한 가지 생각이 뚜욱 떨어져 내려왔다.

"저어, 할아버지."

"응?"

"할머니가, 할아버지의 입맛을 사로잡았던 요리는 어떤 요리야?"

"그거야 한두 개가 아니다만."

"한두 가지가 아니라도, 굳이 딱 하나를 꼽는다면?"

"하나, 라. 어렵구나……."

할아버지는 팔짱을 끼고 잠시 고개를 기울인 채 꼼짝도 하지 않았다. 미간을 잔뜩 찌푸리며 생각을 하고 있긴 했지만, 입매도 눈매도 아주 부드러워서 미소를 짓기 일보 직전인 표정이었다. 할아버지는 틀림없이 지금 할머니와의 추억 속을 여행하는 중이다.

띠링.

풍경이 울렸는데도 추억 속 세계에서 돌아올 생각을 안 하네. 그런 생각을 했을 때, 문득 할아버지가 이쪽을 바라보았다.

"네 할머니가 마멀레이드 구이를 만들었을 때는 정말

깜짝 놀랐었다."

"마멀레이드 구이?"

할아버지는 천천히 고개를 끄덕였다.

"껍질이 있는 생선에 마멀레이드를 발라 구운 거다. 삼
치, 볼락, 벤자리, 농어…… 담백한 생선으로 만드는 요리
지."

그거, 재미있을 것 같아-.

좋아.

나는 무릎을 꿇고 할아버지를 바라보고 앉았다.

그리고 얼굴 앞에서 양손을 맞댔다.

"할아버지, 부탁이야-. 할아버지 입맛을 사로잡은 요
리, 나한테도 가르쳐주면 안 될까?"

"응……?"

띠링.

띠링.

추억의 풍경이 할아버지 표정을 누그러뜨렸다.

"응? 부탁이야-."

나는 한 번 더 애원했다.

웬일로 할아버지가 피식 하고 웃었다.

"칼을 잘 갈아둬라. 그리고 손질은 네가 하기다?"

"응, 알았어."

할아버지는 힐끔 풍경을 올려다보았다. 그리고 부드럽게 숨을 내쉬더니, 느릿하게 자리에서 일어났다.

"그러고 보니, 목욕물, 미지근해졌겠구나."

"아, 그렇지. 바로 들어갈게."

"나는 먼저 자마."

"응, 잘 자."

"잘 자거라."

할아버지가 천천히 발걸음을 돌렸다.

나는 방 밖으로 나가는 커다란 등을 바라보면서, 소리를 내지 않고 "고마워." 하고 중얼거렸다.

띠링.

풍경이 울렸다.

역시 할머니가 근처에 있는가 보다.

◆ ◆ ◆

그날 밤, 나는 여름용 얇은 이불 안에서 멍하니 천장을 올려다보았다.

조명은 전구로 바꾸어놓았기 때문에, 방 안은 옅은 세피아색에 감싸여 있었다. 방충망 너머에서는 벌레들의 슬

픈 노래가 해변으로 밀려오는 파도처럼 조심스럽게 다가
왔다.

생선 마멀레이드 구이.

미식가인 할아버지가 깜짝 놀랐을 정도이니, 아마 굉장
히 맛있겠지?

하지만 - 하고 나는 생각했다.

그 레시피를 배운 뒤에 내가 과연 행동으로 옮길 수 있
을까.

눈을 감고 나오토 씨의 얼굴을 떠올리려고 했다.

하지만 어떻게 된 일인지 쉽게 떠올릴 수가 없었다. 대
신에 미소 짓고 있을 때 보이지 않을 만큼 작아지는 눈과,
서핑을 끝내고 올라왔을 때 머리카락에서 떨어지는 물방
울만이 선명하게 떠올랐다.

"하아……."

세피아색 천장을 향해 한숨을 쉬었더니, 유난히 눅눅한
입김이 새어나왔다.

띠링.

띠링.

풍경이 위로를 해주었지만, 기분이 별로 맑아지지 않
았다.

나는 영원히 이렇게 더부살이를 하며 살 수 없다. 이대로 취직도 하지 않고 할아버지 호의에 기대며 저축을 까먹고 사는 삶은 언젠가 한계에 부딪힌다.

물론 이 마을에서 일하고, 이 마을의 누군가와 결혼하고, 정말 이 지역의 현지인이 되는 선택지도 있다.

하지만 그런 자신의 모습을 상상해보려고 해도, 전혀 현실성 있는 영상이 떠오르지 않았다.

언젠가는 이곳을 떠나야 한다…….

그것도 아주 가까운 미래에.

할아버지가 지쳐서 더 이상 나를 돌볼 수 없게 되기 전에 헤어져야 한다.

내가 이곳을 떠나면 할아버지는 또 혼자 남는다. 쓸쓸할까? 아니, 원래 혼자서 살던 곳에 내가 굴러들어왔을 뿐이니, 할아버지는 다시 평소 생활로 돌아가는 것뿐이다. 그렇게 생각하니, 내 걱정은 쓸데없는 참견이라는 생각도 들었다. 하지만 할아버지도 이제 여든이다.

띠링.

불현듯 내 뇌리에 불길한 단어가 떠올랐다.

고독사─.

그 세 글자가 내 가슴속에 검고 뜨거운 소용돌이를 만

들었다.

나는 몸을 뒤척였다. 그리고 얇은 이불 아래에서 새우처럼 등을 둥글게 굽혔다. 벽에 기대어 세워둔 우쿨렐레가 흐릿하게 세피아색 방 안에 떠올라 있는 것처럼 보였다. 나는 눈을 감았다. 지금까지 이런 일을 생각해보지 않았지만, 현실적으로 가능성은 결코 제로가 아니었다.

그 사람은-.

남자에게 알랑거리는 듯한 요염하고 아름다운 얼굴이 눈꺼풀 뒤에 떠올랐다. 나오토 씨의 얼굴은 잘 떠오르지 않는데, 왜 그 사람의 얼굴은 이토록 선명하게 떠오르는 걸까.

할아버지 딸이자 나의 엄마인 그 사람은-.

이대로 할아버지를 혼자 남겨둘 셈인가?

나는 이불 위로 살짝 일어났다.

그리고 무릎을 안고 방충망 너머를 바라보았다.

달은 벌써 서쪽으로 이동해 보이지 않았다.

그래도 이 마을에는 창백한 달빛이 대각선으로 빛을 쏟아주어서, 마당에 우뚝 선 나무의 나뭇잎이 어둠 속에서 흐릿하게 떠올랐다.

설사 같이 있지 못하더라도, 누군가의 존재는 누군가를

비춰줄 수 있는 것일까.

하지만 역시 같이 있어야 더 좋다.

지금까지 계속 우직하게 살아왔을 할아버지의 뒷모습이 내 뇌리에 떠올랐다. 평소처럼 낡은 부엌에 서서 혼자 요리를 하는 모습이었다.

띠링.

역시 신은 없다.

나는 껴안은 무릎 위에 턱을 올리고, 작게 한숨을 내쉬었다.

◆ ◆ ◆

"에밀리, 오랜만이야!"

높은 목소리와 함께, 잠자리 같은 선글라스를 낀 몸집이 작은 여성이 시골티가 물씬 풍기는 다쓰우라 역 개찰구에서 빠르게 걸어나왔다. 노란 조화(造花)가 달린 밀짚모자, 핑크색 알로하에 흰 반바지. 사야는 여전히 열대어처럼 화려한 복장이라, 낡은 이 마을의 풍경과는 잘 어울리지 않았다.

나는 역 앞의 작은 로터리에 세워둔 경차 앞에서 사야에게 손을 흔들어주었다.

"우와, 에밀리. 피부, 새카매! 이젠 완전히 현지인이잖아!"

사야는 선글라스를 내려 나를 보더니, 깔깔 웃었다.

"그건 그렇고, 여기, 진짜 굉장하다. 정말 아무것도 없네. 그리고 매미, 너무 시끄럽다."

사야는 역 앞 모습을 보고 어이가 없다는 듯 그렇게 험담을 했다.

세상이 오봉 휴가에 들어가기 전, 사야는 레스토랑에서 휴가를 얻어, 예고대로 다쓰우라까지 놀러왔다.

나는 역까지 마중을 나와, 차로 안내하는 역할 – 즉 현지 관광 안내 드라이버 역할을 해야 했다. 사야는 기껏 여기까지 왔으면서도 햇볕에 피부가 타는 게 싫은 듯, 해수욕은 안 하겠다고 했다.

일단 나는 사야를 숙박하기로 했던 민박까지 바래다주었다. 그리고 그곳에서 사야의 짐을 푼 다음, 곧장 관광 드라이브를 떠났다.

운전에 자신이 없는 나는 해변도로를 천천히 달렸다.

오른쪽은 짙은 녹음으로 뒤덮인 낮은 산, 왼쪽은 활짝 펼쳐진 바다였다. 그저께에는 꽤 대형 태풍이 일본 열도 근처를 통과해 어제까지 바다가 거칠었는데, 나오토 씨만은 매우 기뻐했다. 하지만 오늘은 바다가 전날과는 달리 매우 잔잔해져, 원래의 블루 토파즈색의 반짝임을 되찾았다.

"그건 그렇고 차 한번 끝내준다. CD 넣는 곳도 없고, 라디오도 없네?"

사야는 의문이 생기면 곧장 입에 담는 성격이다. 이 아이는 어떻게 보면 정말 행복하지 않을까 하고 나는 생각했다.

"미안해. 일단 라디오는 달려 있는데 지금 망가졌어."

내가 사과하자 사야는 "별로 상관은 없어." 하고 중얼거렸다.

사야는 그 뒤로, 바다와 산 이외에는 아무것도 없는 다쓰우라를 너무 시골이라며 야유하거나, 누군가의 소문 이야기와 불평불만을 계속 쏟아냈다. 마치 가슴속에 쌓인 나쁜 가스를 단숨에 빼내버리려는 듯했다.

생명력이 넘치는 여름의 짙은 녹음과 푸른 셀로판지처럼 반짝이는 바다를 보고도 사야는 전혀 감동을 느끼지 못하는 모양이었다. 같은 차에 타고, 같은 풍경을 보고, 같은 바다 내음을 맡아도, 나와 사야가 살아가는 세계는 완전히 달랐다.

도로가 조금 해변에서 멀어졌을 때, 신호가 빨간색으로 바뀌었다. 나는 모처럼 브레이크를 밟았다. 차가 멈추자 사야가 "이 마을에는 신호등 필요 없지 않아?" 하고 비웃었는데, 그때 나는 문득 생각했다.

사야의 독으로 다쓰우라가 오염되다니, 기분이 별로 좋지 않은데 -, 아니, 마치 내가 욕을 먹는 기분이라는 사실을 깨달았다.

신호가 파란색으로 바뀌어 나는 액셀을 밟았다.

나는 오랫동안 바닷바람을 맞아 외관이 많이 상한 집과 간판에 녹이 슨 상점 사이를 조금 낡은 경차를 몰고 느릿하게 나아갔다.

"나 배고픈데, 밥 먹는 곳 아직이야~?"

사야의 불평이 나왔을 때와 거의 동시에, 나는 핸들을 왼쪽으로 꺾으며 대답했다.

"네네, 방금 도착했어요."

다쓰우라 어채관 주차장은 평일이라 그런지 평소보다도 더 텅 비어 있었다.

할아버지가 일하는 오션뷰 레스토랑에서 가장 가까운 주차 공간이 비어 있어서, 나는 차를 세 번 돌려 힘겹게 그곳에 주차를 했다. 결국 사야는 나를 보고 "에밀리, 이게 뭐야? 내가 주차하는 것보다 더 못하잖아." 하고 말하며 웃었다.

시간은 벌써 오후 2시가 지났다. 오늘 할아버지는 일주일에 한 번 있는 휴일이라 어채관에 나오지 않았지만, 나는 이미 안면이 익은 레스토랑 아주머니들에게 인사하면서 사야를 전망 좋은 창가 쪽 자리로 안내했다.

"에밀리, 추천하는 메뉴는?"

사야의 질문을 듣고 나는 "모처럼 왔으니까, 이 지역 생선이 가득 들어간 다쓰우라 덮밥은 어때?" 하고 말하면서 메뉴 사진을 가리켰다.

"우와, 맛있겠다. 그럼 난 그걸로 할게."

사야가 천진난만하게 웃었다. 이렇게 악의 없는 표정을 지을 때면, 도저히 미워할 수 없겠다는 생각이 든다.

나는 가게 아주머니를 불러 "다쓰우라 덮밥 두 개 주세요." 하고 주문을 한 뒤, 셀프 서비스인 물을 가지러 갔다.

다쓰우라 덮밥이 아주 맛있었는지, 음식을 먹을 때는 그 불평불만이 많은 사야도 아무 말도 하지 않았다.

음식을 다 먹은 후, 우리는 다시 드라이브를 시작했다.

우리는 곶(串)에 세워진 등대 위로 올라가 넓은 바다를 내려다보고, 산꼭대기 절에도 가고, 거대한 열반상에 참배도 했다. 저녁이 되었을 때는 해변의 노천온천에 몸을 담

그고 파인애플색으로 물들어가는 수평선을 느긋하게 바라
보았다.

그리고 해가 지기 전에 나는 사야를 '시걸'에 데리고 갔
다. 둘이서 검은 얼음이 들어간 아이스커피를 먹고 있는데,
나오토 씨가 현지인의 인심을 발휘해 '피넛 밀크 빙수'를
서비스해주었다.

이날은 모처럼 신페이 씨도 가게를 찾았다. 물론 평소
와 마찬가지로 '신페이 토크'가 작렬했다.

"우하~ 에밀리 씨 친구도 프리티하네. 혹시 괜찮으면
이제부터 같이 한잔 하러 안 갈래요? 역 근처에 생선이 맛
있는 이자카야가 있거든요. 야, 나오토도 갈 거지?"

"와아, 그거 괜찮은걸요?!"

그렇게 말한 사람은 나오토 씨가 아니라 역시 사야였다.

"좋아!! 그럼 결정이다!"

신페이 씨와 사야는 멋대로 같이 하이 터치를 했다. 그
런 두 사람 모습을 보면서 나오토 씨와 나는 못 말린다는
듯이 얼굴을 마주 보며 웃었다.

신페이 씨는 빈틈없이 이자카야 자리를 예약해두었다.

"그럼 저희들은 차를 집에 놓고 올 테니 먼저 가게에 가
주세요."

그렇게 말하며 내가 자리에서 일어서자, 사야는 예상했던 대로 말을 꺼냈다.

"나는 나오토 씨네랑 먼저 가게에 가 있을게."

그래서 나는 혼자 경차를 타고 일단 집으로 돌아갔다.

나는 공방 옆 공간에 차를 세우고 작은 마당에 접어들었다.

문득 밭 너머의 바다를 바라보았다.

여름 태양이 진 직후의 하늘은 빙수의 딸기 시럽을 흡수한 것처럼 새빨간 구름으로 뒤덮여 있었다. 그리고 그 붉은 빛을 바다가 흔들거리며 반사했다.

오늘은 별이 아주 선명하게 보일지도 모르겠어. 그렇게 생각했을 때 할아버지가 공방 밖으로 나왔다.

"할아버지, 역 옆에 있는 이자카야에 다녀올게. 사야랑 나오토 씨랑 신페이 씨도 같이."

"그러냐. 그럼 가게 사장한테 뭐라도 좀 줄까."

그렇게 말하며 할아버지는 집에 들어가더니, 비닐봉투를 들고 돌아왔다.

"이걸 전해다오. 주인장한테 잘 부탁한다고 말해두고."

"응, 알았어. 안에 뭐가 들었는데?"

"흰꼴뚜기 간장 절임과 붉돔 초절임이다."

할아버지는 비교적 오래가는 음식을 선택한 모양이었다.

"알았어. 그럼 다녀올게."

"그래, 조심해라."

나는 할아버지 배웅을 받으며 집 앞 언덕길을 내려갔다.

항구 부지를 조금 걷다가 문득 할아버지 집 쪽을 돌아봤는데, 할아버지의 작은 그림자가 어둑어둑한 현관 앞에 오도카니 서서 이쪽을 바라보고 있었다. 나는 어딘가 연약해 보이는 그 모습에 가슴이 뭉클해서 크게 손을 흔들었다. 그러자 할아버지도 작게 손을 흔들어주었다.

나는 다시 앞을 보고 걷기 시작했다. 금방 항구를 빠져나가 해변도로 인도로 접어들었다. 방금 전까지 붉었던 하늘은 순식간에 옅은 포도색이 되었고, 서쪽 하늘에서는 벌써 샛별이 반짝이기 시작했다.

할아버지가 이자카야 사장님에게 가져다주라고 한 음식 두 개는 모두 나도 도운 요리였다. 흰꼴뚜기 간장 절임은 방파제에서 낚은 커다란 흰꼴뚜기를 가늘게 잘라 짙은 간장과 사케에 절인 음식이었다. 쿠킹호일에 올려 구운 뒤, 마요네즈와 시치미(七味: 고추를 중심으로 일곱 가지 향신료를 섞은 조미료 – 옮긴이 주)를 뿌려도 좋고, 달걀노른자를 섞어

생으로 먹어도 아주 맛있다.

또 다른 하나인 붉돔 초절임도 아주 맛있다. 붉돔이란 참돔과 아주 비슷하지만 작은 도미를 말하는 것으로, 그냥 붉은 도미라고도 부른다. 붉돔의 흰 살에서는 섬세한 감칠맛이 나는데, 그 감칠맛을 초로 절여서 이끌어내는 것이 이 요리의 핵심이었다. 조리법은 아주 간단했다. 일단 붉돔의 살을 세 장 뜨기로 손질하고 작은 뼈를 뺀 다음, 가볍게 소금을 뿌려 큰 그릇 가장자리에 딱 붙여놓는다. 그러면 몸 안 수분이 떨어져 큰 그릇 아래에 고인다. 어느 정도 수분이 빠지면 살을 식초와 물을 반반 섞은 식초물에 씻어 생선 비린내를 제거한다. 그리고 일단 키친페이퍼로 물기를 닦아낸 후, 다시 식초를 잔뜩 써서 절이고, 하룻밤 동안 냉장고에 재워두면 완성이다. 할아버지는 이걸 아무것도 찍지 않고 그냥 먹었지만, 나는 와사비 간장에 찍어 먹는 걸 더 좋아했다.

촤아아아, 촤아아아. 어두운 바다에서 밀려오는 파도소리가 내 발밑을 씻어주었다. 그 발밑에서는 값싼 내 비치샌들의 찰딱찰딱 하는 소리도 들려왔다.

그 소리를 들으면서 나는 혼자 생각했다.

계속 이 마을에 있기에는 너무 무섭다. 하지만 도시에 돌아가는 것도 역시 무서웠다. 그 도시에는 너무나 많은 추억의 장소가 있어서, 그 하나하나가 내 마음을 아프게 할 것만 같았기 때문이다. 게다가 지금은 예정된 취직자리도 없다. 즉, 살 집도 수입도 없다는 말이다. 물리적으로 봐도 돈이 많이 드는 도시로 다시 돌아갈 수 있을 리가 없었다.

나는 파도소리에 지워질 정도의 작은 한숨을 내쉬었다.

후우-.

해변도로를 횡단해 낡은 주택가 안의 도로로 접어들었다. 서서히 파도소리가 멀어지고, 내 비치 샌들에서 나는 소리만이 유난히 크게 울리기 시작했다.

갑자기 어딘가의 집에서 짙은 카레 냄새가 났다.

그 냄새에 위장이 반응을 했는지, 갑자기 배가 고파졌다.

가고자 하는 역 앞의 이자카야는 이제 얼마 남지 않았다.

◆ ◆ ◆

역 근처에 있는 두 개의 이자카야 중, 붉은 초롱을 내건 가게 포럼(술집이나 복덕방 문에 간판처럼 늘인 베 조각 - 옮긴이 주)을 지났다. 비교적 나이가 많은 부부와 그 아들까지 셋이서 운영하는 작은 가게로 좌석 수는 30개도 되지 않지만, 이미 절반 이상이 차 있었다. 작은 마을의 이자카야치고는 그런대로 잘 되는 집이다.

"에밀리 씨~ 이쪽, 이쪽."

신페이 씨가 일어서서 이쪽을 보고 손을 흔들었다.

나는 작게 손을 흔든 뒤, 카운터 안쪽에 있는 사장님에게 "저어, 이거요." 하고 할아버지에게 건네받은 비닐봉투를 건네주었다. 인상 좋은 사장님은 이마의 주름을 잔뜩 모으면서 자못 기쁜 듯이 "이거 참, 고맙구먼. 다이조 씨에게 인사 전해주십시오." 하고 말하며 나를 향해 오른손을 들어 보였다. 하이 터치를 하자는 모양이었다. 그래서 나는 그 손에 짜악 하고 가볍게 내 손을 맞대주었다.

"정말 기쁩니다. 이거 서비스를 해드려야겠는걸."

"감사합니다."

카운터 너머와 아주 좋은 분위기를 연출한 뒤, 나는 세 사람이 기다리는 테이블석으로 갔다. 가다가 다른 테이블에 요즘 알게 된 현지 주민 두 사람이 있어서 각 사람에게 "아, 안녕하세요.", "오셨네요." 하고 가볍게 인사했다. 시골은 정말이지 굉장히 좁다.

생각해보면 온 지 얼마 안 된 나조차도 알고 있는 사람이 있을 정도니, 가게 안에 있는 손님들 중 적어도 절반 정도는 나오토 씨와 신페이 씨가 아는 사람일 게 분명했다.

먼저 온 세 사람은 이미 건배까지 끝낸 듯, 테이블에는 이미 손을 댄 요리가 몇 개인가 놓여 있었다. 왼쪽 안쪽 의자에 앉은 사람은 나오토 씨고, 그 옆이 신페이 씨. 나오토 씨 맞은편에는 역시 사야가 앉아 있었다. 나는 사야 옆자리에 앉았다. 나오토 씨는 대각선 맞은편으로, 신페이 씨가 바로 맞은편이었다.

"에밀리, 있잖아, 이 전갱이회가 진짜 맛있었어."

사야가 도시에 있을 때와 전혀 다를 바 없이 밝은 목소리로 그렇게 말을 한 뒤, 꿀꺽꿀꺽 목을 울리며 생맥주를 들이켰다.

"그쵸~? 이곳 가게 요리는 뭐든 다 맛있어요. 게다가 이렇게 미인들과 함께니, 두 배는 더 맛있는 것 같네. 나오토, 안 그래?"

나오토 씨 어깨를 팍팍 두드리면서, 신페이 씨도 사야에게 지지 않겠다는 듯 밝은 목소리로 말했다. 나오토 씨도 "아하하, 맞아."라고 말하며 유쾌하게 웃었다.

사람이 모두 모였기 때문에 네 사람은 다시 맥주잔을 부딪치기로 했다.

"건배!"

그러자 그런 우리 모습을 지켜보던 다른 자리 사람 몇

명이 '건배' 하더니, 웃으면서 이쪽을 향해 작은 술잔과 맥주잔을 들어올렸다. 그 대부분은 나이가 많은 아저씨들이었다.

역시 나오토 씨, 신페이 씨와 아는 사람이 가게에는 많이 있는 모양이었다.

내가 얼굴을 알고 있는 사람은 두 명뿐이었지만, 가게의 많은 손님들은 나에 대한 소문을 들어봤을 게 틀림없다. 풍경을 만드는 다이조 씨 집에 갑자기 도시에서 젊은 여자가 나타나 같이 사는 중이다—. 그런 소문이 이곳저곳으로 퍼져나가고 있다는 것 정도는 내 귀에도 들어왔다. 분명히 내가 아무렇지 않게 살아도, 주변 사람들은 안 보는 척하면서 나를 호기심 어린 눈으로 관찰하고 있다.

이곳에서는 나쁜 짓을 못하고 살겠구나. 그런 생각이 절로 들었다. 내가 뭐 나쁜 일을 꾸미고 있는 건 아니지만…….

건배를 한 지 한 시간 정도가 지나자, 각자 술기운이 돌아 분위기가 느슨해지기 시작했다.

가끔 다른 자리에서 "누님, 이거 먹어봐." 하고 음식을 건네주기도 했다.

"캬~ 미인이랑 같이 있으니 뭐가 막 들어오네. 이렇게 됐으니 사야 씨도 다쓰우라에 사는 게 어때요? 뭐 하면 우리 집에 와도 돼요. 생선은 마음껏 먹을 수 있으니까."

신페이 씨가 붉게 상기된 얼굴로 평소처럼 가벼운 농담을 날렸을 때, 가게 현관 미닫이문이 드르르륵 하고 열렸다.

"오, 왔구나. 이쪽이야, 이쪽."

신페이 씨가 또 자리에서 일어나 손을 흔들었다.

나는 그 모습에 이끌려 현관 쪽을 돌아보았다.

뺨 옆으로 작게 손을 흔들며 다가오는 사람은 교카 씨였다. 환한 미소가 가게 안 사람들의 시선을 확 끌었다.

"내가 메시지 보내서 불렀어."

신페이 씨가 나오토 씨를 보고 말했다.

왜 나오토 씨한테 말을 하는 거지-?

나는 조금 술기운이 돈 머리로 생각을 하다가 도중에 그냥 생각을 포기했다. 괜히 답을 내버리면, 이 자리가 순식간에 시시해질 것 같았기 때문이다.

"미안, 많이 늦었지?"

이 가게와는 전혀 어울리지 않는 투명한 아우라를 흩뿌리면서 교카 씨가 테이블 앞까지 다가왔다. 교카 씨는 나와 남자 둘에게 슬쩍 눈인사를 한 뒤, 사야를 바라보았다. 그리고 "처음 뵙겠습니다." 하고 아름다운 미소를 지었는데—.

"앗, 알겠다, 알겠어~." 사야가 가게 안에 울려퍼질 정도로 크게 교카 씨의 인사를 중간에 끊었다. "이 사람, 그때, 네가 말한 그 사람이지? 전화로 에밀리가 말한 그 미인 양갓집 아가씨. 우후후, 보니 딱 알겠네."

"야— 사야."

내가 당황해하는 모습을 슬쩍 본 교카 씨가 더 환하게 미소를 지었다. 그리고 장난스러운 말투로 사야에게 말했다.

"처음 뵙겠습니다. 시골의 양갓집 아가씨 교카라고 하옵니다."

일부러 고상한 말투를 쓰며 요상한 인사를 하는 교카 씨.

그 모습을 보고 신페이 씨는 '아하하' 하고 손뼉을 치며 웃었고, 나오토 씨는 재미있다는 듯이 "그런 말을 자기 입으로 직접 하다니." 하고 말하며 딴죽을 걸었다.

교카 씨는 신페이 씨 옆자리에 앉았다.

"교카 씨, 죄송해요……."

쥐구멍이라도 있으면 숨고 싶은 내가 모기 같은 목소리로 그렇게 말하자, 교카 씨는 "아니, 아니에요. 술자리인데요 뭘." 하고 상쾌하다는 생각이 들 만큼 가볍게 웃어넘겨주었다. 그리고 새삼 사야에게 "잘 부탁해요." 하고 인사했다.

교카 씨가 온 뒤로는 테이블 위에서 오가는 대화의 질
이 확 바뀌었다. 그냥 시시한 잡담을 하며 웃는 게 아니라,
웃긴 이야기 속에 가벼운 위트가 들어가기 시작한 것이다.
나오토 씨는 물론 신페이 씨까지도 교카 씨의 페이스에 이
끌리는 모습이 내 눈에도 선명하게 보였다. 유일하게 이
'어른들의 대화'에 끼지 못한 사야는 조금씩 조금씩 술을
마시는 속도를 높여갔다. 그리고 술을 많이 마시면 마실수
록 점점 더 기분이 나빠졌다. 아무튼 사야는 마음에 안 드
는 것이다. 이 테이블의 주인공 자리를 빼앗긴 것이. 그것
도 너무나 우아하게 빼앗겨버려서, 아마 강한 질투를 느끼
고 있는 듯했다.

술이 거나하게 들어간 사야는 점점 혀가 잘 돌지 않는
발음으로 테이블에 한쪽 팔꿈치를 올린 채, 평소의 그 '독'
을 중얼중얼 뱉어내기 시작했다. 그래도 교카 씨는 사야가
나쁜 사람으로 보이지 않도록 옆에서 멋지게 지원 사격을
해주었다. 그런 능력이 없는 나는 옆에서 혼자 안절부절못
하며, 다른 사람 대화를 듣고 공허한 웃음을 지을 뿐이었다.

더 이상 사야가 술을 마시게 했다간 뒷수습을 할 수 없
다ㅡ.

그렇게 확신한 나는 사야의 오른쪽 등을 툭툭 두드리면서 말했다.

"사야, 너무 많이 마신 거 아냐? 그러다 내일 숙취 때문에 고생해."

그러자 사야는 살짝 심술궂은 표정을 지으며 나를 바라보았다.

"에밀리는 착하네."

"응?"

"근데 난 괜찮아. 그런 것보다 네 걱정이나 하는 게 어때?"

"내 걱정?"

나는 고개를 갸웃했다.

"그래. 겨우 이런 시골까지 도망쳐왔잖아."

순간 자리 분위기가 얼어붙었다.

곧장 그런 분위기를 되돌리려고 해준 사람도 교카 씨였다.

"시골 하니까 생각나는데, 얼마 전 저기 국도에 사슴이 갑자기 튀어나와서 농가의 경차랑 부딪쳤대요. 근데 사슴이 아니라 차가 더 크게 파손됐더라고요."

"사슴은 어떻게 됐는데?" 하고 묻는 나오토 씨.

"그냥 넘어졌을 뿐, 바로 일어나서 산으로 도망쳤대. 야생 동물은 생명력이 굉장한 것 같지 않아?"

교카 씨는 진심으로 대단하다는 듯이 그렇게 말했다.

"아, 그리고 이 근처 물가 해변에는 원숭이가 자주 나와요."

신페이 씨가 그렇게 말하자, "아, 나도 봤어. 그 녀석들은 무리를 지어 행동해서 그런지 진짜 무섭더라." 하고 나오토 씨가 계속해서 말을 이었다.

"뭐야, 나오토. 빅 웨이브는 안 무서워하면서, 겨우 원숭이한테 쫄면 안 되지. 내가 원숭이 무리를 발견하면 암컷 원숭이들을 바나나로 유혹해 하렘을 만들어 단숨에 보스가 되어주겠어."

"야, 암컷 원숭이한테도 작업을 걸려고?"

"당연하지. 이 세상의 암컷이란 암컷은 모두 나의 스위트 허니이니까."

신페이 씨가 그 어색한 윙크를 날려서 나는 무심코 키득거리며 웃었다.

"신페이 씨, 인간 암컷에게는 바나나 대신 뭘 줄 생각이세요?"

내가 시시껄렁한 농담을 받아주었다.

그러자 교카 씨가 신페이 씨 대신에 대답했다.

"아마, 생선이 아닐까 해요."

그러자 나오토 씨가 바로 "나도 그렇게 생각해." 하고 무릎을 쳤다. 신페이 씨는 웃으면서 "아까워라! 생선은 생선이라도 미녀한테는 살이 통통하게 오른 고급 생선을 줄 거야." 하고 대답하며 모두의 웃음을 유발했다.

겨우 미묘했던 분위기가 다시 정상으로 돌아왔다고 생각하며 방심했을 때, 또 사야가 입을 열었다.

"하아, 에밀리. 역시 바보 같은 우리는 못 이겨. 방금 그 화술이라든가, 너무 완벽하잖아!"

"응……?"

"역시 교카 씨는 여자로서 백점 만점이야!"

사야는 테이블에 턱을 괴고 못해먹겠다는 듯 입술을 삐죽였다.

"야- 무슨 소리야, 사야. 너무 많이 마셨나보다."

나는 사야의 등을 쓰다듬으면서 힐끔 교카 씨 쪽을 쳐다보았다. 교카 씨는 살짝 눈썹을 모으고 있긴 했지만, 입술은 여전히 U자를 그리고 있었다.

사야는 혀가 꼬인 목소리로 계속 말했다.

"에밀리~ 이쪽 사람들한테 벌써 말했어?"

"응……? 뭘?"

그렇게 물으면서도 나는 식은땀을 흘렸다.

"뭐냐니. 상사랑 불륜 저질렀다가 헤어졌는데, 그걸 직장에 들켜서 우울증이 온 탓에 여기로 도망쳤 – ."

"헤이헤이, 사야 씨."

신페이 씨가 웬일로 타이르는 목소리로 사야의 말을 끊었다. 하지만 취한 사야에게는 아무런 소용이 없었다.

"근데 진짜잖아. 에밀리, 그치?"

나는 꿀꺽 침을 삼켰다. 뭔가 대답을 해야 하는데 – , 그렇게 생각을 했지만 기관지 안쪽을 누군가가 큰 손으로 꽉 쥐고 있는 것 같아서 말을 할 수가 없었다.

"에밀리 있잖아요, 상사한테 버림받고 체중이 10킬로그램이나 줄었어요. 옛날에는 조금 더 통통해서 귀여웠는데."

미소를 짓고 있긴 했지만 무서운 사야의 시선이 내 눈을 꿰뚫었다.

독 – .

나는 강력한 독에 맞아 온몸이 경직되었다.

지금까지 관성으로 사야의 등을 쓰다듬고 있던 손도 어느새 멈추고, 스스로도 확실히 알 수 있을 만큼 내 얼굴이 뻣뻣하게 굳었다. 몸은 경직되었는데 심장은 마구 날뛰며 늑골 안쪽을 격렬하게 때렸다. 귀 안쪽까지 쿵, 쿵 하는 심장 소리가 울렸다.

잊었던 기억이 뇌 안에서 다시 번쩍번쩍 떠오르기 시작했다.

"앗, 저어, 에밀리 씨 –."

신페이 씨가 뭔가 말을 하려다가 말았다. 역시 이건 어떻게 수습을 해야 할지 감이 안 잡히는 듯했다.

나는 자리에서 일어섰다. 그리고 간신히 말을 꺼냈다.

"저어, 조금……. 아하하, 오늘은, 몸이 좀, 그래서……, 저, 먼저, 실례하겠습니다……."

슬플 정도로 목소리가 떨렸다. 꼭 자신의 목소리가 아닌 것 같았다.

나는 "그럼, 먼저 실례합니다." 하고 말을 하고 발걸음을 돌려 가게 현관 쪽으로 걷기 시작했다.

"앗, 에밀리 씨."

"에밀리 씨."

누군가가 내 이름을 부른 것 같은 느낌이 들었지만, 나는 그 목소리를 단단한 등으로 튕겨낸 뒤, 가게 현관 미닫이문을 열고 밖으로 나갔다.

화악 하고 미지근한 여름 밤공기가 몸을 감쌌다.

나는 곧장 빠른 걸음으로 주택가 골목으로 들어갔다. 조금 두통이 났다. 뇌 안이 곪아 열을 내는 것처럼 아주 불쾌한 두통이었다. 심장 근처도 숨이 막힐 듯 아팠다.

나는 자신이 지금 슬픈 건지, 한심한 건지, 분한 건지, 화가 나는 건지, 그런 것조차 모른 채, 그냥 계속 밤길을 걸었다.

계속 밤길을 걷는 것에만 집중하려고 했다.

시골의 어두운 주택가 골목을 찰딱찰딱 가벼운 소리를 내면서.

골목이 어두운 탓에 밤하늘 위로 무수히 많은 별이 보였다.

이런 때에도 별은 이렇게나 아름답구나 –.

그런 생각을 하며 숨을 들이쉰 순간, 갑자기 별들이 화악 뿌옇게 변했다.

아, 이제 안 보이네 –.

양쪽 뺨이 간지러워졌다. 오른손으로 닦았더니, 검지의 뿌리 부근이 젖었다. 나는 그걸 티셔츠 옷자락에 닦았다.

나는 걸었다.

찰딱찰딱, 찰딱찰딱.

꽉 눈을 감아 물방울이 흐른 순간에만 밤하늘이 다시 선명하게 보였다. 하지만 또 금방 부예지더니 보이지 않았다.

찰딱찰딱, 찰딱찰딱.

계속, 계속, 나는 걸었다.

파도소리 안에 몸을 담그고 싶다 -.

그렇게 생각하며 걸음을 재촉했다.

값싼 비치 샌들 소리를 듣고 있었더니, 지금까지의 싸구려 인생이 뇌리에 되살아났다.

이제는 정말 어떻게 되든 몰라. 그냥 될 대로 되라.

이제 곧 주택가가 끝나고 해변도로가 나온다.

멀리서 파도소리가 들렸다.

찰딱찰딱, 찰딱찰딱.

이제 조금만 더 가면 된다.

찰딱찰딱, 찰딱찰딱.

찰딱, 찰딱, 찰딱, 찰딱 -.

그런데 내 값싼 발소리에 또 하나의 값싸고 가벼운 발소리가 겹쳐졌다.

그리고 내가 뒤를 돌아보려는 것과 거의 동시에 바로 뒤에서 목소리가 들렸다.

"겨우 다 따라잡았네."

찰딱찰딱, 찰딱찰딱.

찰딱찰딱, 찰딱찰딱.

두 개의 값싼 발소리가 깨끗하게 하나로 겹쳐졌다.

내 왼쪽에서 걷고 있는 사람은 숨이 차오른 신페이 씨였다.

"에밀리 씨, 걸음 참 빠르네. 내가 취해서 좀처럼 따라잡지 못했어요."

나는 조금 당황해 젖은 얼굴을 손등으로 닦았다.

하지만 부드러운 파도소리가 마치 이상한 전원 버튼이 된 것처럼, 물방울이 주르륵 뺨을 타고 흘렀다. 어쩔 수 없이 나는 고개를 숙이고 계속 걸었다.

"저어, 에밀리 씨. 잠깐 나랑 밤 산책 안 할래요? 항구 끝에 에밀리 씨한테 보여주고 싶은 비밀 장소가 있거든요."

"……."

나는 코를 홀쩍이기만 할 뿐 대답을 못했다.

"네? 진짜 좋은 곳이에요. 앗, 물론 이상한 짓 하려는 건 절대 아니에요. 지, 진짜로. 맹세할게요. 그런 짓을 했다간 나오토한테 아마 얻어맞아 죽을 겁니다. 크으, 그 자식, 중학교 1학년 때까지는 키도 작고 호리호리해서 나보다 싸움도 약했는데, 중학교 2학년 때부터 갑자기 키가 크더니

274

단번에 날 역전하더라고요. 게다가 그 녀석은 서핑으로 몸을 단련해서 힘도 엄청 세졌어요. 얄밉죠, 그 자식?"

신페이 씨는 밝은 목소리로 마구 말을 하면서 내 옆에서 나란히 걸었다.

주택가 골목에서 해변도로로 접어들었다.

그러자 시야가 확 트였다.

눈앞에 펼쳐진 새카만 바다에서 뜨뜻미지근한 밤바람이 불어와 내가 입고 있는 티셔츠 옷자락을 나부끼게 했다.

"사실 나요, 가끔 나오토랑 서핑을 하는데, 이상하게 전혀 실력이 안 늘어요. 아, 혹시나 해서 말하는데 운동 신경 자체는 나쁘지 않아요. 근데 서핑만은 나오토가 잘한단 말이죠. 정열적이라서 그런가. 아무리 큰 파도가 와도 무서워하지 않아요, 그 녀석은. 그 자식이랑 처음 만난 건 유치원에 들어갔을 때인데, 당시에 나는 여자애들 스커트를 들치기만 하는 놈이고, 녀석은 그걸 막으려는 정의의 사도였어요. 그래서 엄청 싸웠죠. 근데 싸우면 항상 내가 이겼어요. 하지만 마지막에는 항상 나오토가 유치원 선생님에게 칭찬을 받고 나는 혼나면서 일이 마무리됐죠. 게다가 진짜 짜증나는 게, 당시에 내가 좋아하는 히메카라는 여자애가 있었는데, 걔가 하필이면 나오토를 좋아하더라고요. 하지만 난 지기 싫어하는 성격이라, 밸런타인데이 아침에 유치원에 제일 먼저 등교해서, 히메카가 오자마자 붙잡고 초콜릿을 얼른 달라고 했죠. 그랬더니 히메카가 뭐라고 했는 줄 알아요?"

"……."

"밸런타인데이는 내일이야ㅡ 라지 뭡니까. 진짜 얼마나 창피했는지."

항구 쪽으로 걸으면서 신페이 씨는 자신과 나오토 씨에 관한 웃긴 얘기를, 오래된 순서대로 하나씩 이야기해주었다. 그 녀석은 치사하다, 비겁하다, 용서 못하겠죠? 그런 이야기를 하면서도 결국엔 나오토 씨를 칭찬하는 말만 했다. 웃음의 소재는 모두 자신이 실패한 이야기뿐이었다.

나는 계속 아무 말도 안 하기가 미안해서, 맞장구를 치거나 대답 정도는 하려고 노력했다. 그러는 사이에 조금씩 심박수도 호흡도 안정되어갔다.

이윽고 할아버지 집이 있는 다쓰우라 항구가 바로 앞으로 다가왔다.

"저어, 에밀리 씨. 아직 할 말이 더 있는데 조금 더 이야기하고 가죠. 진짜 비밀 장소를 가르쳐줄 테니까."

신페이 씨는 내 팔꿈치 근처를 살짝 잡더니, 항구 쪽으로 떨어지지 않도록 살짝 옆으로 끌어당겼다. 나는 그 약한 힘조차 저항하는 것이 귀찮아서 신페이 씨가 이끄는 대로 계속 걸었다.

신페이 씨가 비밀 장소라고 한 곳은, 해변에 오도카니 조성된 작은 공원이었다.

낡은 전봇대의 불빛이 딱 하나. 공원 안은 상당히 어두웠지만, 낡은 공원이라는 사실은 바로 알 수 있었다. 땅에는 이곳저곳에 잡초가 나 있었는데, 잘 보니 모래밭에도 잡초가 나 있었다.

놀이기구는 그네가 두 개 있을 뿐이었다.

"어때요? 여기 좋죠?"

신페이 씨가 바다를 바라보면서 말했다.

"네, 근사해요……." 나는 순순히 고개를 끄덕인 뒤, 솔직한 감상을 말했다. "어둡고 좀 무섭지만요."

"응? 어두우니까 야경이 더 잘 보여서 좋은 거잖아요?"

확실히 신페이 씨의 말대로였다. 검은 바다 저편 물가에 반짝이는 도시의 불빛이 아주 잘 보였다.

"저쪽 야경은 어디 근처죠?"

"으음, 저쪽은 가와사키, 요코하마, 그리고 저쪽이 미우라 반도예요."

이렇게 가깝구나─. 그렇게 생각한 뒤, 나는 한숨을 내
쉬었다. 다쓰우라까지 도망쳐올 때는 굉장히 기차를 오래
탄 것 같았는데, 이렇게 바다 너머를 바라보니 도시의 불
빛은 생각보다 훨씬 가까이에서 반짝였다.

싸아아, 싸아아아.

싸아아, 싸아아아.

검은 바다에서 파도소리가 이쪽으로 다가와 내 발밑을
씻어주었다.

"우리 같이 그네 타죠?"

그렇게 재촉을 받은 나는 신페이 씨와 같이 나란히 그
네에 걸터앉았다. 엉덩이를 올린 그네의 나무판자가 차가
워서 굉장히 시원했다.

그네에 앉으니 바다와 야경이 딱 정면으로 내려다보였
다.

"신페이 씨."

"응?"

"이곳에 자주 오세요?"

"가끔요. 얼마 전까지는 혼자서 자주 왔지만요."

"혼자서?"

"네, 혼자서."

신페이 씨가 어쩐 일인지 큭큭 하고 웃더니, 그네를 흔들기 시작했다.

나도 살짝 그네를 흔들었다.

끼익, 끼익.

끼익, 끼익.

어두운 공원에 서글프고 힘없는 소리가 울려퍼졌다.

"에밀리 씨. 내 꿈이 뭔지 가르쳐줄까요?"

"네? 꿈?"

"네. 듣고 싶어요?"

내가 고개를 끄덕이자, 신페이 씨는 작게 '후우' 하고 숨을 내쉰 뒤, 말을 시작했다.

"사실 내 꿈은 이혼을 하는 거예요."

"……."

나는 그 말의 의미가 뭔지 몰라서, 아무 대답도 할 수 없었다.

끼익, 끼익.

작게 흔들리는 그네 위에서, 나는 옆에서 그네를 흔드는 남자의 얼굴을 살짝 바라보았다. 하지만 공원의 가로등이 비추는 곳은 신페이 씨 등쪽이었던 데다, 신페이 씨와 내가 그네를 흔드는 리듬이 미묘하게 어긋나 있어서 그 표정을 확실하게 볼 수는 없었다.

"난 이래 봬도 애 딸린 유부남입니다."

"네……?"

"예전에, 도시에 사는 여자랑 장거리 연애를 했는데, 그만 애가 생겼지 뭡니까. 그래서 책임을 지고 결혼을 했죠ㅡ. 그리고 다음 해에 여자아이가 태어난 것까지는 좋았는데, 1년이 더 지났을 때, 아내가 친정으로 도망을 갔어요. 아기까지 데리고. 난 어부라서 엄청 아침 일찍부터 나가 집에 있는 시간이 거의 없었고, 아내는 시골 생활을 죽을 만큼 따분해했죠. 한마디로 시골에 적응을 못해서 우울증이 온 거예요."

"……"

"아무튼 그래서, 난 지금 이혼 협의 중입니다. 아하하, 조금 의외죠?"

신페이 씨도 공허하게 웃으며 이쪽을 바라보았다.

신페이 씨 입은 평소처럼 웃고 있었지만, 어딘가 모르게 쓸쓸함이 주변을 감싸고 있는 것 같은 느낌이 들었다.

"진짜…… 의외네요."

"그야 그렇겠죠. 아무튼 그래서 나는 얼른 이혼을 하고,

될 수 있으면 딸의 친권도 넘겨받아서 느긋하게 살고 싶어요. 그게 지금 내 꿈입니다. 참 나, 생각하면 할수록 정말 바보군요."

그렇게까지 말을 한 뒤, 신페이 씨는 웬일로 한숨을 내쉬었다. 나는 위로하는 말을 한마디 해주기는커녕, 무심코 같이 한숨을 쉬고 말았다. 그러자 신페이 씨가 웃음을 터뜨렸다.

"굳이 에밀리 씨가 한숨을 쉴 건 없잖습니까?!"

"아…… 그러네요. 죄, 죄송해요."

"아내가 도망갔을 때, 난 태어나서 처음으로 정말 풀이 죽었습니다." 신페이 씨는 이야기를 계속 이어나갔지만, 심각한 내용인데도 조금 전보다 목소리가 밝아졌다. "그때 혼자서 공원에 자주 왔었죠. 언제 와도 아무도 없으니까, 그네를 타면서 운 적도 있어요. 근데 그때 문득 생각했죠. 과거의 실패에서 배우지 않는 사람은 바보지만, 과거의 실패에 주박처럼 묶인 채 살아가는 사람은 더 바보다. 그럼 인생이 아깝잖아요?"

"아까워요?"

"네. 살아 있으면 누구에게나 나쁜 일도 일어나는 법인데, 그렇다고 계속 우울하게 살 필요는 없단 말이죠."

"네…… . 하지만 나쁜 일이 일어났는데 기분 좋게 살고, 그게 가능한가요?"

납득하기 어려운 말이어서 그런지, 그렇게 물을 때 나도 모르게 살짝 도발적인 말투가 된 것 같았다.

"그게 말이죠, 실제로 가능합니다."

"네? 말도 안 돼…… ."

"아하하, 말이 안 되긴요. 사람은 말이죠, 두 가지를 한 번에 생각할 수 없는 동물이랍니다. 그러니까 나는 이 그네를 흔들고 있을 때만큼은 될 수 있는 한, 요즘 있었던 '작지만 좋았던 일'을 떠올리고, 그때의 감정을 새삼 꼼꼼하게 되씹어보기로 했습니다. 행복을 맛보고 있을 때는 불쾌한 생각이 떠오르지 않으니까, 나쁜 일도 잊을 수 있는 거죠."

"근데 그네에서 내리면 또 풀이 죽잖아요?"

"음, 처음엔 그랬어요. 근데 작지만 좋은 일을 떠올리고 기분이 좋아지는 그런 행동이 습관처럼 몸에 익으니까, 정신이 개운해진다고 해야 하나?"

"개운해진다…… ."

"네. 불쾌한 일이 좀 있으면 어떻습니까. 그런 건 그냥 평범한 거잖아요? 한 걸음 더 나아가 생각해보면, 풀이 죽으면 또 어떻습니까. 울어도 좋아요. 하지만 우리에게는 분

명히 좋은 일도 일어난다. 그렇게 생각하기 시작했다고 해
야 하나? 힘들 땐 우리 주변의 작은 행복을 바라보며 좋은
기분을 맛보면 되는 겁니다."

"……"

"응? 어라? 내가 너무 단순한가?"

신페이 씨가 하하하 하고 웃었다.

"그렇지, 않아요."

끼익, 끼익.

자연히 그네 두 개의 삐걱거리는 소리가 조금씩 작아
졌다.

이윽고 신페이 씨가 땅에 다리를 대고 그네를 멈췄다.

나도 멈췄다.

"에밀리 씨, 콧노래 불러봐요."

"네?"

"힘들 때도 콧노래를 부르면, 세계는 변하지 않을지 몰
라도 기분은 바꿀 수 있거든요."

그렇게 말하면서 신페이 씨가 어색하게 윙크를 날렸다.

나는 살짝 웃었다.

"멋진 대사네요."

"혹시 나한테 반했어요?"

싸아아, 싸아아아.

싸아아, 싸아아아.

파도소리가 조금 전보다 조금 부드러워진 것처럼 느껴졌다.

검은 바다 너머의 점점이 이어진 도시 불빛도 조금 따뜻하게 느껴졌다.

"반했다고 - 생각해요?"

"네. 반했을 거라 생각합니다."

나는 웃음을 터뜨렸다.

"전혀 아니에요."

"으아아악~ 진짜로? 그렇게 멋진 말을 했는데?"

"왜냐하면 그 대사, 들어본 적이 있거든요."

"으……, 혹시 에밀리 씨, 그거 읽었어요?"

"읽었죠. 뎃페이 씨의 책. 완전히 똑같은 말이 적혀 있었어요."

"으아, 들켰구나."

"완벽하게 들켰어요."

"젠장."

"하지만……."

"응?"

"조금 기뻤어요."

신페이 씨가 이쪽을 바라보았다. 나는 반대로 낯간지러워져서, 시선을 돌려 도시 야경을 바라보았다. 그리고 진심을 담아 말했다.

"감사합니다."

신페이 씨도 웬일로 쑥스러운 듯, '에헤헤' 하고 웃었다.

"저어, 신페이 씨."

나는 계속 앞을 바라본 채 말했다.

"음?"

"이번엔 제 꿈을 들어주실래요?"

"오우, 물론이죠. 얼마든지."

"제 꿈은, 음 – ." 뭐라고 말할까? 조금 고민을 한 뒤 말을 계속했다. "기억상실에 걸리는 거려나?"

그렇게 말을 해놓고, 나는 키득거리며 웃었다. 신페이 씨도 내 웃음에 이끌리듯이 "그게 뭡니까?"라고 말하며 웃었다.

"전부 다 잊어버렸으면 하거든요."

그리고 나는 다시 그네를 작게 흔들었다.

끼익, 끼익.

이 애절할 정도로 삐걱거리는 리듬은 신기하게도 나의 새카만 과거를 가슴 안쪽에서 밖으로 밀어내주는 것 같았다.

"저는 직장 상사랑 불륜을 저질렀어요-."

신페이 씨도 아무 말 없이 그네를 흔들었다.

우연일까. 이번에는 두 사람의 타이밍이 딱 맞게 그네
가 앞뒤로 흔들렸다.

야마세 겐지(山瀬健二) -.

그 이름을 생각하는 것만으로도, 솔직히 말하면 아직도
가슴이 삐걱거리며 아파왔다. 나이는 마흔다섯. 나보다 스
무 살이나 나이가 많지만, 늘씬하고 키가 큰 사람이었다.
처음에는 직장 레스토랑에서 만났다. 그 사람의 신분은 이
사였고, 간토(関東) 지구의 치프 매니저를 겸임하고 있었
다. 내가 근무하던 가게를 포함해 열 개 점포를 통괄하는
지위에 군림하는 사람이었다.

일주일에 한 번인가 두 번 정도 가게에 얼굴을 내밀던
야마세 씨는 그날 밤, 내가 일하는 모습이 마음에 든다며
남몰래 일이 끝나고 나를 식사에 초대했다. 그리고 그때를
계기로 우리는 서서히 친해졌고, 어느새 연인 관계로 발전
했다.

야마세 씨가 처음으로 나에게 연애 감정을 드러냈을

때, 그는 아주 달콤한 목소리로 이렇게 속삭였다.

"나와 에밀리는 각자 입장이 있으니까, 당분간은 직장에 비밀로 하고 사귀자."

연상의 멋진 남자와 로맨틱한 연애를 한다고 잔뜩 들떠 있던 바보 같은 나는 그게 아주 당연하다고 생각했기 때문에, 미소를 지으며 "응." 하고 대답했다.

사귀기 시작한 뒤로 얼마 동안, 나는 행복의 절정을 맛보았다. 하지만 반년 정도가 지났을 때부터 그의 사소한 행동에 의문을 가지게 되었다. 모처럼 휴일 전에 데이트를 해도 밤이 되기 전에 돌아가려 했고, 일이 끝나고 데이트를 하다 조금만 늦어져도 누군가에게 계속 메시지를 보냈다. 게다가 자신의 집에는 절대 나를 초대하지 않았고, 심지어는 가장 가까운 역에도 접근하지 못하게 했다. 어딘가 모르게 불길한 느낌이 들어 가슴이 술렁였던 나는 일하는 중에 시치미를 떼며 직장 선배였던 하루나 씨에게 물었다.

"다음 주 밸런타인데이 때, 초콜릿, 가게 남자분들한테 다 줄 건가요?"

"음~ 일단은 줄 건데, 될 수 있는 한 싼 걸로 고를 거야."

그렇게 대답하며 하루나 씨는 장난스럽게 웃었다.

"아~ 그럼 저도 그렇게 할게요. 그런데 어제 가게에 오신 치프 매니저 야마세 씨한테도 주실 건가요?"

"야마세 씨한테는 작년에 안 줬던 것 같은데……."

"그 사람, 결혼했었나요?"

그러자 하루나 씨는 웃으면서 대답했다.

"응? 물론이지. 에밀리, 몰랐어?"

"네……."

"꽤 오래전이긴 한데, 가족이 다 같이 와서 디너를 드시고 가신 적도 있잖아."

처음 들은 말이었다. 우연히 내가 없을 때 왔던 걸까? 아니면 내가 이곳에서 일하기 전의 일?

얼어붙은 마음이 얼굴에 드러나지 않도록, 나는 필사적으로 표정을 가다듬었다.

"저어, 그거, 전 몰랐어요."

"첫째 딸이 지금 벌써 대학생인가 그럴걸?"

"아주 큰 따님이 계시군요……."

"분명히 학생 시절부터 사귀던 여자 친구랑 일찍 결혼했다고 들었는데. 앗, 혹시나 해서 에밀리한테 말해두는데, 그 치프, 굉장한 바람둥이라는 소문이니까, 조심해. 신사적이라도 무심코 속아 넘어가면 안 된다?"

하루나 씨는 농담처럼 그렇게 말했지만, 나는 뻣뻣한

미소를 지으며 고개를 끄덕이는 게 고작이었다.

야마세 씨가, 유부남 –.

그 사실을 알게 된 나는 다음 날, 일도 안 나가고 침대에 누워 눈이 퉁퉁 불 정도로 울었다. 그러자 저녁이 되어 휴대전화가 울렸다. 액정 화면에는 '야마세 겐지'라고 표시되어 있었다. 나는 떨리는 손으로 휴대전화를 집어들었다. 그리고 머뭇거리며 통화 버튼을 눌렀다.

"아, 여보세요? 에밀리?"

그는 평소와 똑같은 목소리로 말했다. 내가 회사에 결근했다는 사실을 알고 걱정이 되어 전화를 했다고 했다. "몸이 안 좋다고? 괜찮아?" 평소와 똑같이 그의 목소리는 아주 달콤했다.

"나, 하나도 안 괜찮아……."

그렇게 말을 한 뒤, 나는 내가 알게 된 사실을 그대로 전달했다. 그런데 그 사람은 당황하기는커녕 오히려 전화 너머에서 아주 여유롭게 웃었다.

"아, 그랬어? 그럼 사실을 말해줘야겠는걸? 사실 나, 이제 곧 이혼할 예정이야. 그래서 에밀리한테는 비밀로 해두고 싶었어. 난 에밀리가 감수성이 풍부한 사람이라는 걸 잘 아니까, 혹시나 상처받을까봐서……. 그래서 도저히 말을 꺼낼 수 없었어. 아, 근데, 내가 거짓말을 했다는 사실엔 변함이 없구나. 이제 조금만 더 기다리면 아내랑 이혼할 수 있으니까, 그때까지 조금만 기다려줬으면 해. 에밀리, 알았지?"

그 사람은 달콤한 말을 많이, 많이 속삭여주었다.

그리고 나는 똑똑하고 요령이 좋은 고양이가 아니라, 단순하고 바보처럼 솔직한 개 같은 반응을 보였다. 그의 다정한 말에 귀를 기울였더니, 점점 마음이 애절해지고, 그가 사랑스럽게 느껴졌다. 그리고 지금까지 그와 쌓아온 추억을 회상하는 사이에 그 사람을 진심으로 믿어주고 싶어진 나는, 한껏 눈물을 흘린 끝에, 결국 그의 말을 그대로 다 믿어버렸다. 그 뒤에도 나는 그 사람이 유부남이라는 걸 알면서도, 계속해서 한 달, 반년, 1년, 그렇게 타성에 젖어 계속 교제를 이어나갔다.

지금 생각해보면 –, 그 사람은 아마 유부남이라는 사실을 들켜서 오히려 홀가분했을 게 틀림없었다. 왜냐하면 나에게 숨길 필요가 없어진 데다, 내가 고분고분해졌기 때문이다. 예를 들어 그 사람이 "주말엔 가족이랑 약속이 있어. 미안해."라고 한마디 하면, 나는 꾹 참고 데이트를 포기했다. 그럼에도 내가 무심코 이혼이 어떻게 되어가냐고 물어

보면, 그 사람은 노골적으로 기분 나쁜 표정을 지었다. 그럴 때면 나는 그만, "농담이야. 난 계속 기다릴 거니까 괜찮아." 하고 스스로가 스스로를 속이는 말을 계속 이어나갔다. 자칫 떼를 썼다가, 그다음 순간, 쓰레기처럼 버림을 받는 게 아닐까-. 그런 마음속 깊은 곳의 공포가 나를 지배했다.

나는 나라는 인간에게 자신이 없었다. 왜냐하면 그 사람은 똑똑하고, 직위도 높고, 긍정적이고, 경제적으로 풍족하고, 인생 경험도 많고, 겉보기에도 멋지고, 다른 이성에게도 인기가 많았기 때문이다. 게다가 여차하면 되돌아갈 가정도 있었다. 나는 무엇 하나 승산이 없었다. 이렇게 대단한 사람이 나와 사귀어주는 것만으로도 고마운 일이니까, 일단 하자는 대로 하자. 이혼도 분명히 금방 해줄 거다. 믿고 있으면 틀림없이 다 잘될 거야. 항상 그렇게 생각했다. 아니, 그렇게 생각하지 않으면 불안과 중압감으로 마음이 무너져버릴 것 같았다.

나는 혼자 있을 때의 불안과 그 사람과 함께 있을 때의 달콤함 사이에서 계속 흔들리는 가운데, 애매한 상태로 질질 시간을 끌며 하루하루를 보냈다.

그리고 어느 날 밤-.

영업 중이었던 레스토랑에 품위 넘치는 중년 여성이 홀쩍 나타났다. 여자분 혼자 오는 경우는 참 드문 일이라고 생각하면서, 나는 손님을 맞기 위해 예약 유무를 확인했다. 하지만 그 여자는 아무 말도 않은 채, 이쪽의 가슴 부근을 응시했다. 그 시선이 내 명찰에 고정되어 있다는 사실을 깨달은 순간─.

철썩!

아주 큰 소리가 가게 안에 울려퍼졌다.

그와 동시에 내 왼쪽 뺨에 날카로운 통증이 퍼져나갔다. 귀 안쪽에서 띠잉~ 하는 귀울림이 들렸다.

어……?

지금 뺨을 맞은 건가?

겨우 그 사실을 깨달은 나는 아픈 뺨을 손으로 누르면서 새삼 여자 쪽을 바라보았다.

여자는 가만히 서서 험악한 표정을 지은 채, 어깨로 숨을 쉬며 몸집이 작은 나를 위에서 아래로 쏘아보았다.

이 소동을 보고 가게 안은 술렁이기 시작했다.

"저, 저어……."

무언가 말을 하려고 내가 입을 열었을 때, 그 여자는 드라마에서밖에 들어본 적이 없는 대사를 내뱉었다.

"도둑고양이 같으니라고. 죽지 않은 걸 다행으로 알아!"

그리고 빙글 몸을 돌려 성큼성큼 가게 밖으로 나갔다.

늘씬한 뒷모습을 멍하니 바라보던 나는 여성이 보이지 않게 되었을 때야 비로소 현실을 깨달았다.

아, 방금 그 사람이 야마세 씨 아내구나.

하지만, 아냐.

도둑고양이라니. 난 개인걸 —.

"앗, 에밀리. 괜찮아?"

선배 하루나 씨가 다가와 어깨를 안아주었다. 나는 마치 등뼈의 힘이 쭉 빠진 것처럼 비틀거렸다. 하루나 씨는 내 어깨를 안은 채, 아무도 없는 가게의 백야드로 나를 데리고 가주었다. 그리고 나는 결국 그 사람과의 관계를 실토하고 말았다.

중얼거리며 힘없이 비밀을 토로한 나에게 하루나 씨는 "참, 그러니까 내가 조심하라고 했잖아." 하고 말하며 한숨을 내쉬었다.

"에밀리, 가게 안 종업원 중 몇 명은 방금 그 사람이 치프의 사모님이라는 걸 알고 있는 눈치였어."

즉, 숨길 수는 없다는 말이었다. 소문이 퍼지는 것은 시간 문제였다.

"죄송해요……."

"응. 아무튼, 오늘은 이만 돌아가. 내일은, 쉬는 날이었지?"

"네……."

나는 하루나 씨 말대로 조퇴했다.

집으로 돌아간 뒤에도 그 사람의 부인이 때린 뺨은 새빨갰고, 계속 얼얼했다. 테이블 위에 휴대전화를 올려두었지만, 그날도, 그다음 날도, 그 사람에게서는 연락이 오지 않았다.

나는 바보 같은 머리로 나름 고민에 고민을 거듭했다. 앞으로 그 사람과의 관계를 어떻게 해야 할 것인가. 계속 생각했다. 그 결과, 나는 내 마음에 솔직하게 따르기로 했다. 지금까지 그가 수없이 속삭여주었던 달콤한 말을 믿어보기로 한 것이다. 지금은 부인의 감시 때문에 쉽게 연락을 할 수 없을 뿐일지도 모른다. 하지만 이혼만 하면, 그 사람은 분명 나에게 돌아와줄 것이다. 그래, 틀림없다. 그렇게 믿고 싶었다. 나는 무모하든 말든, 아무튼 간에 그 사람을 믿기로 했다.

그 뒤로 나는 구석구석까지 소문이 퍼진 직장에서 두 달이나 계속 일했다. 동료들의 냉담한 시선은 내 마음을 갈기갈기 찢어 피가 나게 했지만, 점차 그 통증은 마비되어갔다. 그러는 사이에 그 사람이 몇 번인가 레스토랑 점포를 찾아왔지만, 그는 나를 마치 없는 사람처럼 취급했다. 그 사람은 나와 시선조차 맞추지 않은 채, 교묘하게 일만 하고 얼른 돌아가버렸다.

그런 그의 모습을 본 동료들은 동시에, 잔뜩 위축되어 있던 나의 일거수일투족을 계속 관찰했다. 그리고 있지도 않은 소문이 꽃을 피웠다. 소문 이야기를 좋아하는 사야는 나에게 계속 질문 공세를 퍼부었지만, 나는 굳게 입을 닫았다.

소문과 호기심 어린 눈을 참으면서 그에게 연락이 오길 계속 기다리던 나날은 딱 2개월 만에 끝나고 말았다.

그날 내 마음은 뚜욱 하는 소리를 내며 부러졌다.

이젠, 무리야ㅡ.

나는 명백하게 우울증에 걸렸다.

음식이 제대로 목을 넘어가지 않았고, 뭘 해도 귀찮았다. 텔레비전의 버라이어티 방송을 봐도 전혀 웃음이 나오지 않았다. 사람과 어울리는 것 자체가 공포였고, 내가 왜 살아 있어야 하는지조차도 의문스러웠다. 솔직히 몇 번이나 자살 충동을 느껴서, 리스트커트라는 놀이를 하며 마음의 어둠을 잊으려 했다.

물론 직장에서는 잘렸다.

나한테도 학생 시절부터 친했던 친구는 있었다. 하지만 돈도 없이 우울증에 걸린 나를 이런 상황이 언제까지 계속될지도 모르는데, 받아달라고, 이것저것 챙겨달라고, 부탁을 하기에는 역시 마음의 부담이 컸다.

이럴 때 보통 사람들이라면 부모님을 의지할 테지만, 나에게 부모님이란 머나먼 존재였다. 내가 열 살 때 이혼을 하고 집을 나간 아빠는 다정하고 온화한 대학 강사였지만, 지금은 홋카이도의 대학에서 근무하면서 새로운 가족을 만들어 행복하게 살고 있다는 모양이었다. 어린 아이가 둘이나 있는데, 아빠가 아이들을 아주 귀여워한다고 엄마가 말을 했었다.

엄마는 자유분방한 사람으로, 나와 오빠를 돌보지 않고 그냥 내팽개쳐놓았다. 게다가 이혼 후에는 하루가 멀다 하고 남자를 바꾸며 집으로 데려오고 헤어지기를 반복했다. 하지만 그런 엄마도 지금은 도시의 베드타운에서 연하의 남자 친구와 같이 살고 있다고 한다. 마치 신혼부부처럼. 그런 집에는 설사 무슨 일이 있어도 가까이 가고 싶지 않았다.

세 살 위인 오빠와는 나름 사이가 좋았다. 어렸을 때부터 함께 고생을 했던 '동지'로서, 서로를 잘 이해해줄 수 있는 관계를 계속 이어왔다. 하지만 지금 오빠는 미국에 산다. 나는 유일하게 의지할 수 있는 육친인 오빠에게 SNS로 연락을 해서, 내가 궁지에 몰렸다는 사실을 알렸다. 그러자 바로 오빠는 인터넷 전화로 연락을 해 이렇게 말했다.

"에밀리, 있잖아, 바다 할아버지한테 한번 가보지?"

"응……?"

바다 할아버지?

오빠의 말을 들었을 때, 나는 순간 누구를 말하는 것인지 이해하지 못했다. 하지만 시간이 지나면서 오래된 기억의 파편이 퍼즐 조각처럼 따로따로 뇌리에 쏟아지기 시작했다.

"그 할아버지라면 너를 어떻게든 해주시지 않을까?"

"바다, 할아버지라……."

"지금은 할아버지도 혼자 사시니까, 분명 쓸쓸하실 거야. 네가 가면 오히려 기뻐해주실걸?"

오빠는 무사태평하게 말했지만, 솔직히 나는 할아버지 얼굴조차 기억나지 않았다.

"그 집 마당에서는 새파란 바다가 내려다보여. 기억나?"

"응. 어렴풋하긴 하지만."

"그곳, 굉장히 좋은 곳이야. 꼭 시간이 멈춰 있는 것 같아서. 바닷바람을 맞으면서 푹 쉬었다 와."

"......."

"뭐하면 내가 할아버지한테 전화해서 부탁해둘까?"

컴퓨터 화면 안의 오빠는 아주 그리운 듯한 표정을 지었다.

그 온화한 얼굴을 보고 있으니, 솔솔 바닷바람이 내 마음속에 불어오는 것 같은 느낌이 들었다.

"아니, 내가 직접 전화해볼게."

"그래? 그럼 전화번호 가르쳐줄게."

나는 오빠에게 할아버지 집 전화번호를 듣고 인터넷 전화를 끊었다. 그리고 일주일 정도 계속 망설이다가, 겨우 마음을 다잡고 머뭇거리며 전화를 걸었다.

15년간 전혀 소식이 없던 손녀의 갑작스러운 전화를 받자, 할아버지도 역시 조금은 당황스러웠던 모양이지만, 내가 대략적인 사정과 궁금한 현 상황을 설명했더니, 깔끔하게 와도 좋다고 허락을 해주었다.

할아버지는 내가 왜 이렇게 됐는지 굳이 물으려 하지 않았다.

그 사실에 나는 정말, 정말 큰 위안을 얻었다.

그리고 나는 혼자 기차를 타고 이 마을로 도망쳐왔다―.

끼익, 끼익.

한밤중. 공원 그네가 나의 검은 과거를 갈아 으깨버리듯이 소리를 냈다.

"아하하, 그래서 에밀리 씨는 나를 만나준 거군요."

"신페이 씨를 만나러 온 건 아니지만 말이죠."

나는 쓴웃음을 지었다.

끼익, 끼익.

두 사람의 그네는 또 똑같이 타이밍을 맞춘 것처럼 흔들렸다.

싸아아, 싸아아아.

싸아아, 싸아아아.

하나도 숨김없이 신페이 씨에게 과거 이야기를 했기 때문인지, 파도소리가 조금 전보다 더 부드럽게 귀를 울렸다.

"그런데 서로 참, 별일이 다 있었네요."

"그러네요……."

"나는 이혼을 하고 싶어 하고, 에밀리 씨는 이혼을 시키고 싶어 했고."

"아하하, 정말이네요."

"음, 그겁니다. 뭐냐, 우리한테는 참 별일이 다 있었지만." 신페이 씨는 다리를 움직여 그네를 흔들면서, 나를 바라보았다. "콧노래는 계속 부르죠."

나는 우후후, 하고 작게 웃었다. 그리고 계속 말했다.

"세계는 바꿀 수 없을지 몰라도."

"기분을 바꿀 수 있는 건 가능합니다!"

"표절이지만요."

"아아, 그건 인정해요. 난 표절꾼입니다."

우리의 큭큭 웃는 소리가 미지근한 바닷바람에 녹아갔다.

"그런데 에밀리 씨, 내일은 어쩔 거죠?"

사야의 가이드를 할 것인가, 그걸 묻는 것이었다.

"으음……."

나는 밤하늘을 올려다보며 생각했다.

무수히 많은 별들이 부서진 유리 파편처럼 반짝반짝 빛을 냈다.

"신페이 씨라면 어떻게 하실 거예요?"

"내가 에밀리 씨였으면? 물론 나랑 데이트를 하죠."

"아하하, 안 해요, 안 해."

"그런가~?! 그렇게 말할 거라고는 생각했습니다."

나는 깔깔 웃었다.

"내일 일정은 취소해버릴까?"

"그래도 되지 않을까요?"

"정말요?"

"네, 취소해버려요. 에밀리 씨 대신에 내가 사야 씨 가이드를 맡을 테니까."

"역시나. 그렇게 말할 줄 알았어요."

"아하하, 들켰나?"

"너무 속이 빤히 들여다보여요."

끼익, 끼익.

그네 소리는 한 번 흔들릴 때마다 여름의 짧은 밤을 마모시켜갔다.

그 뒤로 우리는 머리 위에서 반짝이던 일등성이 등뒤의 산 끄트머리에 닿을 때까지, 시시한 농담을 나누며 계속 웃었다.

그 사이에 밤하늘에서 별이 세 개나 흘러 떨어졌다.

그중 두 개를 나는 신페이 씨와 같이 볼 수 있었다.

제5장

실연 하이 터치:
삼치 마멀레이드 구이

오봉 연휴가 시작되자, 느긋했던 다쓰우라도 어딘가 분위기가 분주해졌다. 관광객 수가 단숨에 늘어난 데다 도시에 나가 있던 친척들이 귀성을 해서, 인구가 1.5배는 불어난 느낌이었다.

　할아버지 집 앞에 있는 항구에서도 이른 아침부터 낯선 낚시꾼들이 드문드문 낚싯대를 바다로 던졌다. 그중에는 물론 뎃페이 씨 모습도 있었다.

　사야와는 그 이자카야에서 있었던 일 이후로 만나지도 않았고, 연락도 하지 않았다. 솔직히 나로서는 사야와 연락을 안 하는 편이 더 낫고, 차라리 이번 일을 계기로 연을 끊어도 상관없다고까지 생각했다. 굳이 만나 원망을 하고 싶지 않으니, 그러는 편이 마음도 더 개운하다.

　단지…… 사야가 이자카야에서 뱉어낸 독은 워낙에 강렬했던 탓에, 이 좁은 시골 마을 구석구석까지 소문이 퍼지고 말았다. 독을 퍼뜨린 사람은 그날 밤 이자카야에 있었던 현지 사람들이었던 게 분명했다.

사람의 소문이라는 독은 워낙에 강렬했고, 게다가 그걸 막아낼 혈청도 없었다. 그런 건 이미 다 경험을 해봤기 때문에 아주 잘 알았다. 하지만 그 소문이 서서히 악의에 찬 내용으로 변해가는 모습을 두 눈으로 똑똑히 확인하니, 내 마음이 다시 검고 우울한 깊은 바다로 끌려 내려가려고 했다.

악의적인 소문의 대부분은 선량한 얼굴을 한 '안면 있는 사람'들을 통해 들을 때가 많았다. 특히 고로를 산책시킬 때나, 혼자서 장을 보러 나갔을 때, 그 사람들이 나에게 말을 걸었다.

"다이조 씨네 사는 에밀리 씨죠? 들었어요."

아직 한 번도 말을 나눈 적이 없는 사람이 흥미롭다는 얼굴로 나를 불러 세웠다. 그리고 있는 얘기 없는 얘기를 멋대로 줄줄이 이야기하더니, "그럼 힘내요." 하고, 의미를 알 수 없는 격려를 남긴 뒤, 무언가를 달성했다는 듯 만족스러운 표정을 지으며 떠나갔다.

내 소문은 할아버지 귀에도 들어간 듯했다. 어차피 나는 할아버지에게 모든 사실을 털어놓았기 때문에 소문이 전해지는 것 자체는 상관없었지만, 그런 말을 전해들을 때의 할아버지가 어떤 심정일까 생각하니, 기분이 자꾸 우울해져갔다.

신페이 씨는 물론 나오토 씨와 교카 씨는 전혀 신경 안 쓴다는 듯이 나를 대해주었다. 하지만 솔직히 말해 나오토 씨와 교카 씨가 내심으로 어떻게 생각할까 싶어, 나는 마음이 무거워졌다. 그래서 '시걸'에 가도, 무심코 슬쩍 두 사람 안색을 살피며 말을 하게 되었다.

나오토 씨가 날 경멸한다면 그야말로 참을 수 없고, 교카 씨에게는 이전에 해변에서 내가 도망친 이유를 말할 기회가 있었는데도 말하지 않았던 일이 있어서 유난히 더 얼굴을 보기가 민망했다.

역시 사야만큼은 못 오게 했어야 했는데ー.

밤마다 이불 안에서 후회를 했지만, 뒤늦은 후회일 뿐이었다. 도시 레스토랑과 마찬가지로 나에게 다쓰우라는 더 이상 도망갈 곳 없는 가시방석으로 변하고 있었다. 나는 대체 언제가 되면 이 소문이라는 독에서 해방될 수 있을까.

◆ ◆ ◆

오봉 연휴 딱 중간 정도 되던 날, 웬일로 어채관에서 일을 하던 할아버지에게서 전화가 왔다.

"안경을 깜빡하고 안 가져왔는데, 미안하지만 점심때 바빠지기 전에 갖다줄 수 있겠냐?"

노안경이 없으면 조리장에서 작은 생선을 손질하거나 뼈를 빼기가 힘들다는 모양인데, 오봉 연휴로 안경을 가지러 올 새가 없이 바쁘니, 나보고 가져다달라는 말이었다.

"응, 알았어. 지금 바로 갈게."

전화를 끊은 뒤 테이블 위에 굴러다니던 할아버지의 노안경을 집어든 나는 모처럼 만에 스니커즈를 신고 밖으로 나갔다.

현기증이 날 정도로 푸른 바다와 하늘 때문에 나는 무심코 눈을 가늘게 떴다.

나는 뜨거운 햇볕이 내리쬐는 길을 빠르게 걸었다. 차는 할아버지가 타고 갔기 때문에 걸어서 갈 수밖에 없었다.

어채관까지는 무려 25분 정도가 걸렸다.

땀으로 티셔츠가 등에 딱 달라붙은 채로, 나는 전망 레스토랑 주방에 얼굴을 내밀고 할아버지를 불렀다.

"미안하다. 많이 더웠지?"

안쪽에서 나온 할아버지는 건네받은 안경을 쓰면서 그렇게 말했다.

"괜찮아. 모처럼 땀을 흘려서 오히려 개운한걸."

"아이스커피를 마시고 좀 쉬어라. 앞으로 한 시간 반 정도 걸리는데, 돌아갈 때는 같이 차를 타고 가자꾸나."

한 시간 반은 너무 긴데……. 그렇게 생각했지만, 또 이렇게 뜨거운 하늘 아래를 걷는 것도 힘들었기 때문에 나는 그냥 기다리기로 했다.

"그럼 난 온욕 시설에서 샤워도 하면서 시간을 때우다가 다시 올게."

그렇게 말을 하고 나는 레스토랑 밖으로 나가, 먼저 같은 부지 내에 있는 선물 가게 안으로 들어갔다. 그리고 그곳에서 갈아입을 옷으로 등쪽에 고래 꼬리 실루엣이 프린트된 흰 티셔츠를 구입한 뒤, 옆에 있는 온욕 시설에 들어가 땀을 씻었다.

개운하게 몸을 씻은 뒤, 나는 다시 전망 레스토랑으로 돌아가, 창문 너머로 바다가 보이는 1인석에 자리를 잡고 앉았다. 나는 그곳에서 멍하니 아이스커피를 마시며 할아버지 일이 끝나기를 기다렸다.

15분 정도가 지났을 때 등뒤에서 "에밀리, 기다리게 해서 미안하다." 하고 말을 거는 목소리가 들렸다.

"아, 수고 많았어."

할아버지는 느릿하게 내 옆자리에 걸터앉았다.

"오늘은 날씨가 참 좋구나. 이렇게 더우니 소나기가 올지도 모르겠다."

"응."

어깨를 나란히 하고 앉아 할아버지와 나는 블루 토파즈색 바다를 바라보았다.

"에밀리, 점심은 먹었고?"

"앗, 아직."

"그럼 먹고 가자. 직원 몫으로 남은 밥이 아직 있다."

할아버지는 주방에서 직원 몫으로 남은 식사 2인분을 들고 왔다. 몇몇 생선회 자투리를 모은 덮밥과 생선, 새우를 넣은 국이었다.

우리는 평소처럼 양손을 맞대고 "잘 먹겠습니다." 인사를 한 뒤, 점심을 먹기 시작했다.

"그 티셔츠는 선물 가게에서 산 거냐?"

"응. 목욕을 하고 갈아입을 옷이 없어서."

"쓸데없이 돈을 쓰게 해서 미안하다."

"아냐. 이 티셔츠, 원래 하나 사고 싶었던 거야."

그렇게 잡담 같은 대화를 하고 있을 때, 문득 우리 등뒤에서 중년 아주머니 두 사람의 대화가 들려왔다. 한쪽은 어디서 들어본 적이 있는 목소리였다.

"에밀리라면, 조금 전에 다이조 씨한테 안경을 전해주러 온 아이지?"

"응, 맞아. 봤어?"

"봤지~. 딱 보기엔 평범한 것 같았는데."

내 소문 이야기였다. 이야기를 하는 사람들은 이 레스토랑에서 파트타임으로 일하는 이 마을의 아주머니들이었다. 갑자기 식욕이 사라진 나는 무심코 젓가락을 움직이던 손을 멈췄다.

"요즘 젊은 여자애들은 겉만 봐선 몰라. 왜, 그 누구냐, 마이코 씨의 딸이잖아? 남자에 죽고 못 사는 성격이었는데, 역시 피는 못 속인다 해야 하나."

"마이코 씨라면 다이조 씨의 외동딸이지?"

"응. 겨우 스물 될까 말까 한 나이에 남자 뒤꽁무니를 쫓아서 집을 나갔다가, 한 반년인가 만에 돌아왔잖아."

"아, 맞아. 그런 말을 들은 적이 있어. 근데 다시 돌아오기만 했지, 결혼을 했던 건 아니지?"

"동거를 했다고 했나? 그런데 차이고 다시 돌아왔다가 금세 또 도시로 나갔잖아. 그때는 결혼을 하고 애까지 낳은 모양인데, 결국 이혼했대."

"어머나. 그리고 그때 낳은 아이가……."

"응. 그 에밀리라는 애였던 거지."

"참 밝히는 모녀야."

"밝히다니, 요즘에도 그런 말을 쓰나?"

아주머니들은 아주 유쾌하다는 듯이 웃었다.

나는 떨리는 오른손으로 젓가락을 살짝 덮밥 그릇 위에 올려두었다.

그런 소릴 듣고 밥이 넘어갈 리가 없었다.

그런데 할아버지는 옆에서 아무것도 안 들린다는 듯이 태연한 얼굴로 계속 밥을 먹었다.

아주머니들의 소문 이야기는 전혀 그칠 줄을 몰랐다.

"아무튼, 모전여전이라는 거 아니겠어?"

"그야 그렇지, 그런 엄마가 키웠으니, 딸도 그렇게 될 수밖에."

"역시 모녀는 닮는 건가?"

나는 양손을 허벅지 위에 올리고 작게 몸을 떨면서 등을 둥글게 굽혔다. 설마 이런 곳에서 엄마의 험담을 듣게 될 줄은 꿈에도 몰랐다. 그것도 할아버지랑 같이 있는데, 할아버지랑 같이 일하는 사람들에게서.

"참, 다이조 씨는 복도 없지."

"아하하, 정말, 가여워."

아주머니들이 거기까지 말을 했을 때-.

"잘 먹었습니다."

할아버지는 아주 작은 소리로 기도를 하듯이 중얼거린 뒤, 살짝 젓가락을 내려놓았다.

그리고 온화한 옆얼굴로 푸른 바다를 잠시 바라보더니, 천천히 의자를 돌려 자리에서 일어섰다.

"이보게들, 수고들 했네."

할아버지는 아주 평온한 목소리로 말했다.

"아……."

"……."

아주머니 두 사람이 당황해서 뭐라 말을 못한다는 사실을 나는 등으로도 느낄 수 있었다.

"두 사람 모두 우리 에밀리랑 친구가 되어보는 게 어떻겠나. 그러면 에밀리가 사실은 마음이 올곧고 다정한 아이라는 걸 아주 잘 알 수 있을 게야."

할아버지는 날씨 이야기라도 하는 듯, 태평한 목소리로 담담하게 말을 했다.

나는 둥글게 만 등으로 아주머니들의 시선을 느꼈다.

뒤를 돌아볼 수는 없었다.

주르륵, 주르륵, 물방울이 뺨을 타고 내려왔다.

그 물방울 중 하나가 뚜욱 하고 허벅지 위에 올려둔 내 손등으로 떨어졌다.

할아버지, 미안해 -.

속으로 그렇게 중얼거리자, 눈물이 점점 더 넘쳐나더니, 도저히 멈출 생각을 하지 않았다.

◆ ◆ ◆

그리고 3일 후의 밤은 매우 어두웠다.

저녁부터 몰려온 두꺼운 구름이 달도 별도 모두 뒤덮어 버렸다.

나는 할아버지와 함께 방파제 끝에 서 있었다. 할아버지가 밤에 붕장어 낚시를 하자며 나를 데리고 나온 것이다. 할아버지는 평소보다 굵고 무거운 낚싯대를 들고 있었다. 낚싯대는 바늘 크기도 컸고, 미끼는 긴 사각 껌 정도 크기의 고등어 살이었다.

"자, 에밀리. 이걸 한번 던져봐라."

"으, 웅."

나는 낚싯대를 받아든 뒤, 할아버지 말대로 앞바다를 향해 낚싯바늘을 던졌다. 곧장 어두운 바다에서 퐁당 하는 소리가 들렸다. 낚시추가 바다 밑으로 내려가길 기다렸다가, 바닥에 닿았을 때 줄을 팽팽하게 당겼다. 그리고 카메라의 삼각대 같은 '낚싯대 받침대'에 낚싯대를 살짝 올려두었다. 낚싯대 끝에는 작은 방울이 달려 있었는데, 붕장어가 먹이를 물면 그 방울이 딸랑딸랑 하고 울리며 미끼를 물었다고 알려주는 구조였다.

"이렇게 둬도 정말 괜찮아?"

"그래. 대충 이러면 그만이다. 붕장어라는 놈은 후각이 날카로운 야행성이라 말이지, 미끼 냄새가 나면 어디서든 고개를 드러내지."

할아버지는 그렇게 말한 뒤, 방파제 가장자리에 걸터앉았다. 나도 할아버지 옆에 앉았다. 그리고 무릎 아래를 바다 쪽으로 내밀고 붕붕 다리를 흔들었다.

오늘 밤은 바닷바람이 거의 불지 않았다. 그래서 물결도 파도도 약했고, 방파제 위는 내 숨소리가 들릴 정도로 조용했다.

"에밀리, 붕장어를 도쿄 만에서는 뭐라고 부르는지 혹시 아냐?"

방파제에 몇 개인가 있는 가로등 아래에서, 할아버지가 혼잣말처럼 그렇게 물었다.

"응? 모르겠는데."

"'저울눈(하카리메)'이라고 한다."

"저울눈?"

"그래. 몸 측면에 희고 작은 점이 쭉 늘어서 있는데, 그 게 저울(하카리)의 눈금(메모리) 같다고 해서 저울눈이라고 부르지."

"흐~응."

"나중에 낚으면 한번 봐봐라."

"응, 한번 봐볼게."

"그럼 장어라는 이름의 유래는 알고 있냐?"

나는 살짝 한숨을 내쉬었다. 계속 이어지는 퀴즈가 재미없는 게 아니라, 원래 말이 별로 없던 할아버지가 이렇게 말을 많이 하도록 만들었다는 사실 자체가, 내 양심을 계속 찔렀기 때문이다.

"아, 저어, 할아버지."

나는 도저히 계속 듣고 있을 수가 없어서 대화의 흐름을 그만 끊어버리고 말았다.

할아버지가 천천히 이쪽을 돌아보았다. 가로등 탓인지 할아버지가 조금 지쳐 있는 것처럼 보였다.

"나……." 거기까지 말을 한 뒤, 나는 일단 말을 집어삼켰다. 하지만 할아버지가 부드럽게 고개를 갸웃하는 모습을 보니, 꼭 다음 말을 계속 하고 싶어졌다. "나, 이곳에서도 도망쳐야 하는 걸까……?"

내가 없는 편이 할아버지도 편안하지—?

사실은 그렇게 묻고 싶었는데, 치졸한 나는 그만 자신이 피해자라도 된 것 같은 말투로 말을 하고 말았다. 사실은 내가 가해자이고 할아버지가 피해자인데.

"도망칠지 어떻게 할지는 에밀리가 결정하면 된다."

"응……?"

"사람은 행복한 마음가짐으로 살 수 있다면 어디에 있든 마찬가지야."

매정하게 뿌리치는 말투가 아니었다. 오히려 당연한 것을 당연하게 가르쳐주는 말투— 그런 느낌이었다.

"할아버지는 그 가게에…… 계속 있기 불편하지 않아?"

나는 3일간 계속 신경이 쓰였던 점을 직접적으로 물었다. 할아버지는 나와 엄마에 대한 험담을 들은 뒤로도 계속 쉬지 않고 전망 레스토랑에 출근을 했기 때문이었다.

"불편해? 그럴 리가 있나."

할아버지는 쓴웃음을 지으면서 대답했다.

"왜?"

"아무 잘못도 없는 내가 불편하다니, 그게 더 이상하지.

계속 일하기 불편한 사람은 제멋대로 남의 험담을 한 그 두 사람 쪽일 게다."

그건, 확실히 맞는 말이다―. 하지만, 하지만.

내 목소리는 스스로도 알 수 있을 만큼 기운이 없었다. 그런 나를 할아버지가 어린 여자아이를 보는 것처럼 눈을 가늘게 뜨고 바라보았다.

"에밀리."

"……."

"자신의 존재 가치와 인생 가치를 남이 판단하게 해선 안 된다." 할아버지는 평소보다 더 차분한 목소리로 천천히 이야기를 해주었다. "반드시 스스로 판단해라. 다른 사람 의견은 참고 정도만 하면 돼."

"……."

"생각해봐라. 사정도 잘 모르는 사람들이 에밀리와 에밀리의 인생 가치를 제멋대로 판단했을 뿐인데, 에밀리가 잘 모르는 사람들이 판단한 결과에 따라 인생을 살아야 한다니, 상식적으로도 말이 안 되고, 무엇보다 불쾌하지 않냐."

나는 작게 고개를 끄덕였다.

그리고 잔뜩 숨을 참았다가 한숨을 내쉰 뒤, 입을 열었다.

"세계는 바꿀 수 없어도 기분은 바꿀 수 있다……."

뎃페이 씨 책에 나오는 한 구절을 나는 가만히 중얼거렸다.

"그 녀석의 책을 읽었나보구나."

할아버지는 눈썹을 살짝 들어올리며 기쁜 표정을 지었다.

"응."

"그러냐. 가끔은 좋은 말도 쓰고 그런다, 그 녀석도."

그렇게 말한 뒤, 할아버지는 하늘과 바다의 경계가 사라진 새카만 수평선 쪽을 바라보았다. 그리고 갑자기 뜬금없는 말을 했다.

"에밀리, 다쓰우라의 우라(浦)에 어떤 의미가 있다고 생각하냐."

"응? 우라?"

"그래, 우라시마타로 할 때 나오는 그 우라(浦)다."

나는 조금 생각을 하다가 "만(灣)이라는 의미 아니야?" 하고 대답했다.

"그것도 맞는 말이지만 말이지, 예부터 일본에 전해지는 우라(浦)는 마음을 의미하는 단어였다."

"마음? 우라(浦)가?"

"그래."

할아버지는 고개를 끄덕였다. 그리고 평소처럼 차분한 목소리로 혼잣말처럼 조용조용히 그 의미를 설명해주었다.

할아버지가 말하길 옛날부터 일본인은 먼 바다에 접한 거친 바다보다도 육지 안쪽으로 움푹 들어와 있는 잔잔한 내해 경치야말로 정취 있고 아름다운 것이라고 생각하는 경향이 있었다고 한다. 외해는 바깥쪽이라 '앞(表)'이고, 내해는 '뒤(裏)', 그러니까 '뒤(裏)'가 '우라(浦)'로 변한 것이다. 그에 더해 일본인은 사람도 외모를 '앞'으로, 내면(즉, 마음)을 '뒤'라고 생각했다. 그 증거로 현대 일본어에도 '뒤(우라)'가 붙는 단어가 많이 남아 있는데, 그런 단어에 나오는 '뒤(우라)'를 '마음'으로 바꾸어도 의미가 통한다고 한다.

예를 들어 '우라야마시이(うらやましい: 부럽다, 샘이 나다)'는 '고코로가 야마시이(心がやましい: 뒤가 켕기다, 불쾌하다)'한 상태를 의미하고, '우라메시이(恨めしい: 원망스럽다, 한스럽다)'는 '고코로가 메메시이(心が女々しい: 마음에 기개가 없다, 마음이 연약하다)'한 상태를 나타낸다. '우라기루(裏切る: 배신하다)'는 상대와 연결되어 있던 마음의 단절, 즉 '고코로오 기루(心を切る: 마음을 자르다)'를 말하며, '우라사비시이(うら寂しい: 어쩐지 쓸쓸하다)'는 '고코로가 사비시이(心が

寂しい: 마음이 쓸쓸하다)'한 상태를 나타내고, '우라요미(裏
読み: 글의 의미뿐만 아니라 속뜻까지 파악함)'는 사실 '고코로오
요무(心を読む: 마음을 읽다)'를 말한다.

마음(心)=뒤(裏)=우라(浦)=아름다운 것.

요약하면 '마음(心)=미(美)'가 된다.

마음은 아름다운 것.

그런 생각이 예로부터 전해져온다는 게 할아버지 설명
이었다.

"마음을 아름답게 유지하는 것 - . 일본인은 옛날부터
그런 상태야말로 가장 자연스럽고 기분이 좋은 경지라고
생각한 게 아니었을까."

그렇게 말한 뒤, 할아버지는 나를 바라보았다.

"그러니까, 기분 좋게 살려면 마음을 아름답게 유지하
라는 거야?"

"대충 그런 거지. 그러니까 소문 이야기를 하는 사람들
을 원망하지 않고, 나는 나대로 기분 좋게 레스토랑에서
일을 하고 있는 게다."

"그러니까…… 불편하지 않다고?"

할아버지가 작게 고개를 끄덕인 것 같은 느낌이 들었다.

"에밀리."

"응?"

"뎃페이의 책에 적힌 대로다."

"······."

"주변을 바꿀 필요는 없지. 자신의 '마음'을 바꾸면 그게
곧 자신의 인생을 바꾸는 거다."

"웅······."

"가능하면 기분 좋게 살아라."

"웅, 알았어."

나와 할아버지는 아주 잠깐 서로를 마주 보며 웃었다.

하지만 부끄러움을 잘 타는 할아버지는 곧장 시선을 다
른 곳으로 돌려버렸다. 그리고 그런 자신의 감정을 숨기고
싶었던 건지, 할아버지는 바다를 본 채 조금 전에 했던 이
야기를 계속하려고 했다.

"그러고 보니, 장어라는 이름의 의미 말인데―."

그런데 그 순간―.

딸랑딸랑.

할아버지의 말을 낚싯대 끝에 달아둔 방울 소리가 가로
막았다.

"앗, 할아버지. 방울 울린다!" 내가 벌떡 자리에서 일어
섰다. "할아버지, 붕장어, 내가 잡아도 돼?"

"물론이지."

나는 끝이 팽팽해지며 툭툭 튀어오르는 낚싯대를 집어 들었다. 릴을 감자 묵직한 손맛과 함께 굵은 낚싯대가 손잡이 부근까지 휘어졌다.

"우와, 굉장해. 대어인가봐."

나는 붕장어에게 지지 않겠다는 듯, 다리를 벌리고 앞뒤로 힘을 꽉 주며 버텼다.

"소중한 음식 재료니 놓치지 마라."

즐거워 보이는 할아버지 목소리를 듣고 나는 대답했다.

"절대로…… 절대로 안 놓쳐."

"응?"

고개를 갸웃하는 할아버지.

검은 바다 안에서 낚싯대를 쭉쭉 잡아당기며 강하게 발버둥치는 붕장어.

필사적으로 릴을 감는 나.

음식 재료를 놓칠 수는 없지. 난 도망가지 않아-.

나는 마음속으로 그렇게 중얼거렸다.

다쓰우라(龍浦). 용(龍)의 마음(浦)이라고도 해석할 수 있는 이 아무것도 없는 마을에서 떠날 때에는, 도망치기 위해서가 아니라 무언가 목표를 향해 나아가기 위해 떠날 생각이다.

"할아버지, 이거 낚으면 어떤 요리를 해먹을 생각인데?"

붕장어를 끌어올리려고 애를 쓰면서 나는 할아버지에게 물었다.

"글쎄다. 겨울이라면 튀김도 좋겠지만……. 여름밤이니 말끔하게 술로 씻은 다음 그냥 양념 없이 구워서 와사비 소금에 찍어 먹을까? 뎃페이가 가져온 술하고도 아주 잘 어울릴 게다."

할아버지가 음식에 대해 말을 해주면, 이상하게도 하나 하나가 다 아주 맛있을 것만 같았다.

나도 작은 부엌칼을 잘 갈아서 요리를 돕자.

그렇게 생각하며 나는 낚싯대를 쥔 손에 힘을 주었다.

◆ ◆ ◆

솔직히 말하면 그 후에도 소문을 전혀 신경쓰지 않고 살지는 못했다. 하지만 오감을 총동원하면 이 마을에도 멋진 것들을 많이 발견할 수 있다-는 점을 잘 알았기 때문에, 마음은 그나마 많이 가벼워진 편이었다. 투명한 여름의 아침 햇살, 천진난만한 고로의 미소. 블루 토파즈색 바다와 그 위를 지나는 상쾌한 바닷바람. 신사 주변 숲의 시원한 공기. 소리도 없이 떠오르는 솔개의 노랫소리. 작은 물고기 무리의 반짝임. 차가운 달빛. 소나기가 내린 뒤에 풍기는 흙냄새. 후미 씨가 기른 야채의 달콤함. 신페이 씨가 주는 신선한 생선의 감칠맛. 풍경의 음색. 할아버지가 만든 주옥 같은 요리들…….

나는 기쁜 것, 즐거운 것, 아주 좋아하는 것, 행복한 느 낌이 나는 것, 아름다운 것, 기분 좋은 것……, 그런 것들을 발견해 마음을 의지하면서, 그럭저럭 기분 좋게 사는 요령 을 터득하기 시작했다.

그 덕분인지 오늘 아침에도 산책을 하는 도중, 후미 씨 에게 이런 말을 들었다.

"요즘에 분위기가 많이 바뀌었네?"

후미 씨는 그렇게 말하면서 둥그런 눈으로 나를 빤히 바라보았다.

"네……? 햇볕에 많이 타서 그런 걸까요?"

내가 뺨에 손을 대며 그렇게 말하자, 후미 씨가 쓴웃음 을 지었다.

"그게 아니라 눈매가 바뀌었어. 아주 좋아진 것 같아."

"눈매? 제 눈매가 그렇게 나빴나요?"

"처음에는 그늘이 져 보였거든. 하지만 지금은 밝아졌

어."

후미 씨는 "자, 이거 가져가." 하고 말하며, 오이와 여주를 흰 비닐봉투에 넣어서 건네주었다.

나오토 씨나 교카 씨와도 너무 부담을 가지지 않고 이야기하려고 노력했다. 그래도 가끔 교카 씨와 나 자신을 비교하면서 나도 모르게 열등감에 빠질 때도 있었지만. 그래도 나는 내가 할 수 있는 일을 담담하게 하면서, 교카 씨라는 멋진 강적과 승부하기 위해 최대한 당당하게 행동하려고 노력했…… 아마도.

그리고 그 승부를 위해 이미 할아버지에게 입맛을 사로잡을 요리 – 생선 마멀레이드 구이를 배웠다. 소재로 선택한 것은 밤낚시 때 잡은 70센티미터짜리 농어였다. 마멀레이드의 신맛과 단맛이 흰 살의 감칠맛을 깜짝 놀랄 만큼 고급스럽게 만들어주었기 때문에, 농어 마멀레이드 구이의 맛은 마치 고급 프렌치 요리 같았다. 스스로 이런 말을 하긴 뭐하지만, 이건 '승부 가능한 맛'이라는 생각이 절로 들었다.

◆ ◆ ◆

발달한 저기압이 일본 상공을 뒤덮었다.

다쓰우라의 바다는 매우 거칠어졌고, 단속적으로 옆으로 들이치는 비가 계속 내렸다. 해변 언덕 위에 세워진 할아버지 집은 강풍을 그대로 다 받는 탓에, 때때로 쿵! 하는 소리가 나며, 마치 지진이라도 난 것처럼 집이 흔들렸다. 나는 그때마다 깜짝 놀라서 머릿속으로 흐약! 하고 소리를 지르면서 혼자 어깨를 움츠렸다.

저녁이 되자, 폭풍 때문에 한가해진 남자들이 놀러왔다.

낚시를 할 수 없었던 뎃페이 씨와 바다에 나가지 못한 신페이 씨였다.

각자 선물로 술과 생선을 가지고 왔다.

할아버지는 "술과 같이 마실 안주라도 하나 만들까." 하고 말하며 부엌 앞에 섰다. 손님들은 부엌과 연결된 거실 테이블을 둘러싸고 앉아 마치 자기 집처럼 허물없이 행동했다.

나는 할아버지를 돕기 전에 될 수 있는 한 자연스러운 말투로 신페이 씨에게 물었다.

"나오토 씨는요?"

"이런 폭풍이 아닙니까. 그 자식은 완전 호색한이라 아침부터 밤까지 엄청나게 큰 파도와 끈적한 데이트를 했거든요. 지금쯤 힘을 다 써서 집에 축 늘어져 있을 겁니다."

신페이 씨가 장난스럽게 말을 하며 웃자, 뎃페이 씨가 딴죽을 걸었다.

"넌 여전히 말 한번 저급하구나. 그러니까 인기가 없는 거야."

"아니 아니, 무슨 소리십니까?! 이래봬도 꽤 인기가 많아요. 안 그래요, 에밀리 씨?"

나는 두 사람에게 캔맥주를 내주면서 의미심장하게 웃었다.

"암컷 생선에게는 인기가 있을지도 모르겠네요."

"우와, 에밀리 씨. 너무해. 근데 확실히 암컷만 계속 잡아들이고 있는 것 같긴 해요. 음, 어부니까, 물고기에게 인기가 없는 것보다야 낫지 않을까 합니다만. 근데 뎃페이 씨는 수컷에게도 암컷에게도 인기가 없죠?"

신페이 씨가 반격을 하자 부엌에서 '큭큭큭' 하는 목소리가 들렸다. 돌아보니 이미 음식 준비를 시작한 할아버지의 등이 작게 흔들리고 있었다.

나는 냉장고를 뒤져 정어리 젓갈과 찬두부를 두 사람에게 내주었다.

"이 젓갈을 두부에 살짝 올려서 드세요."

내가 그렇게 말하자 신페이 씨가 "맛있겠다……" 하고

중얼거렸다. 그리고 뎃페이 씨가 부엌을 향해 "다이조 씨,
잘 먹을게요~." 하고 밝은 목소리로 말했다.

"그래."

할아버지는 뒤를 돌아보지 않고 대답했다.

나도 할아버지와 부엌에 나란히 섰다.

"뭐부터 도우면 돼?"

"일단 이거다."

할아버지는 숫돌을 내밀었다. 내가 사용하는 작은 부엌
칼을 갈아두어라, 그런 의미였다.

"응."

난 한쪽 서랍에서 손에 익은 부엌칼을 꺼내 평소처럼
갈기 시작했다.

그 사이에 할아버지는 파를 잘게 썬 뒤, 된장과 미림을
잘 섞어 끈적한 파된장을 만들었다. 그리고 두껍게 자른
어묵 중앙에 세로로 칼집을 넣어 'V'자로 만든 다음, 그 사
이에 차조기 잎을 반 정도 넣고, 파된장을 가득 끼워 넣었
다. 그렇게 하는 것만으로도 맛있는 술안주가 완성되었다.

할아버지는 그걸 테이블로 옮긴 뒤, 내 손을 바라보았다.

"슬슬, 된 것 같다."

"응."

나는 다 간 작은 부엌칼을 물에 살짝 씻었다.

"어디 보자, 이리 줘봐라."

할아버지는 그 부엌칼을 받아들고 날을 확인했다. 어차
피 할아버지가 다시 갈겠지. 그렇게 생각했는데 –.

"좋다. 그럼 냉장고의 저온실에 재워둔 문치를 가져와
라."

하고 말했다.

"응?"

"문치 말이다. 문치가자미. 얼마 전에 에밀리가 손질했
지 않냐."

그게 아니라……

"부엌칼. 내가 간 부엌칼 –."

"아주 깔끔하게 갈았더구나."

"어? 진짜? 합격이야?"

할아버지는 살짝 눈을 가늘게 뜨며 고개를 끄덕였다.

"그럼 신문도 잘릴까?"

"잘 잘릴게다."

나는 무심코 가슴이 벅차 양손을 가슴에 댄 채 숨을 쉬
지 못했다.

"잠깐만. 신문지 가져올게."

그렇게 말하며 나는 할아버지 침실에서 신문지를 한 장 가져왔다. 그리고 할아버지에게 신문지를 하늘하늘하게 양손으로 잡아달라고 한 다음 - , 신페이 씨와 덴페이 씨가 보는 앞에서 옆쪽 대각선으로 사악 칼을 흘렸다.

스윽. 기분 좋은 소리를 내며 신문지가 잘렸다.

"오오, 에밀리 씨. 제법인데?" 하고 말하는 덴페이 씨.

"우와, 나보다 더 잘하는 거 아닙니까." 하고 말하는 신페이 씨.

신문지를 들고 있던 할아버지는 조금 전처럼 눈을 가늘게 뜨고 미소를 짓고 있을 뿐이었다.

"와, 해냈어……." 무의식적으로 그렇게 읊조리면서, 나는 만족스럽게 숨을 내쉬었다. 그리고 "문치, 가져올게." 하고 계속 말했다.

냉장고에서 꺼낸 문치가자미는 3일 정도 전에 할아버지 설명을 들으며 다섯 장으로 살을 뜬 후, 덩어리째로 저온실에 재워둔 것이었다. 가자미의 흰 살은 신선할 때는 꼬들하지만, 맛이 매우 담백하고 별 맛이 없다. 하지만 재워두어 아미노산 양을 늘리면 감칠맛이 가득 배어나온다.

나는 할아버지에게 배운 대로, 부엌칼을 사용해 재워둔 문치가자미 덩어리를 얇게 많이 잘랐다. 그 사이에 할아버지는 작은 접시에 맞춰 된장을 넣고 그곳에 겨자를 섞었다. 이른바 겨자된장을 만든 것이다. 그리고 나는 그 겨자된장을 스푼으로 살짝 떠서, 얇게 자른 문치가자미 흰 살에 얇게 펴 발랐다. 마지막으로 그 흰 살로 무순 몇 개를 빙글 말면 '무순 문치가자미 말이'가 완성이다.

"에밀리, 맛 좀 봐라."

할아버지 말을 듣고 나는 '무순 문치가지미 말이'를 하나 집어서 입에 넣었다. 그리고 씹었는데, 흘러나온 말은 이미 맛의 감상이라 하기 힘들었다.

"음!"

그렇게만 말하고, 나는 눈을 휘둥그렇게 떴다.

그것만으로도 할아버지에게는 마음이 충분히 전해진 모양이었다.

"그럼 두 사람에게 갖다줘라."

"응!"

나는 검은 유약을 칠해 구운 멋진 접시에 이제 막 완성한 요리를 꽃처럼 예쁘게 담은 다음, 도움닫기라도 하는 기분으로 빠르게 테이블 위에 올려놓았다. 그리고 두 사람이 음식을 맛볼 때까지 테이블 옆에서 기다렸다.

"우와, 최고야!"

"아주 좋군. 호색한한테는 아까운 음식이야."

나는 눈을 가늘게 뜨며 입꼬리를 올렸다. 지금 당장에라도 '아하하' 하고 크게 웃어도 이상하지 않을 만큼 환한 미소를 지었다. 그리고 나는 부엌으로 되돌아갔다.

"할아버지, 맛있대요."

할아버지도 고개를 끄덕이더니, 눈가에 조금 주름이 겹칠 만큼 환하게 미소를 지었다. 그리고 "그럼 조금 더 만들어볼까?" 하고 말하며 다정한 눈빛으로 나에게 도와달라고 했다.

요리가 다 끝난 뒤, 네 사람은 테이블을 둘러싸고 새삼 건배를 했다.

뎃페이 씨는 벌써 자신이 만들어온 일본주를 마시기 시작했다.

"에밀리 씨랑 다이조 씨, 언제 그렇게 사이가 좋아졌어요?"

신페이 씨가 요리를 입에 가득 넣은 채 말했다. 나는 "네? 그게 무슨 말이에요?" 하고 말했지만, 할아버지는 물론 쑥스러운지 아무 말도 하지 않았다.

"자, 이 사진 좀 봐요. 무진장 느낌이 좋으니까."

신페이 씨는 스마트폰 사진을 보여주었다.

"어? 언제 찍은 거예요?"

나와 할아버지가 부엌에 나란히 서서 요리를 하는 뒷모습이 찍힌 사진이었다.

"될 수 있는 한 자연스러운 느낌으로 찍고 싶어서, 눈치채지 못하게 몰래 찍었어요."

신페이 씨가 조금 의기양양하게 말을 하자, 곧장 뎃페이 씨가 짓궂게 딴죽을 걸었다.

"역시 넌 도촬의 명수구나."

"으아, 너무해. 뎃페이 씨가 찍으라고 했잖아요."

두 사람의 대화는 거의 만담에 가까워서, 나는 물론 좀처럼 웃지 않는 할아버지도 쿡쿡거리며 웃었다.

나는 신페이 씨가 테이블 위에 올려놓은 스마트폰을 한 번 더 들여다보았다. 그리고 그 순간, 문득 어떤 사실을 깨달았다.

나와 할아버지의 어깨가 거의 닿을 만큼 가까웠던 것이다-.

생각해보면, 이전의 나는 할아버지와 같이 요리를 해도, 거리가 너무 가까우면 괜히 어색해져 일부러 조금 거리를 두었다.

그런데 어느새인가 이렇게 변화가 일어났다.

나의 '우라(마음)'가 변한 것이다.

괜히 마음이 뭉클해진 나는 일부러 밝은 목소리로 말을 하며 신페이 씨의 스마트폰을 손에 들었다.

"할아버지, 이거 봐. 이런 사진을 다 찍어줬어."

나는 옆에 앉은 할아버지에게 사진을 보여주었다.

"응? 그래……."

할아버지는 힐끔 화면을 보긴 했지만, 금방 흥미가 없다는 듯 시선을 돌리고 캔맥주를 꿀꺽 하고 들이켰다. 쑥스러움을 잘 타는 할아버지를 너무 괴롭히면 가엾다는 생각이 들어서, 나는 스마트폰을 신페이 씨에게 돌려주었다. 그리고 말했다.

"신페이 씨, 그 사진, 제 휴대폰으로 보내주실 수 있을까요?"

그러자 신페이 씨는 나보다 50배는 밝은 목소리로 말했다.

"이야호~! 다쓰우라의 인기 어부, 이걸로 에밀리 씨의 메시지 아이디 획득이다!"

그렇게 말하면서 뎃페이 씨에게 V 사인을 하는 신페이 씨를 보고, 이번에는 내가 딴죽을 걸었다.

"근데 이미 메시지 아이디는 교환하지 않았나요?"

"아으…… 에밀리 씨, 그건 그냥 비밀로 해주지. 분위기 좀 맞춰줘야죠. 모처럼 뎃페이 씨를 꼼짝 못하게 할 절호의 기회였는데."

신페이 씨가 눈썹을 모으고 시시하다는 듯이 그렇게 말하자, 뎃페이 씨가 깔깔거리며 웃었다.

"멍청하긴. 세상에서 제일 인기 없는 남자가 거짓말하는 남자야. 에밀리 씨, 이 녀석이 사진을 보내면 바로 아이디 차단해버려."

"네, 알겠습니다."

"아~ 그럼 평생 사진 보내지 말아야지!"

신페이 씨의 일부러 삐친 척하는 그 모습에, 우리 네 사람은 모두 웃음을 터뜨렸다.

할아버지와 함께 만든 요리가 올라가 있는 이 작고 낡은 테이블을 둘러싸고 우리는 맛있는 술을 서로 나누고 다같이 웃었다.

띠링.

내 가슴 안쪽 – 우라 – 에서, 그 풍경의 음색이 울려퍼진 듯한 느낌이 들었다.

밖은 세차게 폭풍이 불었지만.

334

무더운 방에서는 아주 오래된 선풍기가 고개를 이리저리 돌렸다.

나는 신기하게도 마음이 차분해져 편안한 한숨을 내쉬었다.

저녁을 먹고 술을 마시기 시작한 우리 네 사람은 저녁 7시가 지나자 슬슬 취기가 올랐다.

이것저것 즐거운 화제가 이어지던 가운데, 신페이 씨가 문득 내가 간 부엌칼 얘기를 꺼냈다.

"그건 그렇고, 조금 전에 에밀리 씨가 간 부엌칼, 날이 아주 잘 들던데요?"

"일단 매일 조금씩 연습을 했거든요."

나는 조금 쑥스럽게 웃었다.

"그럼 다음에 우리 집에 와서 부엌칼 좀 안 갈아줄래요?"

"에밀리 씨, 그거 요금이 많이 비싸지?"

뎃페이 씨가 웃으면서 말했다.

"네. 출장비 1만 엔, 부엌칼을 가는 공임비 1만 5000엔. 합해서 2만 5000엔이에요."

"완전 사기잖아!" 신페이 씨가 개그맨 같은 말투로 그렇게 말하더니, 갑자기 소박한 의문이 생겼는지 질문을 했다.

"근데, 저 부엌칼, 원래는 평범한 회칼이죠? 저렇게 작아질 때까지 많이도 갈았네요."

"사용하는 사이에 손에 익어서, 그냥 계속 사용했대요. 할아버지, 맞지?"

내가 할아버지에게 말을 돌리자, 찔끔찔끔 찬술을 마시고 있던 할아버지가 "그래, 그렇지." 하고 짧게 대답했다.

그러자 뎃페이 씨가 키득거리며 웃더니, "시치미는." 하고 말하며 할아버지 쪽을 바라보았다. 그리고 조금 놀리듯이 말했다.

"다이조 씨의 저 부엌칼은 소중한 그 사람이 준 선물이야. 그러니까 갈아서 날이 없어질 때까지 쓰려는 거지."

소중한 그 사람?

내 마음속에 만난 적이 없던 할머니의 그림자가 떠올랐다.

"혹시 돌아가신 여사님이십니까?"

신페이 씨도 나와 같은 생각이었던 모양이다. 하지만 할아버지는 아무 대답도 하지 않고, 그냥 '흥' 하고 코를 울렸을 뿐이었다.

멋쩍어하는 할아버지 태도는 오히려 내 확신을 더 강

하게 해주었다. 그 작은 부엌칼은 할아버지와 함께 부엌에서 있었던 할머니가 준 선물이었던 것이다. 게다가 이전에 할아버지는 그 부엌칼을 누군가에게 받은 거라고 말을 하기도 했었다.

나에게 우쿨렐레가 있듯이, 할아버지에게는 그 부엌칼이 소중한 유품이다. 그래서 저렇게 작아졌는데도 버리지 못하고 정성스럽게 갈아 계속 사용한 것이다.

할머니에게 선물한 풍경과 선물로 받은 부엌칼—.

나는 농담을 좋아하는 손님 두 사람에게서 할아버지 마음속 추억을 지켜주고 싶어서 화제를 바꾸었다.

"아, 그러고 보니, 뎃페이 씨, 날씨 예보 보셨어요?"

"그야 매일 보지."

"내일도 이런 날씨인가요?"

그러자 술에 취한 손님들은 입을 맞춰 "아니, 내일 오후에는 갠대." 하고 밝은 표정으로 말했다. 낚시꾼과 어부는 역시 날씨 예보 체크가 철저하다.

"정말요? 다행이다."

나도 날이 개면 마음이 즐겁다. 빨래도 할 수 있고, 고로를 산책시킬 수도 있으니까. 그리고 무엇보다 창문을 열고 지내면 저 풍경이 띠링 띠링 하고 나의 '우라(마음)'를 정화

해준다.

◆ ◆ ◆

저녁 8시가 지났을 무렵, 뎃페이 씨와 신페이 씨가 돌아
갔다.

나와 할아버지는 식기를 치우기 시작했다.

"할아버지, 나머진 내가 할게."

"많이 마시지 않았으니 괜찮다."

할아버지는 확실히 많이 마시지 않았다. 맥주 한 캔을
비운 뒤에는 단숨에 찬술 두 잔을 들이켠 정도였다. 그렇
지만 여든을 넘으신 나이라 그런지, 술기운이 조금 돌고
있는 것처럼 보였다. 어딘가 모르게 평소보다 말이 많은
걸 보면 말이다. 어쩌면 마음이 맞는 뎃페이 씨가 와서 흥
이 난 것일지도 모른다.

할아버지는 스펀지로 식기를 씻으면서 그 뎃페이 씨에
대해서 이야기를 하기 시작했다.

"에밀리, 뎃페이가 왜 항상 빈털인지 아냐?"

"아니."

"사실은 말이다, 전에 그 녀석의 낚싯바늘을 보니 어이
가 없을 만큼 크더구나. 목줄도 바보처럼 굵고. 그러니까

안 낚이지."

목줄이란, 낚싯바늘에 직접 연결되는 낚싯줄로, 그게 굵으면 물고기들이 경계를 해서 좀처럼 낚이지 않는다.

"큰 걸 노리고 있다는 건가?"

나는 할아버지가 씻은 식기의 세제를 물로 헹구는 일을 도와주기 시작했다.

"그래. 그것도 엄청나게 큰 놈을 노리는 게지."

"엄청나게 큰 것 이외에는 입이 작아서 낚이지 않는 거지?"

"그래."

할아버지가 고개를 끄덕였다.

"왜 그렇게 하는데?"

"나도 그게 궁금해서 한번 이유를 물어본 적이 있다. 그랬더니 그 녀석, 뭐라고 했는 줄 아냐?"

"어…… 뭐라고 했을까? 작은 녀석들은 질렸다, 라든가?"

할아버지는 고개를 가로저으며 작게 웃었다.

"그 녀석은 이런 말을 하더구나. 모처럼 느긋하게 지내는데, 작은 놈들이 낚이면 귀찮아서라고."

"뭐~?! 그게 뭐야."

말투가 딱 뎃페이 씨다워서 나는 그만 웃음을 터뜨리고
말았다.

"그리고, 만에 하나라도 엄청나게 큰 놈이 잡혔을 때 낚
싯줄이 끊어지면 후회 막심할 게 뻔하기 때문이라고도 했
다. 작은 물고기는 다이조 씨에게 맡겨두고 저는 큰 놈을
노리겠습니다, 라고도 하더군."

"아하하하, 뎃페이 씨는 조금 별나기도 하고 재미있
네."

"그 녀석은 정말로 괴짜야. 즐거운 것 이외에는 철저하
게 인생에서 배제해나가는 성미지. 뭐 잘났다고 책도 쓰고
말이다."

"아, 그 책, 나도 읽었어."

"그래? 재미있더냐?"

"응. 정말 딱 뎃페이 씨다워서 재미있었어."

할아버지는 옆에 있는 나를 내려다보며 기쁘다는 듯 눈
을 가늘게 뜨며 웃었다.

"그 책에 적혀 있었는데, 뎃페이 씨는 사람들이 자신을
'선생님'이라고 불러주길 원하지 않는다더라고."

"그래, 그렇다더구나."

왜 자신을 '선생님'이라고 불러주길 원하지 않는지, 그

이유도 책 안에 적혀 있었다.

요약하면, 작가라는 직업은 그냥 주변에서 흔히 보기 어려울 뿐, 별로 대단하지 않다. 사람들에게 무언가를 가르쳐주는 것도 아니기 때문에 '선생님'이라는 호칭은 틀렸다. 오히려 작가는 세상 사람들에게 많은 것을 배우고, 그것을 문장으로 표현하고 있을 뿐이니, 주변 사람들이야말로 자신에게는 '선생님'이다. 그런 이야기였다.

"난 뎃페이 씨의 그 책을 읽고 감동했어. 관점을 조금만 바꿔도 작가가 학생이 되고, 주변 사람들이 선생님이 될 수도 있겠구나 싶어서. 게다가 그렇게 살면 주변에 선생님들뿐이니, 언제나 감사하며 인생을 살 수 있잖아."

할아버지는 아무 말 없이 듣기만 했지만, 그 옆얼굴은 매우 온화해 보였다.

"난 그 책을 읽고 진심으로 나는 뎃페이 씨처럼 굉장한 사람은 될 수 없을 거란 생각이 들었어."

나는 할아버지에게서 거품이 묻은 마지막 접시를 건네받아 물로 헹궜다.

"굉장한 사람은 될 수 없을지 몰라도 좋은 사람은 될 수 있지."

할아버지가 혼잣말을 하듯이 그렇게 중얼거렸다.

"아, 그것도 뎃페이 씨가 쓴 책에 적혀 있었던 것 같아."

"그 녀석의 책을 많이 읽었구나."

"응. 아직 못 읽은 책이 이젠 두 권밖에 안 남았어."

그렇게 말하면서 손가락을 두 개 펼쳐 보였더니, 꼭 할아버지를 향해서 V 사인을 한 것 같은 모습이 되었다.

그리고 우리는 다 씻은 식기를 마른 행주로 닦고 선반에 넣어두었다.

"후우, 끝났다."

그렇게 숨을 한 번 내쉬고, 나는 냉장고 안에서 보리차를 꺼내 가지고 왔다. 그리고 컵은 두 개. 할아버지와 나는 테이블 앞에 앉아 조용히 보리차를 마셨다.

보리차를 삼킬 때, 할아버지 목이 살짝 위아래로 움직였다. 그 모습을 멍하니 보다가 나는 무심코 한숨을 내쉴 뻔했다. 텔레비전도 없어 조용하기만 한 이 공간에, 나는 지금 말이 별로 없는 노인과 단둘이 있다. 그런데 그런 상황에도 자신이 전혀 어색함을 느끼지 않는다는 사실을 깨달았기 때문이다.

이 집으로 도망쳐온 지 약 한 달.

겨우 한 달 만에 나와 할아버지는 이렇게까지 가까운

존재가 되었다. 대체 무엇이 이렇게까지 거리를 좁히도록 만들어준 것일까…….

"왜 그러냐. 멍해서는."

문득 할아버지가 그렇게 물어 나는 정신이 번뜩 들었다. 그리고 그때, 내 머릿속에 대답 하나가 떠올랐다.

"있지, 요리는 굉장한 것 같아."

나와 할아버지의 거리를 좁혀준 것도─.

"응? 갑자기 왜 그러냐."

할아버지는 눈썹을 가운데로 모으며 컵을 테이블 위에 올려두었다.

"뎃페이 씨도 신페이 씨도 굉장히 기뻐했고, 나도 어딘가 모르게 덩달아 기뻐져서."

나는 '무순 문치가자미 말이'를 먹었을 때의 그 묘한 두근거림이 다시 떠올랐다.

"옛날에 할머니가 요리를 만들어 할아버지 입맛을 사로잡아 결혼까지 골인했으니, 나도……." 나는 그렇게까지 말한 다음, 할아버지와 똑같이 컵을 테이블 위에 올려두었다. "이 집에 굴러들어왔던 날, 할아버지 요리가 너무 가슴에 사무쳐서 눈물이 났거든."

할아버지는 테이블 위에 올려둔 컵을 쥐고 아무 말도

하지 않은 채, 어딘가 그리운 듯한 표정을 지었다.

"그런 생각을 했더니, 요리는 참 대단하다는 생각이 들었어."

"에밀리."

문득 할아버지가 고개를 들었다.

"응?"

"아직 취했냐?"

"어? 으응, 조금."

"나도 조금 취했다. 그러니 취한 사람의 실없는 소리라 생각하고 들어다오."

"응······?"

할아버지는 마음의 준비를 하듯이 '후우' 하고 숨을 내쉬었다.

"마이코도 입맛을 사로잡았다고─ 그렇게 말을 한 적이 있다."

엄마가······.

"아빠의?"

할아버지는 고개를 끄덕였다. 그리고 텅 빈 컵에 보리차를 따랐다.

"그런 얘기는 처음 들었어."

"그러냐."

착하고 다정한 아빠가 왜 그런 엄마를 선택했는지, 난 솔직히 너무 신기해서 신경이 쓰였었다.

"엄마 요리 실력이 그렇게 좋았던가……?"

"별로 만들어주지 않았나 보지?"

"글쎄……."

홀어머니 가정이 시작된 것은 내가 열 살 때부터였다. 그 이전 일은 별로 기억이 안 나고, 그 이후의 엄마는 일이 워낙에 바쁘다 보니 아이에게 차려주는 식사의 질까지 신경쓰기가 힘들었을지도 모른다. 물론 엄마가 요리를 해줬던 기억이 아예 없는 것은 아니다. 하지만 할아버지처럼 맛있었냐고 하면, 예스, 라고 말을 하기가 어려웠다.

"에밀리는 어렸을 때 생선을 싫어했지?"

확실히 그랬다. 편식이 심했던 아이로, 햄버그, 카레라이스, 스파게티만 먹고 싶어 했었던 기억이 난다.

"응. 오빠도 별로 안 좋아했어."

"에밀리와 다쿠로가 어렸을 때 우리 집에 놀러오면 내가 요리를 만들어줬었지. 하지만 거의 먹어주질 않았다."

"어? 정말?"

"그래."

"그럼 혹시 엄마, 생선 요리는 잘했었어?"

"그럭저럭 가르쳐줬다고 생각한다만."

"그랬었, 구나……."

나는 조금 불안해졌다. 내 예전 기억의 윤곽이 갑자기 흐릿해진 듯한 기분이 들었기 때문이다.

몇 명이나 되는 남자를 홀린 엄마의 아름다운 미소−. 그 미소가 정말로 남자들을 위해 지었던 것이었을까. 어쩌면 그런 미소를 나와 오빠를 위해 지었던 것은 아닐까. 그렇기에 이렇게나 선명한 기억이 되어 내 뇌리에 새겨진 게 아닐까……. 생각하면 생각할수록 내 기억은 미덥지 못했다.

"에밀리."

내 이름을 부르는 소리를 듣고 나는 고개를 들었다.

"마이코가 싫으냐?"

할아버지는 표정이 매우 온화했다. 싫다면, 싫다고 해도 된다−. 그렇게 말을 하고 있는 듯한 표정이었다.

"응, 아마도……."

나는 그 표정을 믿고 그렇게 말했다. 할아버지 표정은 여전히 변함없었다.

"그렇구나."

"응……." 작게 고개를 끄덕이자, 내 마음속에서 따끔한 죄책감이 샘솟아, 나는 무심코 "미안해." 하고 말을 하고 말았다.

할아버지는 작게 고개를 저었다. 그리고 차분하지만 살짝 쉰 목소리로 말했다.

"그 녀석도 에밀리와 마찬가지로 열 살 때 엄마를 여의었지. 내가 혼자서 키운 탓에 변변치 못한 사람이 된 건지도 모른다."

"어…… 난 그런 뜻으로—."

내가 하려는 말을 할아버지가 부드럽게 눈으로 제지했다.

"미안하구나, 에밀리. 많이 외로웠지?"

"저기, 할아버지……."

그만해. 그렇게 말을 하려고 했지만, 갑자기 목 안쪽이 움츠러들어 말을 계속할 수 없었다.

"낚시도, 부엌칼 갈기도, 처음 해보면 잘 안 되는 법이지만, 여자아이를 키우는 것도 모두 처음 해보는 거라, 좀처럼 잘 되지 않았다……."

"……."

"어른도, 부모도, 다 같은 인간이다. 완벽하지 않아. 모두 미숙한 가운데 죽는다."

할아버지는 그렇게까지 말한 뒤, 목을 축이듯 보리차를
마셨다.

우리 엄마도ㅡ. 당연히 나라는 사람을 키우기는 처음이
었다. 결혼도, 이혼도, 싱글맘으로 사는 것도, 모두 처음으
로 경험해보는 일이었다. 그런 것이었다.

완벽하지 않은 한 여성이 생선을 먹지 않는 여자아이를
키웠다ㅡ.

그리고 그 여자아이는 어른이 되어서도 완벽하지 않았
던 부모님의 서투른 모습을 계속 싫어했다.

"마이코를 용서해달라고는 하지 않으마."

"응……?"

"단지, 언젠가 에밀리가 엄마가 되면, 그때는 마이코의
실패를 반면교사 삼아 아이를 키워다오."

"……."

"그렇게 하면 나도 변변치 못하게 아이를 키운 보람이
생길 테니까."

"그건……."

"변변치 못한 사람을 포함해, 이 세상 사람들은 모두 선
생님이 아니냐."

그렇게 말하며 할아버지는 작게 웃었다.

◆ ◆ ◆

8월의 마지막 날. 태양은 오늘도 주먹을 날리듯 태양빛으로 아스팔트를 내리쳤다.

나는 찰딱거리며 해변도로를 걸었다. 지금 가고 있는 곳은 오늘이 정기 휴일인 '시걸'이었다. 사실은 오늘, 나오토 씨가 쉬는 날을 이용해서 많이 상한 테라스의 바닥을 '혼자서' 수리한다는 정보를 본인에게서 직접 들었다. 즉, 나에게는 몰래 나오토 씨에게 요리를 대접해줄 수 있는 둘도 없는 기회라는 말이었다.

내 손에는 마멀레이드 구이 재료와 보냉제, 그리고 작은 부엌칼을 넣은 소프트 아이스박스가 들려 있었다. 생선은 어제 신페이 씨가 준 작은 삼치였다. 여름 삼치는 겨울과 비교해 지방이 적지만, 그런 담백한 풍미가 오히려 마멀레이드 구이에는 잘 어울렸다. 될 수 있으면 나오토 씨가 내 부엌칼 다루는 솜씨를 봐줬으면 했지만, 이 요리는 재워두는 데 시간이 많이 걸려서, 미리 재워둔 삼치를 가지고 왔다.

나는 손목시계를 보았다. 시간은 11시가 조금 지난 참이었다.

정확하게 나오토 씨와 딱 만나 점심을 대접할 수 있다.
그게 내 계획이었다.

뜨뜻미지근한 바닷바람이 불어 내 티셔츠의 등쪽을 나
부끼게 했다.

파도소리는 평소보다 평온했다.

나는 블루 토파즈색 바다를 바라보았다.

오봉 연휴가 지난 다쓰우라 해변에는 이제 사람이 거의
없었다.

수평선 너머에서는 적란운이 보였지만, 여름이 한창일
때와 비교하면 사이즈도 작고 박력이 부족했다.

산에서는 민민매미와 애매미의 연가가 흘러나왔다. 이
미 유지매미의 계절은 끝났다. 저녁이 되면 노래하는 매미
가 바뀌어, 저녁매미의 애가가 온 마을을 뒤덮는다. 그리고
세계가 세피아색으로 변해간다.

이번 여름도 이제 곧 끝난다ー.

"후우, 더워."

인기척이 없는 길을 걸으면서, 나는 작게 그런 소리를
해보았다.

농담처럼 파란 한여름과 부끄러울 정도로 눈부셨던 이

해변에 대한 애착을 무심코 말로 표현한 것이었다.

◆ ◆ ◆

내 예상과는 달리 '시걸' 테라스에는 나오토 씨 모습이 보이지 않았다.

휴식 중인가–.

그렇게 생각해 '오늘, 정기 휴일'이라는 팻말이 걸린 입구의 문을 살짝 밀어서 열어보았다.

"안녕하세요."

딸랑. 문의 벨이 달콤하게 울렸다.

가게를 들여다보았을 때, 카운터석에서 이쪽을 돌아보는 사람이 있었다.

어? 나는 무심코 숨을 멈췄다.

왜 있는 거지? 게다가 그 차림은?

"어머, 에밀리 씨. 무슨 일이에요?"

맑은 목소리. 고상하게 고개를 갸웃하는 동작. 다정한 미소.

"아, 저어." 카운터 안에 나오토 씨 모습은 없었다. "오늘, 정기 휴일이었나요?"

내가 시치미를 떼며 물었다.

"맞아요. 아하하, 혹시 착각했어요?"

교카 씨는 짧게 웃은 뒤, "앉으세요." 하고 말하며 나를 불렀다.

"더웠죠? 아이스커피, 마실래요?"

"네⋯⋯. 실례합니다."

내가 그 말대로 교카 씨 옆자리에 앉자, 나와 교대를 하듯이 교카 씨는 자리에서 일어서 카운터 안쪽으로 들어 갔다.

나는 마멀레이드 구이 재료를 살짝 바닥에 내려놓았다.

"나오토 씨는⋯⋯."

"공구를 잃어버렸다고 하면서 집에 돌아간 참이에요. 오늘은 아침부터 테라스를 수리했거든요."

교카 씨는 익숙한 손놀림으로 아이스커피를 만들기 시작했다.

"그런가요?"

"바닷바람 때문에 테라스 바닥이 많이 망가졌대요."

커피를 탈 준비를 하면서 교카 씨가 말했다.

그런 건 저도 알아요. 나오토 씨한테 직접 들었거든요. 마음속으로 그렇게 중얼거리면서 나는 조금 신경 쓰였던 점에 대해 물었다.

"저어…… 교카 씨, 그 차림은."

교카 씨는 이곳저곳에 진흙이 묻은 페인터팬츠에 조금 낡은 흰 티셔츠 차림이었다. 그리고 발에는 진흙이 묻은 흰 장화를 신었다. 또 카운터 위에는 내가 할아버지에게 빌린 것과 똑같은 밀짚모자가 놓여 있었다. 교카 씨가 쓰고 있던 걸까?

"아하. 이거요?" 교카 씨는 자신의 몸을 내려다보면서 미소 지었다. "조금 전에 들일을 했거든요."

"들일요?"

"네. 흙 만지는 일을 꽤 좋아해요."

"정원이나 채소밭을 가꾸시나요?"

"아니, 아니요. 나오토네 집안일을 도와줬어요."

"나오토 씨네요?"

"네. 나오토네 아버지, 작년에 뇌에 병이 생겨 쓰러지셨거든요. 그 뒤로는 계속 집안에서 간호를 받는 상태라, 밭에 나가지를 못하세요. 그래서 일손이 부족하니 가끔 제가 일을 도와주죠."

처음 듣는 이야기였다.

"가끔이긴 하지만, 농가 아주머니들 틈에 섞여 아침 시장에 농산물을 팔러 나가기도 하고요."

"교카 씨가요?"

"네. 문화제 같아서 꽤 즐거워요. 아주머니들도 좋은 분들이 많고요."

"뭔가, 참 좋네요……."

"아하하. 저는 뭐, 집안일을 돕는 게 다이니, 한가하니까요."

그렇게 말하면서 교카 씨는 카운터 너머에서 이쪽에 등을 보이고 섰다. 그리고 냉동고를 열어 커피를 얼린 검은 얼음을 유리잔에 넣었다. 그때 머리끈으로 한데 모아 묶은 뒷머리 언저리에서 희게 굳은 진흙이 슬쩍 엿보였다.

교카 씨 목덜미에 진흙이라 –.

나는 마치 봐서는 안 되는 것을 본 듯한 이상한 느낌을 받아서, 조금 멍한 기분이 들었다.

등을 돌린 채 교카 씨가 말을 걸었다.

"저는 어릴 때부터 나오토네 아버지와 어머니에게 굉장히 귀여움을 많이 받았어요."

"……."

"그래서 자주 불꽃놀이를 할 때도 초대받고, 맛있는 수박도 많이 얻어먹었죠 –. 그때 먹은 수박의 달콤한 맛을 아직까지도 못 잊고 있어요. 그러니까, 음, 그 수박에 대한 보답 같은, 그런 느낌?" 생긋 웃으면서 교카 씨가 이쪽을 돌아보았다. "자, 오래 기다렸죠?"

아이스커피가 내 앞에 놓였다.

"감사합니다. 잘 마실게요."

나는 스트로에 입을 댔다.

"저어, 나오토가 만든 것보다 맛있지 않아요?"

장난스럽게 웃는 교카 씨에게 나는 "그럴지도 모르겠어요." 하고 말하며 고개를 끄덕였다.

"우후후. 야호. 양파 카레만큼은 아무리 노력해도 못 당하겠지만요."

"그거, 참 맛있더라고요."

"그래요. 분명히 똑같이 만들었는데도 맛이 다르더라고요."

교카 씨가 카운터 밖으로 나와 내 옆자리 스툴에 걸터앉았다.

"저어, 교카 씨."

"네?"

"전에 교카 씨가 그때 신사에 누군가의 병이 낫길 기도하러 갔다고 하셨는데, 그건 교카 씨 어머니랑 –."

"네. 나오토네 아버지."

역시 그렇구나.

나는 한숨이 나올 것 같아 스트로를 빨아들였다.

슬픈 감정이 들 만큼 쓰고 맛있는 커피가 입안으로 들어왔다.

"에밀리 씨?"

"네."

나는 고개를 들었다.

"오늘 한가하죠?"

"네? 네, 뭐⋯⋯."

나는 시선을 내리면서도 소프트 아이스박스를 바라보지 않도록 노력하면서 대답했다.

"그럼 우리 집에 안 올래요?"

"네?"

"놀러와요. 오늘은 우리 집에 아무도 없거든요. 네?"

교카 씨가 몸을 돌려 나를 바라보면서 생글생글 웃는 모습을 보니, 뺨 아래쪽에도 희고 마른 진흙이 묻어 있었다. 그것을 봤을 때, 내 입에서는 더 이상 참지 못하고 한숨이 새어나왔다.

아아, 난 역시 이 사람이 좋아 – .

"알겠습니다. 그럼 실례할게요."

"네!"

아주 기쁘게 미소를 지은 교카 씨는 양손을 이쪽을 향해 내밀었다. 나는 조금 쑥스러워하면서도 그 양손에 내 양손을 맞부딪쳤다.

시합을 포기하는 하이 터치 ─.

찰싹.

나오토 씨가 없는 가게 안에 애절할 정도로 기분 좋은 소리가 울려퍼졌다.

◆ ◆ ◆

나오토 씨가 가게에 돌아오자마자, 이제 우리는 제 역할을 다 했다는 듯이 가게 밖으로 나갔다. 그리고 어렴풋이 가을 냄새를 머금은 바닷바람을 맞으며, 나는 교카 씨와 함께 어깨를 나란히 하고 집을 향해 걸었다.

문 앞에 도착했을 때, 나는 '우와……' 하고 감탄을 내뱉었다. 소문 그대로의 호화 저택이었기 때문이다. 검은색으로 빛나는 지붕 기와는 위압감마저 느껴졌다. 문 앞에 있는 길 바로 너머는 나오토 씨네 본가였다. 그곳은 어디에서나 볼 수 있을 것 같은 시골의 작은 단독주택으로, 정면의 집과 비교하면 확실히 작게 느껴졌다.

양쪽 집안의 문과 문 사이 거리는 약 10미터 정도였다.

어렸을 때는 이렇게 가까이에서 계속 같이 살았던 건가…….

이래서는 종이 틈만큼도 비집고 들어갈 여유가 없을 것 같았다.

"들어와요. 조금 어질러져 있긴 하지만요."

멋진 현관의 문을 열고, 교카 씨는 내 등을 살짝 떠밀었다.

"실례합니다."

집 문을 열자마자 나는 먼저 냉장고를 쓰게 해달라고 부탁했다. 마멀레이드 구이 음식 재료를 상하게 만들고 싶지 않았기 때문이다. 교카 씨는 기꺼이 허락을 해주었지만, "거기에 뭐가 들었는데요?" 하고 물었을 때, 나는 순간 대답을 망설이고 말았다.

"어…… 이건 생선 요리 재료예요."

"응? 웬 요리 재료?"

교카 씨가 신기하게 생각하는 것도 당연한 일이었다. 음식 재료를 가지고 카페에 오다니, 아무리 생각해도 부자연스러우니까.

"저어…… 시걸에 나눠줄까 하고 가지고 왔는데, 정기

휴일이어서……."

정기 휴일이라고 해서 음식을 주지 못한다는 것도 이상한 이야기네 ─ 하고 스스로 생각하면서도, 나는 당황해서 그만 그렇게 대답을 하고 말았다.

그래도 교카 씨는 "흐음. 그래요?" 하고 조금 고개를 갸웃하는 정도였다. 더 깊이 생각하게 할 수 없다는 생각에, 나는 전혀 관계없는 이야기를 꺼냈다.

"아, 그렇지. 교카 씨, 여기랑, 이 근처에 살짝 진흙이 묻었어요."

나는 그렇게 말하면서 뺨 아래쪽과 목덜미 쪽을 가리켰다.

"네? 어디, 어디요?"

"이 근처요. 그리고 이곳. 살짝 묻었어요."

"네에~? 있는 줄도 몰랐네. 가르쳐줘서 고마워요."

교카 씨는 세면장에 가서 진흙을 닦고 옷을 갈아입었다. 그리고 2층 자기 방에 나를 데리고 갔다. 예상대로 그곳은 방도 베란다도 넓었다. 그 베란다 너머로 바깥 경치를 보니, 2층짜리 집과 집 사이로 가느다랗게 바다가 보였다.

"바다가 보이네요?"

"아주 조금이지만요. 아, 그렇지. 잠깐만요."

무언가가 생각난 듯한 교카 씨는 일단 아래쪽 부엌으로 내려가더니, 아이스티와 푸딩을 가지고 돌아왔다. 생각해 보니 푸딩처럼 세련된 음식을 이 마을에 와서 먹기는 처음 이었다. 우리는 아담한 소파에 앉아 유리로 덮인 테이블에 올라가 있던 사르르 녹을 듯한 식감의 간식을 즐겼다.

"이거, 부드럽고 맛있어요."

"그렇죠? 나도 이 가게의 푸딩을 아주 좋아해요. 돌아갈 때 몇 개 가지고 가요. 다이조 씨도 아마 아주 좋아하실 테 니까."

"네? 정말 그래도 돼요?"

"물론이죠."

그 뒤로 교카 씨는 자신에 대해 이것저것 수다를 떨고, 나에 대해서도 이것저것 묻고, 나에게 어울린다며 멋진 옷 을 주고, 마음에 드는 CD의 음악을 들려주었다.

그 너무나도 후한 대접에 나는 몸 둘 바를 몰랐지만, 교 카 씨는 계속 기쁜 미소를 지으면서 이래저래 나를 기쁘게 해주려고 노력했다.

옷장 안쪽에서 예쁜 눈 결정 모양의 남색 니트 모자를 꺼내 교카 씨가 "이거, 겨울 거지만 에밀리 씨한테 잘 어울 릴 것 같으니 줄게요." 하고 말하며 내 손에 올려주었을 때,

나는 무심코 입을 움직였다.

"저어……."

"네?"

"교카 씨, 점심 아직이시죠?"

"아, 그러네요. 뭐라도 먹을까요?"

교카 씨는 이제야 생각이 났다는 듯이 가볍게 손뼉을
쳤다.

나는 입술에 될 수 있는 한 미소를 지은 채 숨을 들이쉬
었다. 그리고 입김을 내쉬면서 말했다.

"아까 냉장고에 넣은 재료로 제 특기인 요리를 만들어
봐도 될까요?"

"네? 정말요?"

교카 씨의 큰 눈이 더욱 커졌다.

"네."

이거 참. 난 정말 뭘 하는 건지…….

나는 속으로 그렇게 중얼거렸다. 하지만 가슴속은 울고
싶을 정도로 훈훈했다. 분하지만, 전혀 기분이 나쁘지 않
았다.

할아버지네 부엌보다 네 배는 넓은 부엌에 선 나는 "그

럼." 하고 중얼거렸다. 그리고 "뭐라도 도울게요."라고 말한 교카 씨의 말을 기꺼이 받아들였다. 누군가와 어깨를 나란히 하고 음식을 만드는 것은, 작지만 순도 100퍼센트의 행복이라고 생각하기 때문이다.

나는 나오토 씨 입맛을 사로잡기 위해 연습하고 실력을 갈고 닦았던 요리를 나의 라이벌과 함께 라이벌을 위해 만들기 시작했다.

"마멀레이드 구이는 삼치가 가장 맛있어요."

"그렇구나. 아주 기대되는걸요?"

나는 삼치 토막을 꺼냈다. 그 토막은 동그랗게 자른 유자와 술, 간장, 미림을 섞어 조린 양념에 아침부터 네 시간 정도 재워둔 삼치 토막이었다. 나는 그것을 생선구이 망에 올려 구웠다. 삼치를 굽는 중에 몇 분마다 한 번씩 같이 재워뒀던 양념을 세 번 정도 끼얹고 계속 구웠다. 이번엔 양념에 마멀레이드를 섞은 다음, 끈적한 그것을 끼얹고 굽기를 세 번 정도 반복했다. 타지 않도록 정성스럽게 굽는 것이 포인트다. 마멀레이드의 새콤달콤한 향기가 부엌을 감돌자, 교카 씨의 배가 울렸다.

"아아, 냄새가 워낙에 좋다 보니, 배가 다 울렸어요."

"아하하. 저도 배가 울릴 것 같아요."

"슬슬, 느낌이 괜찮은걸요?"

삼치 주변이 꿀색으로 빛나며 끈적하고 달콤한 향을 내뿜었다.

"자, 이제는 여열로 더 익히면 그만이에요."

너무 바싹 굽지 않아야 육즙이 유지되고, 생선의 감칠맛이 남는다.

나는 후후 하고 웃은 뒤, "이건 자신 있어요." 하고 대답했다.

그리고 우리는 둘이서 사용하기에는 너무나도 큰 테이블 앞에 자리를 잡았다. 밥과 반찬은 교카 씨가 적당한 것으로 골라 내주었다.

"그럼 잘 먹겠습니다."

교카 씨가 그렇게 말한 다음, 나도 이어서 말했다.

"잘 먹겠습니다."

교카 씨는 곧장 삼치의 살을 떼어 입에 넣었다.

"음~ 이거 뭐야! 굉장하다! 정말 맛있어요!"

나는 기쁨 65퍼센트, 슬픔 35퍼센트 정도 되는 기분으로 "다행이에요." 하고 말하며 웃었다.

나도 삼치를 한 점 떼어 내 입에 넣었다.

맛있었다. 할아버지가 만든 것과 비교해봐도 전혀 뒤지

지 않을 정도의 맛이었다.

"에밀리 씨, 이 양념 레시피, 나중에 가르쳐줄 수 있어요? 나도 다음에 한번 만들어보려고요."

"물론이죠."

미소를 지은 채 대답하면서 나는 생각했다.

아, 그렇구나. 내가 레시피를 교카 씨에게 가르쳐주고, 교카 씨가 나오토 씨에게 만들어주면, 나오토 씨는 그 맛에 홀딱 반하게 되는 건가……?

"에밀리 씨는 결혼하면 아주 멋진 부인이 될 거예요."

교카 씨야말로ㅡ.

그렇게 생각하면서 나는 "정말요? 그럼 일단 상대를 찾아야겠네요?" 하고 농담을 하듯이 말하며 웃었다.

인생 최대의 허세를 부린 나는 자칫 눈물을 흘리지 않도록, 최고로 맛있는 마멀레이드 구이를 와구와구 입에 넣었다.

◆ ◆ ◆

교카 씨의 집을 떠나 나는 다쓰우라 항구로 돌아갔다.

해가 지려면 아직 시간이 좀 남았지만, 벌써 쓰르르르르…… 하고 저녁매미가 애가를 부르기 시작했다.

콘크리트 언덕을 나는 혼자서 터벅터벅 올라갔다.

마당에 접어들자, 벌써 캉캉캉 하고 풍경 만드는 소리가 들려왔다. 그 소리가 저녁매미의 애가와 섞이자, 쓸쓸한 감정이 더욱 가슴에 사무쳤다.

나는 공방을 밖에서 들여다보았다.

"다녀왔어."

망치의 리듬이 딱 멈췄다.

텅 빈 소프트 아이스박스를 들고 집에 돌아온 나를 보고도 할아버지는 그냥 "어서 오거라."라고만 말했다. 고로가 개집 앞에 누운 채 '머엉' 하고 인사를 해주었다.

"다녀왔어, 고로."

나도 말을 걸어주었다.

할아버지가 다시 망치를 움직이기 시작했다.

캉캉캉, 캉캉캉, 카가강.

"할아버지."

다시 망치 리듬이 멈췄다.

"응?"

할아버지가 고개를 들었다.

"안 피곤해?"

할아버지는 오늘도 아침부터 전망 레스토랑에서 일하

고, 오후부터는 풍경을 만들었다.

"괜찮다만, 왜 그러지?"

할아버지는 조금 의아하다는 표정을 지으며 나를 바라
보았다.

"낚시…… 안 갈래?"

"낚시?"

"응……."

할아버지는 의외라는 듯이 눈썹을 살짝 들어올리면서
도 방충망 너머 바다를 내다보았다. 바다 해수면 높이를
확인하는 것이다.

"낚시를 하기에는 별로 좋지 않은 상태다만."

"응. 그래도 가고 싶어……."

안 돼-? 내가 그렇게 묻기 전에 할아버지가 망치를 내
려두고 자리에서 일어섰다.

◆ ◆ ◆

방파제에는 바람이 살짝 불었다.

항상 쓰는 시골 냄새 물씬 나는 밀짚모자를 쓴 나와 할
아버지는 콘크리트 가장자리에 나란히 앉아 가늘고 긴 낚
싯대를 손에 들었다. 탄산수처럼 맑은 바다 표면에는 가는

낚시찌가 출렁출렁 흔들렸다. 며칠 전, 저녁부터 볼락을 얼마간 낚았기 때문에, 그때와 똑같은 낚싯대를 가져왔다.

"바람 - . 살짝 가을 냄새가 나네."

생각해보니, 수많은 일들이 일어났던 8월도 오늘로 끝이었다.

"그래, 나는구나."

할아버지는 냄새를 맡으려는 듯이 조금 고개를 들었다.

"가을 냄새란 어떤 냄새일까?"

"……글쎄다. 생각해본 적도 없다."

작은 파도가 발밑 방파제에 부딪쳐 찰랑 찰랑 하고 달콤한 소리를 냈다. 낚시찌 바로 아래로 샛줄멸 떼가 은색 비늘을 반짝이며 강처럼 지나갔다. 어딘가 멀리서 피리리 리리~ 하는 솔개의 노랫소리도 들렸다.

옆에 나란히 떠 있는 길고 가는 낚시찌는 일정한 간격을 유지한 채 해수면에 떠서 흔들렸다. 너무 가까우면 낚싯줄이 얽히고, 너무 멀면 같이 낚시를 한다는 느낌이 들지 않는다.

그래서 참 편안한 거리감이란 생각이 절로 들었다.

물고기는 전혀 낚이지 않았지만, 나는 천천히 호흡이 진정되는 듯한 느낌이 들었다.

"안 낚이네."

낚지 못해도 좋다고 생각하면서도 나는 그렇게 말을 해 보았다.

"그렇구나."

"물고기는 이 바다 어딘가에 분명히 있는데."

"그래. 단지 지금은 적절한 때가 아닐 뿐이지."

"적절한 때라면, 낚을 수 있는 시간대를 말하는 거 맞지?"

할아버지가 낚시찌를 바라보며 고개를 끄덕였다.

"밀물이니 썰물이니 온도니, 그런 다양한 요소가 뒤섞여 적절한 때가 오지."

"흐~응."

"적절한 때에 낚싯대를 던지느냐 아니냐로 대체적인 낚시의 성과는 결정된다."

"적절한 때가 아니면 절대 못 낚아?"

"확률이 나빠질 뿐이지."

"그렇구나."

나는 '후우' 하고 숨을 내쉬었다.

인생에도 분명히 적절한 시기가 있다.

이번 여름은 나에게 연애를 할 만한 정당한 시기가 아

니었을지도 모른다. 흔들리는 낚시찌를 바라보고 있었더니, 절로 그런 생각이 들었다.

여자는 참 단순하다는 생각이 들었다. 실연을 당하면 눈앞이 새카매지는데, 그 실연을 받아들인 순간부터 인생 그 자체가 새롭게 시작되는 듯한 느낌을 받으니 말이다.

흔들리는 낚시찌를 바라보니, 교카 씨의 웃는 얼굴이 떠올랐다. 그 사람은 내가 실연을 당하도록 만든 존재라기보다는, 실연을 받아들일 수 있도록 만들어준 존재에 해당할지도 모른다. 왜냐하면 어차피 – 나오토 씨는 내가 눈에 들어오지도 않았을 테니까. 솔직히 분하지만, 그 사람은 나를 여자로 봐주지 않았을 거라 생각한다. 그건 여자의 감으로, 아주 확실했다. 입맛을 사로잡는다는 작전도 처음부터 내가 진 것이나 마찬가지였다. 그래도 나는 승부만큼은 해두고 싶었다. 지금 솔직하게 다시 되돌아보면 아마 그랬던 것 같다. 설사 교카 씨가 없었어도, 나는 금방 실연을 당하고 말았을 게 뻔하다.

나는 실연을 받아들였다.

교카 씨와 하이 터치를 나눈 순간에 받아들였다.

그렇다고 해두기로 했다.

이제부터는 새로운 인생을 시작하는 거다.

더 자신을 갈고 닦아 멋진 여자가 되고, 요리 실력을 늘리고, 될 수 있는 한 편하게 지내면서 웃는 얼굴이 평범한 모습이 되도록 만들자. 그리고 언젠가는 나오토 씨보다 더 멋진 남자를 붙잡자. 또는 그런 남자가 나를 붙잡게 만들자.

"할아버지."

"응?"

"적절한 때는 어떻게 하면 알 수 있어?"

할아버지는 천천히 낚싯대를 세운 뒤 낚싯바늘을 확인했다. 미끼는 아직 달려 있었다. 생선이 입질을 한 흔적은 없었다. 그걸 보고 할아버지는 다시 낚싯바늘을 바다로 던졌다.

"경험이지."

나도 낚싯대를 세워서 할아버지처럼 낚싯바늘을 확인해보았다.

"경험이라……."

"낚시에 성공도 하고 실패도 하고, 그런 일들을 반복하다 보면 자기 나름대로 데이터가 쌓이게 된다."

"그럼 뎃페이 씨는?"

"그 녀석은 계획도 데이터도 없어서 그런 거고."

그렇게 말한 다음, 할아버지는 기분이 좋다는 듯 눈을

가늘게 떴다.

"우후후. 그건 그거대로 즐거울지도 모르겠는걸?"

"그렇구나."

낚시찌를 바라보는 사이에 태양은 미끄러지듯 기울어 갔다.

조금 전까지만 해도 파랬던 하늘은 파인애플색으로 바뀌었고, 그 빛을 빨아들인 바다는 파인애플 주스처럼 끈적하게 해수면을 흔들었다.

가을 냄새를 머금은 바람도 황금빛이었다.

할아버지는 오늘도 다정했다.

갑자기, 그것도 처음으로 내가 낚시를 하러 가자고 졸랐는데, 할아버지는 그 이유를 묻지 않았다. 너무 멀지도, 너무 가깝지도 않은 거리감으로, 그냥 조용하게 그곳에 있어주었다.

8월 말의 노을. 내일부터는 9월이다.

내가 나를 받아들이고 인생을 바꾸기에 딱 좋다.

문득 이 바다가 있는 시골 마을로 도망쳐왔을 때의 일을 멍하니 떠올렸다. 갈색으로 코팅된 초콜릿을 보고 우울해진 기분으로 할아버지 집에 굴러들어와 할아버지와 함께 요리를 하고, 먹고, 낚시를 하고, 느긋하게 집안일을 하고, 지역 주민들과 만나고, 나쁜 소문이 퍼져 고생하고, 할아버지를 힘들게 하고, 사랑을 하고, 혼자서 멋대로 실연을 당했다.

생각해보면 그것뿐이다.

그냥 그뿐.

그런데 - 지금의 나는 7월의 나와는 달랐다. 다쓰우라에서 살던 한 달 남짓한 사이에, 몸의 세포가 바뀌어 마음속 우울했던 응어리도 바닷바람에 쓸려나가 신선한 마음을 품게 된 것 같았다. 어째서 이렇게 변한 것일까. 생각할 수 있는 대답은 딱 하나였다.

나는 한심했던 나와 어두웠던 나의 과거를 받아들였다 -.

계속, 계속 불행한 짐이었던 그 두 가지를 떨쳐버리길 포기하고, 반대로 가슴에 품은 것이다. 단지 그뿐. 그렇게 했더니 무거운 짐이 내 가슴속으로 스며들어 내 몸이 되었고, 덕분에 공기처럼 가벼워졌다. 그런 느낌이 들었다.

아마, 아마도.

파인애플색 해수면이 발밑에서 흔들렸다.

상쾌한 바람이 내 목 근처를 쓰다듬었다.

물고기를 못 낚는데도 기분 참 좋다 -. 할아버지에게

그렇게 말할까 생각한 순간, 내 청바지의 엉덩이 주머니에서 휴대전화가 울렸다.

누구지?

휴대전화 액정을 보니, 도쿠야마 교카라고 표시되어 있었다.

"어? 교카 씨네."

이쪽을 바라보는 할아버지에게 그 사실을 알리고 나는 통화 버튼을 눌렀다. 내가 깜빡 놔두고 온 거라도 있나?

"여보세요."

"아, 여보세요? 교카예요."

"네. 조금 전엔 정말 감사합니다."

"아니요. 저야말로 와줘서 고마워요."

교카 씨의 목소리는 평소보다 조금 톤이 높고 발랄한 것 같았다. 그리고 그 목소리는 나에게 뜻밖의 소식을 전달해주었다.

네? 정말요? 네, 네…….

그렇게 대답을 하면서 나는 살짝 옆을 바라보았다.

할아버지는 눈이 부시다는 듯 눈을 가늘게 뜨고, 망고색으로 변해가는 수평선 부근을 조용히 바라보았다. 조금 둥글게 굽은 등. 새하얀 짧은 머리카락과 다박수염. 머리

뒤쪽과 목의 경계에 깊게 새겨진 주름. 옆얼굴의 많은 주름. 목의 주름. 낚싯대를 쥔 손등의 주름. 여든이구나. 새삼 그런 생각이 들었다.

잠시 이야기를 한 뒤, 나는 마지막에 이렇게 말했다.

"저어, 이삼 일 정도 생각을 해봐도 될까요?"

그리고 통화를 끊었다.

나는 휴대전화를 주머니에 다시 넣고 '후우' 하고 한숨을 내쉬었다.

할아버지는 여전히 아무것도 묻지 않았다.

황금색 바닷바람이 나와 할아버지 사이를 빠져나갔다.

촌스럽지만 싫지 않은 밀짚모자가 바람에 날리지 않도록 나는 머리를 꽉 눌렀다.

"안 낚이네." 하고 말하는 나.

"그래, 안 낚이는구나." 하고 말하는 할아버지.

낚이지 않을 때 같이 따라 나와줘서 고마워.

그렇게 생각하면서 나는 낚시찌를 바라본 채 입을 열었다.

"저어, 할아버지."

"응?"

"나, 조금 더 있다가 도쿄로 돌아갈지도 몰라."

찰랑, 찰랑.

달달한 물소리가 나는 가운데 할아버지가 대답했다.

"그러냐."

할아버지는 평소의 차분한 그 목소리로 딱 세 글자만 사용해서 대답했다.

"아무래도 때가, 온 것 같아."

시야 끝으로 할아버지를 바라보았다.

"그러냐."

또 세 글자.

하지만 할아버지 옆얼굴은 살짝 미소를 짓고 있는 것처럼 보였다.

할아버지는 언제나 나에게 좋다고도 나쁘다고도 말하지 않았다. 일부러 말을 안 해서, 내 인생은 내가 결정하도록 이끌어주었다.

태양은 조금 전보다도 더욱 기울었다.

세계는 점점 붉은색으로 물들어갔다.

내가 붉은색 공기를 빨아들이며 살짝 숨을 내쉰 순간—흔들리던 낚시찌가 물속으로 쑤욱 들어갔다.

"할아버지!"

"응?"

"봐봐, 낚시찌, 어서!"

"응? 오오."

할아버지는 웬일로 당황한 모습으로 낚싯대를 들어올렸다. 하지만 너무 늦게 들어올렸는지, 낚싯바늘에는 물고기가 걸려 있지 않았다.

"……."

"아, 참. 겨우 걸렸는데."

할아버지는 조금 민망한지 다박수염투성이인 뺨을 긁었다. 그 옆얼굴에 옅은 주황색이 비쳐, 나는 갑자기 울고 싶은 기분에 휩싸였다.

"달인이니까, 정신 똑바로 차려야지."

일부러 얄미운 소리를 하면서 나는 눈물이 날 것 같은 마음을 추슬렀다.

"에밀리, 말이 제법 날카로워졌구나."

미끼를 다시 끼우면서 할아버지가 쓴웃음을 지었다.

"나, 변한 것 같아?"

그렇게 말하며 할아버지를 바라보았지만, 이제는 더 이상 대답을 해주지 않았다. 하지만 할아버지는 어딘가 만족스러운 듯 작게 웃었다.

나, 변했어.

할아버지 덕분이야.

가슴속에서 그렇게 중얼거리며, 나는 내 낚싯대의 낚시
찌를 다시 바라보았다.

제6장

사랑스러운 무기:
감성돔 참깨 양념 오차즈케*

*오차즈케(お茶漬け): 물(주로 녹차)에 밥을 말아먹는 일본 요리

떠날 예정이었던 날 아침에도 나는 일찍 일어나 고로의
집 앞으로 갔다.

　"고로, 안녕."

　폭신하고 둥근 꼬리를 흔드는 시바견이 나를 올려다보
며 기쁘다는 듯이 웃었다.

　나는 고로의 목을 슥슥 쓰다듬어주었다.

　오늘 산책은 모처럼 만에 할아버지와 함께였다. 할아버
지는 어제를 마지막으로 전망 레스토랑 일을 그만두었다.

　"하아, 날씨 좋다."

　고로의 개목걸이에 산책용 줄을 이은 뒤 내가 하늘을
보며 그렇게 말했다.

　할아버지도 천천히 하늘을 올려다보았다.

　구름 한 점 없는 하늘색 공간은 우주가 비쳐 보이지나
않을까 할 만큼 투명하고 높았다. 나는 무심코 '음~' 하고
소리를 내며 기지개를 켰다.

방파제에서 교카 씨에게 전화를 받은 후 2주간, 계절은 착실하게 변해갔다. 오늘 아침의 바닷바람은 부드러운 목화 같은 감촉이었다. 한여름과는 온도가 확연히 달랐다.

고로에 이끌리면서 우리는 항상 그렇듯, 정해진 코스를 걷기 시작했다.

항구 맞은편에 대물용 낚싯대로 낚시를 하는 뎃페이 씨가 보였다. 평소와 마찬가지로 파란 아이스박스에 걸터앉은 채 "안녕하십니까." 하고 인사하며 이쪽을 향해 손을 흔들었다.

"안녕하세요."

그 모습을 보고 나도 손을 흔들었다.

그리고 할아버지도 가볍게 손을 들어올렸다.

"오늘도 저 아이스박스를 텅 비운 채 돌아갈까?"

나는 할아버지에게만 들리는 목소리로 말했다.

"그렇겠지. 아이스박스는 생선이 많이 들어가 있을수록 가볍고, 텅 비어 있을수록 무겁게 느껴지는 법이지만 말이다."

"아하하, 그렇구나."

"저 녀석은 어차피 못 낚으니, 접이식 의자를 쓰면 좋을 것을."

"할아버지, 신랄한걸."

할아버지는 조금 눈을 가늘게 뜨며 "당연한 말을 했을 뿐이다."라고 중얼거렸다.

항구를 지나 흰 모래가 있는 해변으로 접어들었다. 나는 평소처럼 비치 샌들을 벗고 맨발로 걸었다. 멀찍한 곳을 바라보니 파도를 타고 있는 나오토 씨 모습이 보였다.

"조금 보고 갈까?"

"뭐?" 설마 할아버지가 그렇게 눈치 있는 소릴 할 줄은 생각도 못했기 때문에, 나는 순간 멍한 표정을 짓기만 했다. "괜찮아. 안 봐도. 가자."

나는 멈춰 서지 않고 착착 흰 모래를 밟으며 계속 걸었다. 이른 가을 아침의 흰 모래는 서늘해서 매우 상쾌했다.

며칠 전, 교카 씨, 나오토 씨, 신페이 씨 세 사람이 나의 송별회를 열어주었다. 나에 관한 어두운 소문이 유출된 그 이자카야에서. 그 세 사람에게는 일부러 떠나는 날을 알려주지 않았다. 역까지 배웅을 나와주면 오히려 미련이 남을 것 같았기 때문이다. 나는 남몰래 이곳을 떠난 뒤, 나중에 메시지로 떠난 사실을 알릴 생각이었다.

백사장을 걷던 고로가 방향을 바꾸었다. 해변에서 도로로 올라가려는 것이었다.

나는 가슴속으로 나오토 씨에게 "잘 있어요." 하고 인사했다. 그러자 그 순간, 나오토 씨가 서핑보드에서 크게 떨어져 반짝이는 파도 속으로 빨려들어갔다.

나는 키득거리며 웃을 뻔했다.

조금 소년 같고, 자유로운 사람. 저 사람은 내가 있든 없든 항상 저런 느낌일 테고, 계속 변하지 않길 바랐다.

고로에게 이끌려 나오토 씨가 있는 바다를 등졌다.

나는 이제 돌아보지 않을 생각이다.

해변에서 콘크리트 계단을 올라 도로로 나갔다. 나는 벗었던 비치 샌들을 신었다. 이 딸기 무늬 비치 샌들도 여름 동안 상당히 닳아 많이 얇아졌다.

도로를 건너, 나무의 가지와 잎으로 둘러싸여 마치 터널 같은 언덕을 올랐다. 그 언덕길을 끝까지 오른 뒤 조금 더 걸으면, 바다가 내려다보이는 후미 씨의 야채 밭이 나온다.

"안녕하세요."

"후미 씨, 좋은 아침이네."

나와 할아버지가 말을 걸자, 밭 한가운데에 웅크려 앉아 있던 후미 씨가 고개를 들었다.

"응? 웬일이야. 두 사람이 같이 나오다니."

일어선 후미 씨는 꼬투리 강낭콩과 양하를 적당히 골라 봉투에 넣어 이쪽으로 다가왔다. 그리고 당연하다는 듯한 얼굴로 나를 향해 봉투를 내밀었다. 후미 씨에게 야채를 받는 것도 이번이 마지막이다.

"정말 감사했습니다."

봉투를 받은 뒤, 무심코 과거형으로 인사한 나를 후미 씨가 큰 눈으로 내려다보았다. 매일같이 인사를 나누는 사람이지만, 결국 마지막까지 크고 번뜩이는 눈의 위압감에는 끝내 적응하지 못했다.

"에밀리는 오늘 도시로 돌아가거든."

나보다 먼저 할아버지가 말을 꺼냈다.

후미 씨는 잠시 아무 말도 하지 않다가 나와 할아버지를 번갈아 본 뒤, "그래? 그럼 악수." 하고 말하며 이쪽을 향해 오른손을 내밀었다. 나는 처음으로 후미 씨의 그 손을 잡았다. 후미 씨의 손은 남자 손처럼 컸고, 피부는 두껍고 딱딱했다. 그리고 이쪽 손이 찌릿거릴 만큼 따뜻했다. 일하는 사람의 손 그 자체였다.

"다음에 또 놀러와."

"네."

"이번엔 바보 같은 남자한테 속지 말고."

뭐야, 후미 씨도 그 소문을 알고 있었구나. 그런 눈치는 1밀리도 보이지 않았는데. 나는 쓴웃음을 지으면서 "네." 하고 대답했다. 할아버지도 못 말린다는 듯한 표정을 지었다.

후미 씨에게 작별 인사를 한 뒤, 나는 다시 걷기 시작했다.

이윽고 신사의 숲이 보여 나는 평소처럼 도리이 아래를 지났다.

나무에 둘러싸인 경내에는 술술 상쾌한 바람이 불었다. 숲 냄새가 나는 청량한 바람이었다. 나는 처음으로 교카 씨와 만났을 때를 다시 떠올려보았다. 눈이 번쩍 뜨일 만한 여성은 도시에서도 좀처럼 만나기가 힘들다. 그것도 그런 여성을 내 마음대로 라이벌이라 생각하고, 그런 주제에 마지막에는 언니처럼 잘 따르기도 하고……. 나의 황당한 변덕은 다시 떠올려보니 애절할 만큼 우스웠다.

송별회 날 밤, 교카 씨는 내가 전수해준 마멀레이드 구이가 얼마나 맛있었는지를 나오토 씨와 신페이 씨에게 이야기해주었다. 마치 자신의 여동생 실력을 자랑하는 듯한 말투로. 그 말을 들은 두 사람이 "우와, 먹고 싶어!"라고 소리쳤으니, 다정한 교카 씨가 곧 만들어줄 게 분명하다. 그런 생각을 해서 그런지, 역시나 아직 가슴 안쪽이 개운하지 못했다. 나는 폐 속 공기를 교체하고 싶어서 힘껏 심호흡을 했다.

"하아, 정말 이 신사는 공기가 청량해."

그렇게 말했을 때 — .

띠링.

할아버지의 풍경 소리가 들린 듯했다.

"저어, 할아버지."

"응?"

"이 신사 어딘가에 할아버지가 만든 풍경이 달려 있어?"

할아버지는 "아니, 판매한 적이 없다만." 하고 고개를 저었다.

그럼 환청?

분명히 처음 이 신사에 왔을 때도 들렸던 것 같은데…….

할아버지와 나는 본당 앞에 섰다.

나는 주머니에 준비해뒀던 잔돈을 꺼낸 뒤, "자, 사용해." 하고 할아버지에게 40엔을 내밀었다.

"응? 아, 그래……."

할아버지는 신기한 표정을 지으면서도 내가 건넨 잔돈을 받았다.

나는 1엔 동전 네 개를 준비했다.

두 사람은 새전 상자에 돈을 넣었다.

할아버지와 나. 합해서 44엔.

4(し, 시)는 '죽음'을 연상시킨다고 하지만, 44가 되면 '시(し)'와 '시'를 합쳤다는 의미인 '시아와세(しあわせ: 행복)'라는 단어가 된다 – 라고 뎃페이 씨가 책에 적어놓았다.

우리는 같이 짝, 짝 하고 참배를 위해 박수를 쳤다.

눈을 감고 두 번 인사하고 두 번 박수, 그리고 한 번 더 인사.

나는 있을지 없을지도 모르는 신에게 말했다.

이번에 도시로 돌아가서는 손톱을 짧게 깎고 살겠습니다. 일을 소개해준 교카 씨 체면이 깎이지 않도록 열심히 노력하겠습니다. 아무튼 저는 스스로의 힘으로 열심히 노력할 테니, 부디 할아버지의 건강을 잘 부탁드립니다.

마지막 한 문장은 진심을 꽉 담아서 빌었다.

그날, 방파제에서 받았던 교카 씨의 전화는 뜻밖에도 일자리 소개였다. 교카 씨의 절친한 친구로, 일찍이 동료였던 여성이 지인에게 작은 가게를 인수받았는데, 오프닝 때부터 같이할 스태프를 모집했다. 그런 정보를 알게 된 교카 씨가 나를 친구에게 소개해주었다.

내가 새로 일할 곳은 손님이 서른 명 정도 들어오면 가게가 가득 찰 정도의 작은 가정 요릿집인 모양이었다. 사장님이 될 교카 씨의 절친한 친구는 요리도 매장도 경영도 혼자서 다 맡아서 할 예정이라고 하니 굉장히 힘들겠지만, 나도 일단은 부엌칼을 갈아서 생선 손질을 할 수 있을 정도는 되었으니, 조금은 도움이 될지도 모른다.

아무튼 나는 내 생계를 유지할 수 있을 만한 직장을 얻었다. 이 마을에서 도망치는 것이 아니라, 희망을 품고 여행을 떠날 기회를 손에 넣은 것이다. 그런 기회를 준 사람은 이 신전에서 만난 교카 씨였다.

할아버지는 조금 등을 둥글게 굽히고 조용히 계속 기도했다.

이렇게 오랫동안 뭘 비는 것일까.

조금 신경이 쓰였지만 굳이 묻지는 않았다. 어차피 할아버지 성격에, 할아버지 스스로를 위해 무언가를 빌었을 리가 없고, 물어도 부끄러워서 대답을 해주지 않을 가능성이 높았기 때문이다.

내 뒤에서 사라락 청량한 바람이 불어왔다.

그 바람에 반응했는지, 옆에 앉아 있던 고로가 엉덩이를 들었다.

할아버지도 고개를 들었다.

"갈까?"

평소와 마찬가지로, 조금 잠겼지만 차분한 목소리.

"응."

우리는 본당에서 등을 돌린 뒤, 다시 경내를 걷기 시작했다.

"할아버지."

"응?"

"처음 이 신사에 같이 왔을 때, 내가 '신은 정말로 있다고 생각해?'라고 물었잖아?"

"그랬지……."

"그랬더니 할아버지가 신은 자기 자신을 말하는 거라고 했었고."

"그랬던 것 같군."

할아버지는 어딘가 시치미를 떼는 듯한 표정을 지었다.

"것 같군, 이라니." 나는 웃었다. "그건 무슨 의미였어?"

찰딱찰딱. 찰딱찰딱.

두 개의 값싼 샌들 소리가 조용한 경내에 울려퍼졌다.

차가운 바람이 내 뺨을 스쳐갔다.

띠링.

또 환청인가?

어쩌면 가슴속에서 울렸을지도 — .

"신사 본당 안에는 거울이 놓여 있다."

겨우 할아버지가 대답해줄 마음이 생긴 모양이다.

"아, 응. 알아."

"그럼 에밀리가 참배했을 때, 그 거울에 비친 사람이 과연 누굴까?"

"앗." 내가 크게 소리를 높였다. "나네."

"그런 얘기다."

"아하."

"신은 전능한 존재지 않냐."

"응."

경내 밖으로 나가 푸른 하늘 아래를 걸으면서 할아버지가 말을 계속했다.

"즉, 에밀리를 마음대로 움직일 수 있는 전능한 존재는 유일하게 에밀리밖에 없다는 말이다. 에밀리 인생을 자유자재로 창조할 수 있는 사람도 에밀리 본인밖에 없지."

"응, 맞아."

그런 의미에서 나는 나 자신의 신 — 이라는 거구나.

나는 작게 고개를 두 번 끄덕였다.

내 삶과 존재 가치를 결정하는 사람은 나다. 그래서 할아버지는 항상 나에게 별말을 안 한 건지도 모른다. 힌트는 주어도, 방향성을 결정하는 판단은 언제나 내가 스스로 하도록 내버려두었다.

"나는 내 인생을 만드는 신……."

이번엔 할아버지가 아무 말 없이 고개를 끄덕였다.

이윽고 항구로 이어지는 급한 경사의 구불구불한 언덕길 위에 도착했다.

그러자 평소처럼 시야가 단숨에 확 트였다.

수평선까지 펼쳐진 블루 토파즈색의 반짝임을 내려다보면서 나는 크게 심호흡을 했다.

"하아. 수없이 왔지만, 난 이곳이 정말 마음에 들어."

옆에서 눈부신 듯 작게 눈을 뜬 할아버지도 만족스러운 표정을 지었다.

바다를 건너온 뒤 언덕을 타고 올라온 상쾌한 바람.

그 바람이 일으킨 상승 기류를 타고 높은 하늘을 둥실거리며 나는 솔개의 노랫소리.

피~ 피리리리리~.

여름에서 가을로.

정말 순식간에 지나간 2개월이 채 안 되는 세월.

"하아, 오늘로 이 산책도 끝이구나……."

무심코 감개무량한 기분에 그렇게 말하자, 할아버지가
바다를 내려다본 채 말했다.

"마지막까지 아주 바람이 시원하구먼."

"응."

내일부터 할아버지는 이 바람을 혼자 맞게 된다.

우리는 원래 상태로 돌아간다.

돌아가지만 틀림없이 이전과는 뭔가가 다르리라 생각
한다.

"가자, 배가 고프구나."

"아하하, 나도."

천천히 구불구불한 언덕길을 내려갔다.

반짝여서 눈부신 해수면이 조금씩 가까이 다가왔다.

이윽고 언덕길을 다 내려와 항구에 도착하자, 고로가
으르렁거리기 시작했다.

이 반응은……. 그런 생각에 고개를 살짝 들어 저 먼 곳
을 바라보니, 있었다.

"사랑스러운 에밀리 씨~ 안녕하십니까~."

어선 뱃머리에 올라 아주 민망한 대사를 외치며 호들갑
스럽게 손을 흔드는 사람이 있었다.

멍, 멍멍!

고로가 그 들려오는 목소리를 향해 짖었다.

신페이 씨는 어선에서 안벽(岸壁)으로 뛰어내린 뒤, 이쪽을 향해 잔달음으로 달려왔다. 신페이 씨가 걸음을 내디딜 때마다 찰방찰방 하는 장화 소리가 났다.

"다이조 씨. 안녕하십니까! 이거, 받으시죠."

비닐봉투를 할아버지가 받아 들었다. 봉투에는 생선 꼬리 쪽이 튀어나와 있었다. 꽤 큰 생선인 듯했다.

"웬일인가, 치누인가?" 하고 말하는 할아버지.

"크죠?"

"그래. 이렇게 큰 놈은 쉽게 볼 수 없어."

나는 마구 짖는 고로의 목줄을 꽉 쥔 채, 봉투 안을 들여다보았다.

"우와, 크다."

안에는 거뭇거뭇한 도미 같은 생선이 있었다. 족히 50센티미터는 될 듯했다.

"치누란, 감성돔을 말해요."

신페이 씨가 그렇게 가르쳐주었다. 고로가 이를 드러내고 짖었다.

"정치망(定置網)에 걸린 건가?"

할아버지가 묻자, 신페이 씨는 씨익 의미심장하게 웃

었다.

"그런 생선을 잡았으면, 당연히 시장에 팔아야죠. 저라면 그렇게 했을 겁니다."

나와 할아버지는 응? 하고 고개를 갸웃했다.

"부탁받은 겁니다. 다이조 씨에게 전해달라고요."

"설마."

나는 조금 실례되는 두 글자를 그만 발설하고 말았다. 하지만 할아버지도 같은 생각을 했던 모양이었다.

"뎃페이인가."

"네. 오늘 아침에 낚았다고 하더군요. 이걸 저에게 맡기고 바로 돌아갔지만요. 오늘은 이제부터 취재 때문에 나가 보셔야 한답니다."

"하하하……." 웬일로 할아버지가 소리를 내어 웃었다. "그 녀석, 결국 오늘도 텅 빈 아이스박스를 들고 돌아갔겠군."

"참 누가 아니랍니까."

나도 키득거리며 그만 웃음을 터뜨리고 말았다.

웃고 있는 사이에도 고로는 계속 짖었다.

"아, 그렇지. 그런 것보다, 에밀리 씨, 그래서 출발은 언제 합니까?"

393

신페이 씨가 문득 생각났다는 듯이 물었다.

"그러니까, 그건 비밀이라고 했잖아요."

"네에에에?! 나한테만큼은 슬쩍 좀 알려줘요. 네?!"

"안~돼~요!"

"장미꽃다발 들고 배웅 갈 테니 제발 좀요~."

"그런 행동은 잘 안 어울리시는데."

나는 키득거리며 웃었고, 고로는 맹렬하게 짖었다.

"보세요. 고로도 안 어울린다잖아요."

오늘이 그날이라고는 말할 수 없었다. 절대로.

"아하하, 그럼 나답게 생선 100마리를 가져가죠."

"그렇다면 생각을 좀 해볼까."

"오, 좋았어!"

"그럼 결정되면……."

연락, 안 합니다. 죄송해요.

"네. 연락, 기다리겠습니다."

가슴속의 따끔한 통증을 참으면서 나는 신페이 씨와 헤어졌다.

집 앞 언덕을 오를 때, 할아버지가 가만히 중얼거렸다.

"괜찮겠냐?"

"응……."

작별이 소란스러우면 소란스러울수록 마음은 더 아프고, 바로 돌아오기도 힘들다. 그러니까 훌쩍 사라졌다가, 그쪽에서 휴가를 얻으면 훌쩍 놀러오는, 그런 느낌으로 마무리하고 싶었다.

"에밀리 씨, 잘 가요~!"

육지에 묶어둔 어선 뱃머리에서 경박한 목소리가 들려왔다.

나는 뒤쪽으로 돌아선 뒤, 마당의 밭 옆에서 손을 흔들었다.

아주 힘껏 크게.

◆ ◆ ◆

집에 돌아온 우리는 곧장 부엌에 나란히 섰다.

할아버지와 같이 만드는 마지막 요리 ―.

한숨을 참으면서 나는 재빨리 작은 부엌칼을 갈았다.

"에밀리. 모처럼 받은 감성돔이니, 참깨 양념 오차즈케를 해서 먹을까?"

"그거 좋지. 전에 참돔으로 만들었던 그거의 감성돔 버전이지?"

할아버지는 고개를 끄덕였다.

"내가 생선을 손질해도 될까?"

"그래, 부탁하마."

"좋아." 나는 기합을 넣은 후, 비늘 제거기로 감성돔 비늘을 깨끗하게 제거한 뒤, 날카롭게 갈아둔 작은 부엌칼로 항문에서 턱에 걸쳐 배를 똑바로 갈랐다. 그렇게 내장을 꺼내고, 칫솔로 피를 깨끗하게 제거한 다음, 청결한 행주로 생선 물기를 깔끔하게 닦았다. 그리고 다시 칼등에 검지를 대고 쥔 뒤, 내가 봐도 잘한다는 생각이 들 만큼 막힘없이 감성돔의 흰 살을 세 장으로 떴다.

"할아버지, 물에 살짝 데칠까?"

나는 옆에 있는 할아버지에게 물었다.

"그래, 그렇게 할까?"

그렇게 대답한 할아버지는 감성돔을 재워둘 참깨 양념을 만들었다. 참깨 양념은 참깨 페이스트와 짙은 간장, 줄인 술과 미림을 그릇에 넣고 잘 섞으면 완성이다.

나는 감성돔 토막 껍질 위에 행주를 올린 뒤, 도마 한쪽을 들어올려 대각선으로 기울였다. 그리고 행주 위로 뜨거운 물을 부은 다음, 감성돔의 살이 익기 전에 재빨리 행주를 빼고 감성돔을 얼음물에 넣었다. 이렇게 하면 껍질 냄새가 사라지고 식감도 좋아지기 때문에, 껍질을 벗기지 않

고도 먹을 수 있다. 도미 종류는 살과 껍질 사이에 감칠맛
이 농축되어 있기 때문에 껍질째로 먹는 게 좋다.

나는 데친 감성돔 살을 얇게 잘라 회를 떴다. 그리고 그
회를 참깨 양념에 20분 정도 재워두었다.

할아버지는 작은 냄비에 다시마 육수를 낸 뒤, 연한 간
장과 미림을 넣고 끓였다. 감성돔 참깨 양념 오차즈케는
마지막에 이 국물을 부어 먹는다.

20분 후, 나는 덮밥 그릇에 뜨거운 밥을 담고 그 위에 재
워두었던 감성돔 회를 가득 올렸다. 그리고 그 위에 잘게
자른 김, 차조기 잎, 쪽파를 뿌리면 – .

"완성!"

"그래, 맛있어 보이는구나."

우리는 평소와 마찬가지로 작은 식탁 앞에 앉아 평소처
럼 서로 마주 보고 앉았다.

할아버지가 조용히 "잘 먹겠습니다."라고 말하며 손을
합장했다.

나도 "잘 먹겠습니다."라고 말하며 손을 모았다.

두 사람이 만든 마지막 밥 – .

일단은 국물을 붓지 않고 맛을 보았다.

참깨 양념에 재워두었던 감성돔과 밥을 같이 입에 넣는

할아버지.

"어때?"

"아주 맛있다."

나도 먹어보았다.

할아버지가 다정한 눈으로 나를 바라보았다.

맛있다—.

그렇게 말하려고 했는데, 가슴이 벅차 말이 차마 나오지 않았다.

"……."

"왜 그러지?"

음식을 입에 넣고 오물거리면서 아래를 바라보고 있는 나에게, 할아버지가 걱정스럽다는 듯이 잠긴 목소리로 물었다.

"너무 맛있어서……."

"……."

"진짜 무진장 맛있어서……. 하하하, 눈물이 나올 것 같아."

나는 고개를 들었다. 그리고 젓가락을 든 오른손 손등으로 젖은 뺨을 닦으면서 말했다.

"뎃페이 씨, 엄청난 걸 낚았네. 달아, 이 감성돔."

할아버지는 두 번 작게 고개를 끄덕인 뒤, 살짝 한숨을 내쉬었다. 그리고 작게 미소 지었다.

"식기 전에 먹자."

"응."

나는 한 번 더 뺨을 닦고 젓가락을 움직였다.

반쯤 먹었으니, 이제는 드디어 뜨거운 국물을 부어 먹을 차례였다.

냄비에서 국자로 뜬 국물을 나는 살짝 감성돔 위에 끼 얹었다. 그러자 신선한 흰 살이 쪼글쪼글 수축되면서 투명한 색을 잃고 흰색으로 변했다.

덮밥 그릇에서는 화아악 참을 수 없는 향기가 수증기와 함께 피어올랐다.

"맛있겠다."

"그렇구나."

우리는 각자 덮밥 그릇에 입을 대고 국물을 마시며 밥과 감성돔을 입에 그러넣었다.

감성돔이 입에 들어온 그 순간, 나는 무심코 입을 닫으며 '음~' 하고 감탄을 내뱉었다.

"와아, 이거 진짜 끝내준다."

나는 눈꺼풀 아래쪽으로 떨어질 듯 말 듯한 눈물방울을

그렁거리며 미소 지었다.

눈을 깜빡이자, 눈물방울이 주르륵 뺨을 타고 흘렀다.

"아직 더 있다……."

할아버지는 조금 걱정스러운 눈빛으로 나를 바라보며 말했다.

"응, 더 먹을래."

나는 될 수 있는 한 밝은 목소리로 대답했다.

그리고 우리는 눈 깜짝할 사이에 각자 두 그릇씩, 감성 돔 참깨 양념 오차즈케를 뚝딱 해치웠다.

"잘 먹었습니다."

"잘 먹었습니다."

둘이서 각자 손을 합장한 채, 마지막 식사를 마쳤다.

째깍, 째깍, 째깍, 째깍…….

낡은 괘종시계 소리가 유난히 크게 울렸다. 그 소리는 우리가 이곳에 있을 수 있는 시간을 조금씩 깎아나가는 것 처럼 들렸다.

나도 할아버지도, 좀처럼 식탁에서 떠나지 못했다.

"아, 저어, 보리차…… 내올게."

"그래."

나는 냉장고에서 보리차를 꺼내 컵 두 개에 따랐다.

찔끔찔끔. 나는 마치 술을 마시듯 보리차를 마셨다.

조용하고 작은 식탁으로, 방충망 밖에서 화악 바닷바람이 흘러들어왔다.

시원해.

그렇게 생각한 순간.

띠링.

띠링.

내 방의 — 이제 곧 내 방이 아니게 될 그 방에서 풍경 소리가 들려왔다.

"역시, 소리가 정말 좋아."

이제 이 소리와도 작별이다.

"요령이 있지."

"응?"

"음색이 좋은 풍경을 만드는 데에는 요령이 있다."

"요령."

"그래."

그리고 할아버지는 보리차가 든 컵을 한 손에 들고, 가만가만히 그 요령에 대해서 설명해주었다.

풍경 소재로 순동을 사용하는 할아버지는 일단 동을 불에 새빨갛게 달군 뒤, 물에 담가 소재를 부드럽게 만들어

가공하기 쉽게 만든다고 한다. 그리고 그 순동을 망치로 강하게 두드리면, 두드린 부분이 단단하고 강해져, 맑고 깨끗한 음색을 연주할 수 있게 된다는 것이었다.

"불로 달구고, 물로 식히고, 마지막엔 망치로 두드리지. 그렇게 힘든 과정을 거쳤기 때문에, 완성된 풍경은 겉보기에도 좋고 음색도 아름다워지는 게다."

"응⋯⋯." 할아버지가 하려고 하는 말의 뜻은 충분히 내 가슴속에도 전달되었다. "알았어."

"그래⋯⋯."

나는 컵을 내려놓고 할아버지를 바라보았다.

할아버지도 나를 똑바로 바라보았다.

"물론 무슨 말인지는 아는데⋯⋯ 그래도 너무너무 힘들면⋯⋯."

띠링.

할아버지가 먼저 말했다.

"다녀왔어, 라고 말하고 그냥 네 방으로 들어가면 그만이다."

"응⋯⋯."

나는 대답을 한 뒤, 고개를 숙였다.

고개를 숙인 채, 양손으로 눈물을 닦았다.

따스한 감정이 계속 마음을 적시듯이 솟구쳐서, 나는 고개를 들었다.

그리고 무심코 '에헤헤' 하고 소리를 내어 웃었다.

울면서 웃다니.

"그러고 보니, 난 여기에 처음으로 왔을 때, 실례합니다, 라고 했었지?"

할아버지는 미소를 지으며 보리차를 마셨다.

너무 여유로운 할아버지가 조금 얄미워서 나는 울고 웃으며 계속 말했다.

"할아버지, 나, 여기서 도망가는 거 아냐. 공격하러 도시로 가는 거지."

"공격이라니, 무서운 소릴 다 하는구나."

할아버지는 쓴웃음을 지었다. 그리고 "자~." 하고 말을 계속했다.

"……"

"슬슬 준비해라."

"응……. 근데 이 보리차 먼저 다 마시고."

나는 찔끔찔끔 맛을 음미하듯이 보리차를 마셨다. 그리고 다 마시기 전까지 할아버지와 이런저런 이야기를 나누었다.

띠링.

띠링.

가을색으로 물든 바닷바람이 불어오자, 풍경도 아쉽다는 듯한 음색을 연주했다.

◆ ◆ ◆

출발 준비는 이미 어제 거의 끝내두었다.

마지막 짐 정리는 이 마을에서 대활약을 펼친 비치 샌들을 슈트케이스에 넣는 것 정도였다.

조금 큰 편인 숄더백을 대각선으로 메고, 이제는 애착이 생겨버린 방을 가로질러 창가로 걸어갔다.

"안녕, 잘 있어."

그렇게 중얼거린 뒤, 손가락으로 살짝 풍경을 울렸다.

띠링.

나는 한여름 동안 신세를 졌던 내 방을 뒤로했다.

그리고 슈트케이스를 현관까지 끌고 나갔다.

현관에는 할아버지와 고로가 기다리는 중이었다. 웅크려 앉아 스니커즈 신발 끈을 묶으며 이곳에 왔던 날을 생각해보았다.

그야말로 이 장소에서, 고로를 보고 놀라 엉덩방아를

찍었던 그날을 - .

이미 두 달 가까이 지났는데, 불과 일주일 전에 있었던 일 같았다.

신발 끈을 다 묶은 뒤, 나는 고로의 목을 꼬옥 안아주며 "또 보자." 하고 인사했다. 그리고 자리에서 일어섰다.

"차로 역까지 바래다주마."

할아버지가 걱정스러운 표정을 지으며 말했다.

"아니, 괜찮아. 천천히 바다를 보면서 돌아가고 싶거든."

할아버지는 "그러냐." 하고 잠긴 목소리로 말했다.

"어…… 그럼."

내가 힘껏 작별 인사를 하려고 했을 때, 할아버지가 손에 들고 있던 무언가를 내밀었다.

"응? 뭔데?"

할아버지는 아무 말도 하지 않고 나에게 그것을 떠넘겼다.

길이가 20센티 정도인데, 신문지와 박스로 빙글빙글 둘러싸고 검정 테이프까지 붙여놓은 물건이었다. 묵직한 그 물건을 손으로 들었을 때, 나는 그게 무엇인지 직감했다.

"이거…… 정말 괜찮아?"

할아버지가 아무 말 없이 고개를 끄덕였다.

나는 그것을 숄더백에 살짝 넣었다.

그리고 나는 힘껏 마음을 다잡고 입을 열었다.

"그럼……." 울지 않을 생각이다. 조금 얼굴이 일그러질지라도, 그래도 절대 울지는 않을 생각이다. "할아버지……다녀올게!"

할아버지는 작게 미소를 지으며 고개를 끄덕였다.

나는 할아버지와 고로에게서 등을 돌리고 현관 밖으로 나갔다.

맑은 가을 하늘이 눈부셔서 나는 눈을 조금 가늘게 떴다.

해변 마을의 직사광선 - .

하지만 이젠 그 밀짚모자를 쓸 일도 없겠지.

나는 가슴을 펴고 걷기 시작했다.

작은 밭 앞을 지나, 항구와 저 앞의 큰 바다를 감개무량하게 바라보면서, 나는 콘크리트 언덕길을 내려갔다.

항구 쪽으로 내려와 곧장 백사장이 있는 해변을 향해 걸었다.

드르르륵. 드르르륵.

비치 샌들의 값싼 소리가 아니라, 슈트케이스가 굴러가는 소리를 울리면서, 나는 2개월 전의 그날과는 반대방향으로 계속 걸었다.

백사장이 있는 해변 근처에 접어들었다.

나는 도저히 참을 수가 없어 걸음을 딱 멈췄다.

그리고 천천히 뒤를 돌아보았다.

"할아버……지……."

할아버지와 고로는 아직 집 앞에 서 있었다.

내 뒷모습을 계속 바라보며 배웅해주고 있었던 것이다.

작아진 할아버지 모습이 눈물로 그렁그렁 흔들리기 시작했다.

나는 슈트케이스를 놓고 머리 위로 힘껏 양손을 흔들었다.

그다음, 배에 잔뜩 힘을 주고 외쳤다.

"매일 정말 잘 먹었습니다~!"

푸른 바닷바람이 부는 가운데, 저 멀리서 할아버지가 살짝 한쪽 손을 들어주었다.

그 모습을 본 뒤, 나는 넘치려는 눈물을 참으며 등을 돌렸다.

그리고 슈트케이스를 잡고 다시 걷기 시작했다.

돌아보지 말자. 이제는 절대로 ㅡ.

흰 모래로 덮인 해변에서 부서지는 파도소리가 점점 더 가까이 다가왔다.

나는 가슴을 펴고 보폭을 더 크게 해서 걸었다.

◆ ◆ ◆

한적한 다쓰우라 역 앞에도 딱 하나 편의점이 있었다.

나는 긴 여행에 대비해 차(茶)를 하나 사두려고 가게 안으로 들어갔다. 냉장고에서 500밀리짜리 페트병을 들고 계산대를 향해 상품 선반 사이를 걷고 있을 때, 문득 컬러풀한 과자가 눈에 들어왔다.

형형색색의 초콜릿 – .

그것은 이 마을로 도망 올 때, 기차 안에서 만난 여자아이가 가지고 있던 것과 똑같은 과자였다. 나는 무심코 차와 함께 그 초콜릿을 구입했다.

개찰구를 지나 낡은 플랫폼에서 20분 정도 기다리자, 상행선 열차가 도착했다. 여름이 끝난 이 계절, 기차 안은 텅텅 비어 있었다. 나는 차량 가장 뒤쪽에 있는 박스석 창가에 자리를 잡았다. 물론 이곳에 올 때와는 반대로 진행 방향 자리를 골랐다.

기차는 곧장 문을 닫고, 삐걱이는 소리를 내면서 천천히 달리기 시작했다.

아담한 다쓰우라 역이 순식간에 멀어져갔다.

조용한 해변 마을이었는데, 출발한 지 1분 정도가 지나자 전원 풍경으로 바뀌어버렸다.

처음에 왔을 때는 아무것도 없다고 생각했던 마을에서, 나는 다양한 경험을 했다. 새삼 농밀했던 여름을 다시 추억해보았다.

괜찮아. 또 금방 올 수 있으니까ㅡ.

스스로를 그렇게 다독이며 몇 번인가 심호흡을 했다. 그냥 가만히 있으면 눈물이 넘칠 것 같았기 때문이다.

편의점 봉투 안에서 조금 전에 산 컬러풀한 초콜릿을 꺼냈다. 상자를 열고 형형색색의 초콜릿 알갱이를 손바닥 위에 후드득 쏟아서 꺼냈다.

녹색, 노란색, 주황색, 갈색…….

갈색을 발견한 나는 그대로 초콜릿을 한꺼번에 입에 털어 넣었다.

무지갯빛 플러스 갈색 초콜릿의 맛.

할아버지 마당에 있는 밭에 물을 뿌렸을 때, 눈앞에 화악 떠오른 무지개를 떠올렸다. 그 무지개 뒤편에는 블루 토파즈색 바다가 펼쳐져 있었다.

맛있다. 달고.

그 여자아이에게 받은 것보다 몇 배는 맛있어.

마음속으로 그렇게 중얼거렸다.

나는 한 번 더 초콜릿 알갱이를 손바닥 위에 쏟았다. 이번엔 갈색을 따로 찾지 않고 입에 털어 넣었다.

나는 차를 마시고, 초콜릿을 숄더백 안에 넣어두었다. 그리고 초콜릿 대신에 할아버지가 건네준 선물을 살짝 꺼내보았다. 정성스럽게 붙인 검정 테이프를 벗기고, 빙글빙글 말린 신문지도 벗겼다. 안에서 나온 것은 내 예상대로 할아버지의 보물이었다.

그 작은 부엌칼이다.

이제는 친숙한 숫돌까지 같이 들어 있었다.

그리고 또 하나, 쭈글쭈글해진 차 봉투가 동봉되어 있었다.

응? 뭐지? 편지?

그렇게 생각하며 봉투의 겉을 본 순간―.

"아⋯⋯."

나는 작게, 그렇게 목소리를 흘릴 수밖에 없었다.

검은 볼펜으로 '우쿨렐레 수리비'라고 적혀 있었기 때문이다.

나는 조금 당황스러운 마음으로 봉투 안을 확인해보았다.

그곳엔 현금이 들어 있었다.

세어보니 무려 11만 엔이었다.

그때 나는 정신이 번뜩 들어 몸이 굳었다.

아니, 이제야 겨우 이해했다.

할아버지는 이 돈을 마련하기 위해서 전망 레스토랑에서 일을 했던 것이다. 내가 우쿨렐레를 망가뜨린 자초지종과 그것이 아빠에게 받은 보물이라는 것, 그리고 수리에 큰돈이 들어간다는 것은 신페이 씨에게 들어서 알고 있었던 게 틀림없다.

그래서 그렇게……

차 봉투 안에는 현금 외에도 모퉁이 색이 조금 바랜 편지지가 들어 있었다.

나는 쭈글쭈글한 그 편지지를 살짝 열었다.

적힌 문장은 할아버지답게 겨우 세 줄뿐이었다.

하지만 그 글을 읽은 순간, 나는 숨을 쉬는 것조차 잊어버리고 말았다.

이 부엌칼은 에밀리가 싫어한 마이코가

아직 어렸을 때, 아버지의 날 선물로

용돈을 모아 사준 것이란다.

나는 잠시 그 편지지에서 눈을 떼지 못했다.

할머니가 아니라 엄마가…….

아.

그랬었구나.

조용히 한숨을 내쉰 뒤, 나는 편지를 정성스럽게 접어 봉투에 되돌려놓았다. 그리고 신문지로 감싼 부엌칼 위에 양손을 살짝 올렸다.

띠링.

가슴속 깊은 곳에서 그 풍경 소리가 울린 듯했다.

내 손에 익은 작은 부엌칼.

할아버지에게 배운 귀중한 여러 레시피.

그런 것들은 도시에서 사는 나의 작은 무기였다.

누군가를 기쁘게 해줄 수 있는 사랑스러운 무기다.

그 무기를 사용해 가장 처음 누구를 기쁘게 해줄 것인가, 지금 결정했다.

할아버지가 매일 나에게 부엌칼을 사용하게 하고, 마지막으로 선물로 준 의미를 확실히 되새기자.

온기가 가슴속에서 넘쳐 내 몸을 전율하게 만들었다.

하지만 신기하게도 눈물은 나오지 않았다.

지금 나에게는 무기가 있다.

내 인생을 부드럽게 바꿔줄 '작은 부엌칼'이라는 무기
가, 이곳에 있다.

에밀리의 뒷모습이 더 이상 보이지 않게 되었을 때, 나는 혼자 공방으로 돌아갔다.

항상 앉던 그 방석에 엉덩이를 붙이고 평소처럼 망치를 손에 들었다.

"자, 그럼."

이제부터 일을 시작해보자는 듯한 말을 일부러 소리 내어 말해보았다. 하지만 아무래도 일을 하고 싶은 기분이 아니었다.

문득 방충망 너머에 펼쳐진 바다를 바라보았다.

오늘 바다는 여행을 떠나는 날에 딱 어울리게, 각별히 밝고 푸르렀다.

블루 토파즈색 바다 ─ . 에밀리는 그렇게 말했다.

나는 여태껏 살아오면서 블루 토파즈라는 보석을 본 적이 없다. 그래서 반대로 저 바다를 바라보며, 그 보석은 참 아름답겠구나 하고 상상을 해볼 뿐이었다.

"후우⋯⋯."

무심코 한숨이 새어나왔다.

나는 망치를 내려놓았다.

오늘은 휴업이다. 이런 정신 상태로는 좋은 풍경을 만들 수 없다.

에밀리는 마지막에 딱 한 번 이쪽을 돌아보고 양손을 크게 흔들었다. 그때의 영상이 머릿속에서 떠나지 않았다.

설마 큰소리로 '잘 먹었습니다' 같은 소리를 할 줄은 꿈에도 몰랐다. 하지만 무엇보다도 의외였던 것은 에밀리의 그 한마디로 이 늙은이의 눈물샘이 단숨에 터져버렸다는 것이었다.

나는 자리에서 일어나 본채로 돌아갔다. 그리고 에밀리가 사용했던 방으로 들어갔다. 텅 빈 공간에 띠링, 띠링 하고 풍경 소리가 울려퍼졌다.

"수고 많았다."

나는 그렇게 중얼거린 뒤, 에밀리가 이곳에 오기 전에 매달아두었던 풍경을 살짝 떼어냈다. 그리고 그 풍경을 손에 쥔 채 밖으로 나갔다가 다시 공방으로 돌아갔다.

"자아, 원래대로 돌려놔야지."

작은 목소리로 그렇게 말한 다음, 나는 풍경을 공방 창가에 다시 매달았다.

바로 맑고 상쾌한 바닷바람이 불어왔다.

띠링.

작고 낡은 공방에 유일무이한 소리가 스며들었다.

나는 창가에 서서, 먼 바다를 바라보았다.

오늘부터는 또 원래대로의 생활이 시작된다.

축제는 끝났다.

기분 좋게 살면 된다. 담담하게.

기분 전환 삼아 잠깐 낚시나 하러 나가볼까―.

그렇게 생각하며 밖으로 나가려던 찰나, 공방에 놓아둔
무선 전화기가 울렸다.

설마 에밀리는 아니겠지……?

나는 무선 전화기를 들고 통화 버튼을 눌렀다.

"아, 여보세요. 아빠?"

수화기에서 들려온 그 목소리를 듣고, 나는 아직 축제
가 끝나지 않았음을 확신했다.

"무슨 일이지?"

"무슨 일이긴. 이야기를 하고 싶어서 전화했을 뿐이야."

마이코는 옛날부터 이렇듯 즐겁게 수다를 떨었다.

"있잖아, 조금 전에 후미 씨한테 전화가 왔어. 오늘 에밀리가 다이조 씨네 집을 떠났다고."

"뭐야, 알고 있었냐."

"우후후, 그럼. 전부 다. 에밀리가 직장에서 상사에게 속
아 불륜을 저질러 할아버지 집으로 도망쳤는데, 그곳에서
또 불륜 소문이 퍼지고⋯⋯. 하지만 이제 부활한 거 맞지?"

"전부 후미 씨한테 들은 모양이군."

"맞습니다. 사실은 후미 씨, 가끔 나한테 전화를 해줬어.
매일 아침 에밀리 모습을 지켜봤으니까."

이거 참. 나는 한숨을 내쉴 수밖에 없었다.

후미 씨는 옛날부터 그렇게 인정이 많은 사람이었다.
엄마를 잃고 슬픔에 잠겨 사는 마이코를 아주 귀여워해줬
고, 내가 모르는 사이에 자주 고민을 들어주었던 모양이다.
남자인 아빠에게는 쉽게 이야기할 수 없었던 일도, 같은
여자인 후미 씨에게는 쉽게 이야기할 수 있었던 거겠지.

"다쓰우라에 나쁜 소문이 퍼지다니, 나랑 똑같네. 역시
모전여전인가?"

그렇게 말하며 웃지만, 마이코가 고향인 이곳으로 거의
돌아오지 않는 이유는 사실 그것 때문이었다.

"소문 같은 건 신경쓸 필요 없다."

내가 그렇게 말하자 마이코가 키득거리며 웃었다.

"저어, 아빠. 에밀리, 내 험담을 하지 않았어?"

너무나도 태연한 목소리로 말을 해서 나는 솔직하게 대답을 해주었다.

"했지. 이혼한 뒤에 남자를 이리저리 바꾸며 데리고 왔다고."

"아아, 역시나. 그래서 아빠는 뭐라고 했는데?"

"아무 말도 안 했다. 그냥 이야기를 들어줬을 뿐이야."

"그렇구나. 그야 그렇겠지."

마이코는 그리고 잠시 무언가를 생각하는 듯했다.

"아빠, 에밀리에게 그런 말을 듣고 어떤 생각이 들었어?"

"어떤 생각이냐니……?"

"바보 같은 딸이라고 생각했어?"

농담으로 하는 말인지 진지하게 하는 말인지, 전화기에서 들려오는 말만으로는 알 수 없었다. 그래서 나는 솔직하게 대답했다.

"마이코에게는 마이코만의 사정이 있는 법이지. 하지만 에밀리를 슬프게 하려고 한 행동은 아니다. 그렇게 생각했을 뿐이다."

띠링.

바닷바람이 불어 공방 창가에 방금 걸어둔 풍경이 울렸다.

"아빠, 여전하구나."

마이코의 목소리 톤이 화악 낮아졌다.

"그게 무슨 소리냐."

"다정한 점이⋯⋯."

띠링.

그리고 마이코는 가만, 가만히 이혼한 이후의 사정에 대해 말을 해주기 시작했다.

"이혼한 지 얼마 안 됐을 때 에밀리가 갑자기 돌발성 난청에 걸렸어. 오른쪽 귀에. 의사가 원인이 스트레스라고 하더라고－."

게다가 그 뒤, 아직 초등학교 5학년이었던 에밀리가 이런 소리를 했다고 한다.

엄마, 결혼은 할 게 못 되는 것 같아－.

그 말을 들은 마이코는 깜짝 놀란 동시에 초조함을 느꼈다. 그래서 빨리 에밀리에게 행복한 가족의 모습을 보여 줘야 한다고 생각했다.

"나는 아빠랑 엄마 같은 부부의 모습을 에밀리에게 보여주고 싶었어."

"……."

"아빠랑 엄마는 자주 부엌에 나란히 서서 음식을 했잖
아? 두 사람의 그런 뒷모습을 멍하니 바라보면, 마음이 뭐
라고 해야 하지? 굉장히 편안했어. 어린 나이인데도. 그래
서 –."

마이코도 어떻게든 짝을 찾아 어린 에밀리에게 그런 모
습을 보여주고 싶었다 – 는 이야기였다. 그리고 사실 결혼
은 이렇게 좋은 것이라는 사실을, 파트너가 있다는 것은
아주 멋진 일이라는 사실을, 마이코는 에밀리에게 전해주
고 싶었다고 말했다.

"근데 결국엔 내가 너무 서두른 바람에, 잘못 고른 사람
을 셋이나 에밀리에게 하나하나 소개해주고 말았지만."

"에밀리가 엄마는 남자 뒤꽁무니만 쫓아다녔다고 하던
데, 그게 그건가."

"그런 거지."

마이코는 조금 자조하듯이 웃었다.

나는 그 말을 듣고 언뜻 이해가 되었다. 덜렁대는 마이
코다운 행동이란 생각이 들었다.

"지금은 좀 그런 행동이 후회돼."

"호오."

"지금 새삼 생각해보니, 그때 나는 행복한 모습을 연출하려고 했을 뿐, 정말로 내가 행복해지려고는 노력을 하지 않은 것 같아서. 그렇게 어정쩡한 연출로는 에밀리에게 진짜 행복한 모습을 보여줄 수 없는 게 당연하잖아?"

띠링.

풍경의 음색이 유난히 그리움을 자극하듯 울려퍼졌다.

나는 창가를 올려다보았다.

마이코와 나의 대화를 죽은 아내 히사에(久惠)도 같이 들어주고 있는 것이 아닌가. 그런 느낌이 들었다.

"그래, 지금 마이코는 어떠냐?"

"지금? 지금은 덕분에 행복해."

농담 같은 말투였지만 거짓말은 아닌 듯했다.

"그럼, 지금 모습을 에밀리에게 보여주면 된다."

"아하하. 그러고 싶은데, 아마 안 될 것 같아."

"왜지?"

"그 아이, 내 근처에는 오지도 않으려고 하는걸. 이번에도 도시에서 도망간 곳이 우리 집이 아니라 아빠네였잖아."

밝았던 마이코의 목소리가 그 말을 할 때는 어쩔 수 없었는지 톤이 조금 낮아진 듯한 기분이 들었다.

"그러냐."

"응."

하지만─. 나는 확신을 가지고 말했다.

"아마 얼마 안 있어 에밀리가 그쪽으로 갈 거다."

"응? 우리 집에?"

"그래."

"아하하, 거짓말도."

"어디까지나 예상이긴 하다만."

"그게 뭐야. 아빠, 그런 식으로 에밀리한테 바람을 불어넣은 거야?"

"아니, 바람을 불어넣진 않았다. 단지 그런 흐름인 것 같아서 하는 말이야."

"흐음……."

별로 납득이 가지 않는 듯한 마이코의 목소리를 듣고 나는 쓴웃음을 지었다. 그리고 살짝 핵심을 찔러보았다.

"너야말로 후미 씨가 불어넣은 바람에 훌쩍 넘어간 게 아닐까 한다만."

"응? 그게 무슨 소릴까?"

마이코는 어리둥절한 목소리로 말했다.

"이 전화."

"전화?"

"모처럼 웬일로 전화를 다 하나 했는데, 갑자기 지금까지 하지 않았던 옛날 얘기를 전부 다 털어놓다니. 아무리 생각해도 이상하지 않냐."

"아하하……."

마이코는 조금 쑥스럽게 웃었다.

"후미 씨지?"

나는 새삼 확인을 해보았다.

"들킨 건가."

"당연하지."

나와 마이코의 마음이 엇갈리지 않게 대화를 해보라고 재촉했을 게 분명하다. 그렇게 사람 일에 참견할 사람은 후미 씨밖에 없다.

"후미 씨한테는 들킨 거, 비밀로 해줘."

"알겠다." 그렇게 말하며 못 말린다고 한숨을 내쉬었을 때, 나는 문득 무언가가 생각났다. "만약 에밀리가 그쪽에 가게 되면, 분명히 아주 그리운 물건을 가지고 갈 게다."

"응? 그리운 물건?"

"그래."

"그게 뭔데? 무슨 소린지 모르겠는걸?"

"이제는 너무 작아져서 마이코가 봐봐야 기억도 못할지

모르겠다만."

"너무 작아져?" 마이코는 잠시 동안 아무 말도 하지 않고 생각했다. 그리고 번뜩 떠오른 듯이 말했다. "어? 그거, 혹시."

"왜 그러지?"

"아니⋯⋯. 아하하, 설마."

띠링.

풍경이 맑은 음색을 내며 웃었다.

"아빠?"

"응?"

"만약에, 에밀리가 찾아오면, 난 그 아이를 어떻게 대하면 좋을까?"

"어떻게 대하면 좋을지는 모를지 몰라도, 어떻게 대해서는 안 된다는 것 정도는 이미 알고 있을 텐데. 과거의 너에게 물어보면 답을 가르쳐줄 게다."

마이코는 키득거리며 웃었다.

"맞아."

"⋯⋯."

"여전히 말 하나하나가 멋지네. 역시 애독가야."

"별말을 다."

에밀리랑 똑같은 말을 다 하는구나. 그런 생각을 하는데 문득 마이코가 조금 감상에 젖은 목소리로 말했다.

"아~아, 갑자기 오랜만에 아빠가 손수 요리한 음식이 먹고 싶어졌어."

띠링.

"언제든 먹으러 오려무나."

"응. 알았어……."

"하지만 그전에 에밀리가 손수 만든 요리를 먼저 맛보거라."

"에밀리가 손수 만든 요리?"

고개를 갸웃하고 있을 마이코의 모습이 절로 떠올랐다.

"네가 아주 좋아하는 그걸, 완벽하게 만들 수 있게 됐거든."

"그거라니?"

"달콤짭짤한 그거다."

"말도 안 돼……."

"말이 왜 안 되냐."

"그건ㅡ. 아, 역시 말 안 해도 돼. 가만히 기다리는 것도 낙이잖아."

"그러냐. 그럼 말 안 하마."

"앗. 그렇지. 역시나."

"왜 그러지?"

"너무 작아져서 내가 몰라볼지도 모른다는 그거. 역시나. 아빠, 아직 사용했었어……?"

"글쎄, 무슨 말인지 모르겠다만."

일부러 시치미를 떼자 마이코가 웃었다.

"조금 전에도 말했지만, 난 어렸을 때 아빠랑 엄마가 어깨를 딱 붙이고 부엌에 서 있는 뒷모습을 계속 보고 싶어서, 그래서 용돈을 열심히 모아서 산 거야. 그거, 후미 씨랑 같이 옆 마을까지 가서 산 거다? 너무 그리워……."

띠링.

"에밀리가 직접 만든 요리라……. 응, 진짜 기대되는 걸?"

"그 아이가 아주 맛있게 만들어줄 거다."

띠링.

띠링.

"아빠."

"응?"

"여전히 소리가 참 좋다."

"……."

"엄마의 그 풍경."

띠링.

"내가 만든 게 아니냐."

"아하하. 맞아."

마이코의 웃음소리도 띠링, 띠링 하고 기분 좋게 귀를 울렸다.

"아빠."

"응?"

"정말…… 고마워."

"인사는 후미 씨에게 해라."

"응. 전화해둘게. 근데 아빠는 매일 아침에 만나잖아? 직접 말해."

"아, 그렇구나. 그래, 맞다."

우리는 오랜만에 같이 웃었다.

띠링.

풍경도 같이 웃어주었다.

◆ ◆ ◆

마이코와의 통화를 끝내고 나는 다시 본채로 돌아갔다.

에밀리가 떠난 집은 놀라울 정도로 조용해서, 복도를 걸을 때는 내 발소리가 끼익거리며 유난히 크게 들렸다.

나는 내 방으로 들어가 문구 종류를 넣어둔 작은 서랍 앞에 웅크려 앉아, 가장 위쪽 서랍을 열어 컬러 사진 한 장을 꺼냈다.

에밀리가 도시로 돌아간다는 사실을 안 신페이가 "다이조 씨가 너무 외롭지 않을까 해서요."라고 말하며 나에게 준 사진 프린트였다. 신페이가 이전에 우리 집에 왔을 때 몰래 찍은 사진이었다. 에밀리에게는 아마도 휴대전화로 전송해주었겠지.

엽서보다 조금 더 작은 그 사진은 두꺼운 종이와 플라스틱으로 만든 휜 간이 액자에 들어가 있었다.

나는 그 사진을 들고 일어서 식탁으로 갔다.

그리고 오랫동안 나와 함께했던 의자에 걸터앉았다.

이번 여름 동안에는 항상 정면에 에밀리가 앉아 있었다. 하지만 오늘부터는 이 사진을 보고 식사를 해야 한다.

"이제 이곳으론 돌아오지 마라."

그렇게 중얼거리며 나는 액자 다리를 빼내 사진을 살짝 테이블 위에 올려두었다.

그건 그렇고 신페이 그 녀석, 참 사진을 잘 찍었다.

에밀리와 내가 어깨를 맞대고 요리를 하는 뒷모습-.

"자, 그럼……."

한숨이 새어나오기 전에 나는 의자에서 일어섰다.

이번에야말로 기분 전환도 할 겸, 낚시를 나가보자.

아직은 잘 낚일 때가 아니지만, 오늘 아침의 뎃페이 같
은 일이 벌어지기도 한다.

게다가 나에게는 무기가 있다.

80년간 계속 쌓아온 '경험'이라는 무기가.

참고문헌

《'마음껏 즐기자' 어부식 쿠킹 예찬》, 가이자키 게이(甲斐崎 圭), 소신샤

《남자의 낚시 요리》, 가이자키 게이, 코스믹 출판

《생선으로 술안주! 사계절 어부 요리》, 니시가타 마사히토(西潟正人), 도쿠마 문고

《어부가 먹는 법·극의(極意) 편》, 노무라 유조(野村祐三), 쇼덴샤

《편안한 안주: 오늘 밤은 우리 집에서 느긋하게 한잔》, 다카야 아유(高谷亜由), 주부와 생활사

《영구 보존판: 술안주 360》, 세계문화사

《우에카쓰 눈에서 비늘이 떨어진 생선 요리》, 우에다 가쓰히코(上田勝彦), 도쿄서적

《몸에 맛있는 생선 편리 수첩: 전국의 생선 지도&만능 레시피》, 다카하시 서점 편집부 편, 다카하시 서점

후기 & 감사의 말

이 책을 저술할 때, '가마쿠라 벨즈'의 풍경 직인·기쿠치 마코토 씨를 취재하며 순동을 두드려 만드는 풍경 제조법 노하우를 배웠습니다. 실제로 기쿠치 씨가 만드는 방법과 이 책에서 묘사한 내용에는 차이가 있지만 크게 참고가 되었습니다. 깊이 감사의 말씀 올립니다.

기쿠치 씨는 소리를 과학적으로 연구하고, 가마쿠라의 문화와 역사를 공부하여 풍경 소리와 가마쿠라를 융합하기 위해 매일 연구에 힘쓰시는, 아주 재미있는 분이었습니다. 참고로 '가마쿠라 벨즈'는 산책하면서 가마쿠라를 한껏 즐길 수 있는 '유이가하마 중앙 상점가' 일각에 있었기 때문에, 저는 취재 후 상점가를 이곳저곳 돌아다니며 여러 가게를 구경할 수 있었습니다.

가마쿠라 산책은 역시 매우 즐겁고 맛있더군요.

맛이 좋은 장정 일러스트를 그려주신 오가와 가나코 씨, 멋지게 디자인을 해주신 사카즈메 가나에 씨, 가도카와

쇼텐의 담당 편집자이신 미야시타 나호 씨, 정말 감사합니다. 그리고 마지막으로 이 책을 읽어주신 독자 여러분께 진심으로 감사, 감사드립니다.

집필실에서 직박구리 소리를 들으면서 - .

모리사와 아키오